三十代で再召喚されたが、
誰も神子だと気付かない

CHARACTERS
「私は二度と、神子には関わりたくない」
セルデア・サリダート
エルーワ王国の公爵で、白い角と縦長の瞳を持つ化身。以前の召喚時に郁馬が瘴気を浄化したはずだが、全身に瘴気を纏わせていて……
「三十代神子を、舐めるなよッ！」
澤島《さわじま》郁馬《いくま》
かつて神子として召喚され、神子としての職務を果たして元の世界に戻った社畜サラリーマン。しかし今回再び異世界に召喚された。

ノバ

「最近の不調は瘴気《しょうき》によるものかと」

サリダート公爵邸の
使用人をまとめる執事長。

パーラ

「旦那様は純粋な方ですよ」

サリダート公爵邸のメイドで、
郁馬の世話係。

ナイヤ・パンシウム

「……いくら客人とはいえ
立場を弁えろ」

エルーワ王国の王国騎士団長で、
エルーワ王国にいる化身の一人。

ルーカス・エルーワ

「僕は……
二度も許せるものか!」

エルーワ王国の第一王子で、
エルーワ王国にいる化身の一人。

メルディ・サリオ・シューカ

「ん……あれ。おはよう」

教会のトップにいる教皇で、
エルーワ王国にいる化身の一人。

朝来野弓弦《あさくのゆづる》

「ユヅって呼んでください!」

郁馬と共に召喚された高校生。

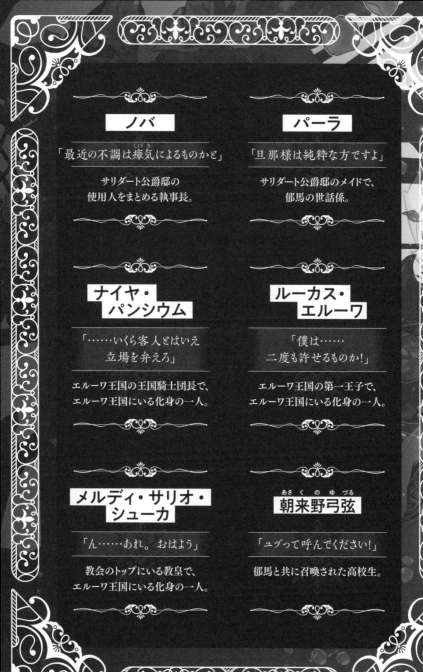

第一章　元神子《みこ》は再召喚されたようです。

「神子様が召喚されました！」

聞き覚えのある言葉に驚き、俺は目を開いた。

開いた先に見えたのは吹き抜けの天井。上部に取りつけられた窓からは陽光が差しこみ、とても綺麗だ。

俺はどうやら仰向けで倒れているらしい。寝転がったまま辺りをゆっくりと見渡す。

今いる部屋はとても広く、白で統一された内装は清潔さを感じる。すぐにここが職場ではないと気付いた。

先ほどまで職場の狭い休憩室でテーブルに突っ伏して寝ていたはず。当たり前だが、休憩室の天井はこんなに豪華ではない。

そして、視線を徐々にずらしていくと祭壇があり、その近くに多くの人影があった。

「え、俺のことですか……？」

幼さが残る小さな声が、この白い空間に響いた。

残念ながらこの若々しい声の主は俺ではない。俺はその声の主をしっかり確かめようと、身体を起こした。

声の主は一人の青年だった。

高校生だろうか？　制服を着ているので、そうだと思う。

その青年――高校生君は祭壇の近くに座っており、彼のすぐ側《そば》に立つ二人の男を呆然と見ている。

二人の内、一人が動いて高校生君のほうへ近づいた。

「そうです、可愛らしい神子よ。突如、召喚してしまい申し訳ありません。ですが僕たちの話をぜひ聞いてほしいのです」

可愛らしいと表現された高校生君だが、誰がどう見ても彼は男だ。しかし目が大きく、愛嬌のある顔は確かに可愛い。

まだ立ち上がることもできない彼に近づき手を差し伸べたのは、ルーカス・エルーワ。

さらさらな金色の髪に、透き通るような青い瞳。その容姿は、おとぎ話に出てくる王子様を出現させたかのようだ。

ただ普通と違うのはその耳。本来耳があるところから生えているのは、まるで鳥の羽だった。彼はこの国、エルーワ王国の第一王子。

俺は、彼の名前を知っていた。ちなみに高校生君の側《そば》にいるもう一人は王国騎士団長様であり、彼の名前も知っている。

――ああ、懐かしいなこれ。

そんな感傷に浸りながら、俺はそれを眺めていた。

「今この世界の人々は、危機に見舞われています」

彼らの言い分はあの時のものと一緒だ。

この世界の人は瘴気《しょうき》が溜まりやすい。瘴気《しょうき》というのは、この世界に当たり前のように存在する、いわゆる『心身を侵す毒』だ。

毒と言っても通常の人ならばほぼ問題ないのだが、ある特殊な人種にとっては話が変わる。

はるか昔のこと。

この世界では神と人の関係が近く、多くの人が神と結ばれて子供を作った。

今は神との距離は離れたが、神の血はこの世界の人間に薄く残っていることから、たまに先祖返りをする者がいる。

その者をこの世界では、『化身《けしん》』と呼ぶ。

化身《けしん》は古き神の一部を宿して生まれる。だから先ほどの第一王子の耳には、鳥の羽が生えていたのだ。

化身たちは、強大な力を持つ。しかし、彼らには大きな弱点があった。

――それが瘴気《しょうき》だ。

化身たちは通常の人の何倍も瘴気《しょうき》が溜まりやすい。

何もしなくとも体内に瘴気《しょうき》を溜め続け、それが限界値を超すと暴走する。

そうなってしまえば最後だ。その脅威はいわゆるファンタジー世界観で言うところの魔王誕生というと想像しやすいかもしれない。

そうならないように瘴気《しょうき》を浄化することができる唯一の存在、それが神子だ。

「そ、そのために俺が？」

ルーカスが神子の必要性を要約して高校生君に伝えると、高校生君の頬は赤く染まった。瞳は輝き、笑みも浮かんでいる。彼の頭の中では、漫画や小説にある『チート』という文字が浮かんでいることだろう。

その気持ちは痛い程わかる。誰もが一度は通る道だ。俺だってそれにやられたのだ。

高校生君の顔には悲観した様子が一切ないので、安堵する。

「や、やります！　俺でよかったら手伝う、任せてください！」

「……ありがとうございます、感謝します」

ルーカスは柔らかく笑っていたが、突如、表情を曇らせる。そして片手で顔を覆い、小さく肩を震わせた。よく目を凝《こ》らすと頬に光るものが見えた。

あれは……もしかして涙だろうか。なんだ、なんだ。

「な、泣き出して、どうかしました？」

「ああ、申し訳ありません。貴方があまりにも真っ直ぐで、前の神子様を思い出してしまいました」

「前の神子……？」

「はい、四年前にここにおられました。とても美しく、慈愛に満ちた神子様でした。歴代の神子の中で力がもっとも強かった……しかし、もういないのです」

ルーカスは悲壮感に満ちた震える声で、ゆっくりと告げた。その言い方だと勘違いするだろう。

いちいち反応が大袈裟《おおげさ》ともいえる。

案の定、もったいぶったルーカスの言葉を聞き、高校生君の瞳が不安そうに揺れた。

「ま、まさか、死んだ……んですか」

「そんな、違いますよ。あの方は元の世界に戻りたいと願い、戻られてしまったのです」

「え、帰れるの？」

「はい、望むのでしたら。すぐにはというわけにはいきませんが、一年後の今日と同じ日ならば帰還の儀式を行うことができます」

そう、意外にも彼らは帰してくれるのだ。しかし、一年後。

神子の儀式はいろいろと準備が必要だ。召喚にも送還にもそれなりの手間と材料が必要なのだ。そして、この一年が重要だ。

高校生君はそれを聞いてしばし悩むが、すぐに頭を横に振った。

「いいえ、大丈夫。俺はここで神子になります」

「それは……元の世界に戻らずともよい、ということでしょうか？」

高校生君が頷くと、ルーカスの耳の羽がふわりと揺れる。それは歓喜に満ちた時のルーカスの癖だ。感情が高ぶったのだろう。ルーカスは目の前の高校生君に抱きついた。

「ありがとうございます。貴方なら、きっと僕の傷を癒してくれるに違いありません。僕の唯一の愛しい――」

「あの」

俺は、そこで初めて声を出した。

盛り上がっているところに水を差すようで大変申し訳ないのだが、ここで口を出さなければ永遠にいない者として扱われそうだったのだ。

次の瞬間、一斉に全員の視線が俺へ向いて、彼らの表情は驚愕へと変わっていく。

ああ、やっぱり。俺の存在にまったく気付いていなかったか。

「あ、あれは⁉」

「貴様、どこから入った！」

周りが騒《ざわ》つく中、ルーカスの隣に立っていた男、騎士団長様が剣を抜いた。

騎士団長様の名前はナイヤ・パンシウム。金の瞳と赤色の髪を持ち、吊り目で怒りっぽい印象を与えていた。

彼も化身だ。その証拠にナイヤの尻からは、狼のような尻尾《しっぽ》が生えている。

化身たちは全員が例外なく、かなりの美形だ。神たちがこの世にはない程に美しい存在であり、化身はその神の特徴が色濃く出るのだから当たり前とも言える。

それにしても、この場所には王子と騎士団長以外に神官たちが多くいたのに、誰一人として俺の存在に気付いていなかったようだ。呆れを通り越して笑えてくる。

とりあえず、床に座ったままでは格好がつかないのでゆっくりと立ち上がる。服も軽く叩き、整える。

「あれ、日本人……？　も、もしかして、俺の召喚に巻きこまれたのかも！」

高校生君が庇《かば》うように声をあげてくれる。この状況で声を出すということはなかなかできないことだ。

しかし今はそれよりも聞きたいことがあり、俺は真っ直ぐにルーカスを見た。

「――俺を見て、何か気付きませんか？」

ルーカスは俺の視線を真正面から受けて、問いかけられているということに気付いたのだろう。こちらを見つめ返してくる。

ルーカスの視界に映っているのは澤島郁馬《さわじまいくま》という男だ。皺だらけのスーツに不健康そうな顔色。黒髪はボサボサ、目の下のクマも濃く残っているだろう。

それでも、背筋だけは真っ直ぐ伸ばし床を両足で踏みしめる。そのまましばらく見つめ合う。

そして――

「何を言っている。お前は何者だ、本当に神子様と同じ世界から来たのか？」

それは先ほど、高校生君に語る柔らかな口調とは打って変わり、刺々《とげとげ》しい口調だった。

そして、彼の青い瞳に見えたのは深い侮蔑と嫌悪。汚らわしいという感情が表情にありありと浮かんでいた。

その瞬間、胸が痛まなかったといったら嘘になるだろう。俺だって人間だ。しかし、まあなんとなく予想はついていた。

俺はこの世界に来るのは初めてじゃない。二度目だ。

ルーカスが言っていた、四年前に召喚された先代神子。

——それが俺だった。

俺が召喚されたのは中学一年生の夏。

ちょうど祖母の家に遊びに行った時、部屋で寝ていたところをいきなり召喚された。

この世界の仕組みと神子の役割を説明された中一の俺は、かなり興奮した。異世界に来て、自分は特別な存在だと告げられる。これで興奮しない訳がない。

帰るか帰らないかは一年後に決めればいいと言われたので、思う存分に異世界を楽しんだ。その時の俺は子供すぎて、長い夏休み程度にしか考えておらず、ホームシックにかかることもなかった。

さらに神子としての才能があったらしく、歴代の神子の中でも一番だと言われたら有頂天にもなるというものだ。

大切に扱われ、面倒くさい中学の勉強もしなくていい。その一年はとても幸せだった。

本当ならばもう一年くらいはこの異世界にいようと思っていたが、ある理由から逃げるようにして俺は元の世界へ帰った。

しかし、思いもよらない事態が起きていた。

この異世界と、俺がいた元の世界。その二つの時間が大きくずれていたのだ。

詳しく言うと、異世界での一年は、元の世界の五年。

五年間、行方不明だった子供が見つかったといって、そりゃもうニュースになるしで大騒ぎだ。

両親は大号泣だし、祖母は倒れた。

しかし、元の世界に戻ってきた俺を待っていたのは、今まで異世界で過ごしていたツケだった。

戸籍上では俺はすでに高校を終えている年齢なのだ。頭も身体も中学生のままなのに、周りに要求されるのは高校生以上のこと。

普通の高校には通えず通信制の高校に通った。しかし学力は伸びず大学には行かずに就職。就職面接では「見た目が若い」とコンプレックスを指摘され、すべてが苦痛だった。

結局、入社できたのはコネによるものだった。そして、その会社の待遇がよかったかといえばそんなことはなく、ブラック会社寄りという有様だ。

思い出したくもない程苦労したけれど、それでも、俺は元の世界に帰ってよかったと思っている。祖母の最期を看取《みと》ることもできたし、両親に親孝行することもできた。

しかし、まさか。

三十歳を過ぎて、また召喚されると誰が思うんだよ。

今の質問にもし答えるとしたら、きっとこうだ。

——三十代になった先代神子ですが、何か問題でも？

しかし、それを言葉にすることはなかった。

「……そうです。あちらの少年と同じ世界から来ました」

ルーカスに真実を伝えるのを諦め、ただ質問の答えだけを口にした。ここで、俺は先代の神子だと訴えることもできたが、やめた。

ここで神子だと言ったとしても、まず向けられるのは疑いの目。疑いを晴らそうと努力し、証明できたとしても、次に向けられるのは落胆の目だろう。

自分で言うのもなんだが、中一の俺はわりと可愛いほうだった。

今のくたびれた姿と比べたら、あまりの変化に驚かれるのは間違いない。異世界から戻ってきてからかなり苦労したせいで、老けこむのが早かったのだ。

だからこそ「あの先代神子がこんな姿になって……」と落胆されたくない。

あとは純粋に、神子とかもう疲れるからやりたくなかった。

「なるほど。神子様が言う通り、巻きこまれたか」

「まあ、そうみたいですね。俺はどうしたらいいでしょうか」

「とりあえずは別室に案内しよう。おい、誰か！」

ルーカスが声をかけると、神官の一人が慌てて俺のもとに駆け寄ってくる。そしてルーカスに目線だけで、神官についていけと指示された。

ルーカスにこういう態度で接せられるのは、実に新鮮だ。前の時は、べたべたに甘やかされていたからな。

別に文句はないので、黙って頷く。そのまま従順なふりをして先に進んだ神官の後を追った。

祭壇の間から出ると、辺りは白を基調とした内装の、王城の回廊だ。一定の間隔で並ぶ複数の窓から陽光が差し込んで進む先を照らしているのが綺麗だ。ここもかなり懐かしい。正直、案内がなくとも大抵の場所には行けるのだが、大人しく神官についていく。

ついていきながら、そっと自分自身の掌に視線を落とした。

掌に意識を集中すると、白い霧のようなものが現れる。それを確認したと同時に、掌に押しこめるようにして消した。

——ああ、やっぱり神子の力はあるな。

再召喚なので神子としての力はないかもしれないと思っていたが、普通にある。しかし神子の力があったとしても別に役に立つものじゃない。

これは基本的に、化身のために使う力なのだ。一般人には役に立たない。俺がここの世界の人間と戦ったら、普通に負ける。まあ、元から弱いせいもあるが。

ちなみに、この世界の人たちが神子を見た目から判別することはできない。浄化の力を使えることを確認して、初めてその人物が神子だとわかるのだ。

それなのに、先ほどの高校生君を神子だと決めつけたのは年齢だろう。

召喚される歴代神子は決まって十代で、まあまあ容姿がいいそうだ。そこに、くたびれた三十代を並べたら、彼らがそちらを選ぶのは納得だ。

そのようなことを考えていると、神官が足を止めた。別室とやらに着いたのだろう、扉の前で立ち止まる。

「こ、こちらです」

俺にどういう態度をとっていいのかわからないのか、神官はどこか戸惑っている。

ふと、その顔には見覚えがあることに気付いた。

赤茶色の癖のない髪と垂れ目。少し気弱そうな印象を受ける彼は、一度目の召喚の時に俺付きの神官をしてくれていた……たしか名前はイドだったはずだ。

イドに従い部屋へ入る前に、一つだけ聞いておきたいことがあった。

「あの、あとで一緒に召喚されたあの子と話したいのですが、できますか？」

高校生君には現状を説明するべきだとずっと思っていた。彼はこの異世界での一年が元の世界で五年になるという事実を知ってから、本当にこれからどうするかを判断するべきだ。

彼の中では一年の旅行気分かもしれないし、異世界転移してさらに選ばれし存在なんて最高だ！という気分なのかもしれない。あの時の反応を見るに後者のような気もするが、この事実だけはしっかりと伝えるべきだと思っている。

現に、俺はそれで泣きを見た訳だから。

しかし、イドは胸に手を添え、こちらに向かって頭を下げた。

「申し訳ありませんが、私が判断できることではございません」

先ほどの戸惑いはどこにいったのか、突き放すようにぴしゃりと言いきった。この辺りも変わらないな。

基本神官たちは化身たち同様、神子を一番大事に思っている。警戒されたのか、仕方ない。

「そうですか、わかりました。案内ありがとうございます」

俺は早々に切り替えることにする。一礼して部屋へ大人しく入ることにした。

入ると同時に、鍵がかかる音が聞こえてくる。どうやら外から鍵をかけられてしまったようだ。

だからといって反抗する気もないので、室内を見渡す。

部屋の大きさはかなり広いが窓はない。無駄に大きなベッドが一つ、椅子やテーブルもあって本棚もある。

しかし、俺が誘われるように進んでいくのはベッドだ。ベッドに向かって倒れこむようにその身体を預ける。

そして、そのまま目を閉じた。

「はあ、疲れた……」

何せここに召喚される直前まで必死に働いていたのだ。身体を限界まで酷使していたので、こうして休めるというのが何より幸せだった。

■■■■

その後、しばらくはいない者として扱われた。

部屋の扉は閉められたままで、こちらの意思で出ることはできない。ただ食事だけが日に二回、使用人によって運ばれてくる。その際、俺の質問には一切答えないまま食事だけを置いていく。

そうして、ただ飯を食べるだけの日が三日程続いた、ある朝のことだった。

「……い」

「む、あ……」

ふと、誰かに呼ばれているような気がして意識が戻る。しかし、まだ眠い。起きたくない。昔から寝汚《いぎたな》いと言われる俺である。

声を遮るために、おもむろに掴んだシーツを頭から被る。あと少し寝たら起きるから、大丈夫。絶対起きる、大丈夫大丈夫。

だが、そんな願いが叶うはずもなく、被ったシーツが強引に奪われた。

「起きろ！」

シーツを奪った相手のほうをぼんやりと見つめる。ふさふさの尻尾《しっぽ》がピンッと上に伸びており、多少だが逆毛立《さかげだ》っていた。

なんだ、ナイヤか。

ナイヤは昔、俺の護衛として一年間ほぼずっと一緒にいた相手だ。

どうやら怒っている様子だが、その彼が相手なので、恐怖や申し訳ないという感情があまり湧いてこない。

だからこそ、のんびりと起き上がる。焦ることなく欠伸《あくび》を一つ。そんな俺に、ナイヤは信じられないものを見るような目で睨《にら》んできた。

そんなに見つめられると、さすがに照れるというものだ。

「よくもずっと寝られるものだな。普通とは思えん！」

「すいません、朝は苦手でして」

俺が神子だった時もわりと寝ていたんだがな。こんな風に怒られたことは一度もない。

それに軟禁されているという状況で、寝る以外の何ができるというのだ。

いつの間にか部屋に入ってきているところを見ると、ナイヤは俺に用があるのだろう。目元を指で擦りながら立ち上がる。

「……お前は、一年後に再度行う儀式で帰されることとなった」

「はあ、なるほど」

「巻きこんだとはいえ、お前を召喚してしまった責任はこちらにある。そのため、この一年間は我らがお前の生活を保証しよう」

「助かります」

素直に頷く。しかし、実のところ俺はもう元の世界に帰るつもりはない。

一年後に元の世界に帰れば、またしても五年間行方不明だったということになる。もちろん、会社はクビになっているはずだし、両親にまた迷惑をかけてしまうだろう。

それならば、このままここで暮らしたほうが皆のためだ。

しかし、それを馬鹿正直に彼らへ話すつもりはない。表面上は納得しておこう。

「しかし、今いる場所。この王城でお前を保護することはできない」

「はあ、そうですか」

それは、なんとなくだが予想はしていた。なぜなら、ここにはあの高校生君が住んでいるはずだからだ。神子をしていた頃の俺と同じように。

そこに俺まで住んでしまうと、高校生君と接する機会が増えてしまう。

高校生君が俺と仲良くなって、「やっぱり元の世界に帰りたい」とか言い始めたら、再び化身の瘴気《しょうき》を浄化する手段がなくなってしまうから、彼らにとっては困るのだろう。

「……お前、やけに落ち着いているな」

「どうにも昔からあまり慌てない性格でして」

もちろん、真っ赤な嘘である。

しかし昔と違い、生気というか明るさがなくなったという自覚はある。いろいろなことが多くあったせいか、淡々と物事を受け入れるようになっていた。表情も乏しくなったし。

昔の自分はもっと色んな感情に振り回されていて、よく笑っていた。しかし、今の自分にはそういうものがない。

それは、歳をとって落ち着いたという訳ではなく、自分の中で何かを失ったという表現が近いように思う。

飄々《ひょうひょう》としている俺にナイヤは怪訝《けげん》そうな目を向ける。

「まあいい。それで今から、お前の身柄を預ける場所へ連れていく」

「え。今から、ですか」

「今からだ。ついてこい」

それは突然すぎる。さすがの俺も驚きが隠せない。

ここまで移動を急《せ》かされるのは……もしかして、イドに言ったことがまずかったのかもしれない。

俺が高校生君に帰るように諭《さと》すと思ったのだろうか。それとも待遇の差を羨んで、害を及ぼすとでも思われたのか。

どちらにしてもここまで警戒されるのなら、高校生君には何もしてあげられない。

せめて、ここと元の世界では時間軸が違うことを教えてあげたかったのだが、ナイヤが俺から目を離すとも思えない。

彼らにとって、今の俺は邪魔者だ。排除するのに手段を選ばない可能性がないとは言えない。

高校生君には大変申し訳ないが、今は自分を優先させてもらおう。落ち着いたら彼のことを考えればいい。

そうなると気になるのは俺がどこに預けられるか、ということだ。おかしなところだと困る。

「その、俺はどこに預けられるのでしょうか？」

「……サリダート公爵の屋敷に預けられる」

——は？

俺はとっさに俯《うつむ》き、言葉を呑みこんだ。自分ながらしっかり隠せて素晴らしいと褒めてやりたい程だ。

セルデア・サリダート公爵。

その名前を忘れるはずがない。

なぜならその男こそが、前回の召喚で俺が元の世界へ戻ると決めた最大の原因だったからだ。

■■■■

俺が神子として召喚された国、エルーワ王国には現在四人の化身がいる。

まずは、第一王子であるルーカス。騎士団長であるナイヤ。そして、公爵であるセルデア。

残る一人は教皇の立場にいるのだが、彼に関しては考えなくていいだろう。たぶん、今の俺では会うことはない。

神子であった俺は基本的に、この四人の瘴気《しょうき》を浄化するのが役目だった。

一度瘴気《しょうき》によって堕ちた者は、神子であろうと二度と戻せないと言われている。だからこそ神子の役目は重要だ。

神子は化身たちに直接触ることによって浄化する。それは触れる肌同士の面積が多い程にやりやすい。

さらに、お互いに好感を持てば持つ程に浄化の作用が大きくなる。ということで化身たちは、神子を馬鹿みたいに甘やかして大切にする。

それが自分たちを救うためでもあるからだ。実に打算的だ。

こういう事情で、俺は三人の男たちにかなり甘やかされた。彼らが女の子ならよかったのになと、幼い俺が何度思ったことか。

そう、俺を甘やかしたのは三人だけ。残る一人、セルデアは違った。

セルデアの態度は、神子に対するものとは思えない程に辛辣なものが多かった。

『子供がいる世界ではない』

『何を考えて日々を過ごしているのだ。貴方に思うことはないのか？』

『黙れ。今の貴様があるのは誰のおかげか思い出せ』

言われたことを今思い出すと、異世界でなんの考えもなく過ごそうとする俺を、責めるような言葉が多かった。

打たれ弱かったガキな俺は、次第にそんなセルデアに会うのが嫌になっていった。

しかし、神子の役割を果たすためにも、セルデアには必ず会わなくてはいけない。それが段々と耐えきれなくなり、結局逃げるようにして元の世界に帰ったのだ。

「着いたぞ」

ナイヤの声ではっと我に返る。考え事をしている内に、目的地へ着いたようだ。

押しこまれるように強引に馬車へ乗せられた俺は、反論さえ許されずセルデアの領地へ連れてこられていた。

馬車はすでに停止しており、扉が開かれる。それをぼんやり眺めていると、同席していたナイヤが目線で早く行けと急《せ》かしてきた。

しかし、気にせずにゆっくりと動く。マイペースは大事だ。かなり遅く出てやろう。

地面に足をつけて、辺りを見渡す。真っ先に目に留まるのは前方の大きな屋敷だ。

黒を基調とした屋敷は、一般庶民である俺には見たこともない程に大きく見事な建物だった。正直、案内もなしにあそこへ入ったら迷う自信しかない。

玄関前にはメイド服を着た数人の女性、彼女らの中心には執事服を着た人の好《よ》さそうな初老の男性が立っている。そして、俺たちを見るなり頭を下げた。

「ノバ。ルーカス殿下が飛ばした鳥は届いていたか」

「はい、ナイヤ様。お待ちしておりました」

「公爵はなんと？」

「責任をもって預かる、とだけ」

「……そうか」

二人の会話が終わると、初老の男性が俺と目を合わせ微笑んでくれたので、俺は頭を下げた。

「申し遅れました、私は執事長のノバと申します。こちらで一年間、お世話をさせていただきます」

「ありがとうございます。俺は……サワジマと申します。ご迷惑をおかけしますが、よろしくお願いします」

昔は郁馬と名乗っていたので、今回は苗字を名乗ることにした。嘘ではないから特に心は痛まない。

ナイヤは、こちらを見て少し驚いているようだった。俺の名前を今さら知ったからなのだろうか、そういえば一度も名前を聞かれていなかったな。

こちらも知っていたせいで名前は聞いていなかったので、まあお互い様としよう。

「サワジマ様。お疲れでしょう、すぐにお部屋へご案内いたします」

ノバさんが後ろに控えていたメイドさんに目配せすると、その彼女が頷く。そして、俺を導くように歩き出したので、それに素直に従いついていった。

ナイヤは自分の役目を果たしてすっきりしたのか、俺を見ることはなくノバさんと何かを話していた。その会話がこちらに届くことはなく、案内のメイドさんと共に屋敷の扉を通る。

こうして俺は、帰る原因となった男の屋敷へ足を踏み入れた。


案内された部屋は思った以上に広く、生活で必要なものはすべて揃えられていた。文句のない待遇が少し意外だった。

幼い俺への態度から、セルデアは異世界からの人間を嫌っていると考えていた。だからこそ、俺を受け入れるのも嫌々なのだろうと予想をしていたのだ。

しかし、案内してくれたメイドさんの態度は柔らかく、まるで歓迎されているようだ。

ふかふかなベッドに大の字で寝転がり、これからのことを考える。

俺がしなくてはいけないことは、一年の間にこの異世界で一人でも生きられるようになることだ。そのために利用できるのは、神子の力くらいだろう。

天井に向かって伸ばすように手を上げる。開いた掌に意識を集中すると、掌の中央に薄っすら白い霧のようなものが集まる。

これが神子の力だ。自慢ではないが、こうして目に見える濃さで力を凝縮できるのは俺だからだ。こういうことが簡単にできてしまうために、歴代神子の中でもっとも力が強いとされた。

「だからといって、役には立たないよな」

この力は化身たちのためにある。その他にはまったく使い道がない。これをここで生きていくための仕事にしようとするのは難しいかもしれない。

そうぼんやりしていると、甲高い声が扉越しに聞こえてくる。それは若い女性の声だ。

『お、お願いします！　私は、ここを辞めることになると困るのです！』

悲痛な声が気になり、ベッドから身体を起こして部屋の扉に近づく。そして、わずかに開いて覗きこんだ。

俺の部屋は廊下の突き当たりに位置しているので、真っ直ぐに廊下が見通せる。

その廊下の曲がり角辺りに女性がいた。この屋敷のメイドさんだろうか。

先ほど、案内してくれた子ではない、見たことのない顔だった。

床に座りこみ、前方を見つめている。しかし、彼女が見つめているであろう相手の姿はここからは見えない。

「旦那様！　どうかどうかお考え直しを！」

「……」

旦那様という言葉で、そこにいるのが誰かすぐにわかった。ここでそうやって呼ばれるのはたった一人だ。

「わ、私が何か粗相したのならば」

「――黙れ」

泣き声も混じり始めたメイドさんの声を遮った声は、どこまでも冷たい。そして、俺はその声を聞いたことがあった。

忘れることのできない声だ。自分へ向けられたものではないのに心臓が跳ねる。

廊下の向こうにいる『旦那様』は鼻で笑い、冷たい声で続けた。

「お前のような者が、恥知らずにもよく懇願できたものだ」

「な、何を、おっしゃっているのですか……？」

「わからんか？　ならば胸に手を当てて考えろ。お前がどういう立場の人間であるかをな」

離れている場所でもはっきりと届く声。淡々と吐き出されている言葉に温かさはなく、凍りつきそうだ。ここまでくると懐かしいとさえ感じる。

ここからでは顔色まではわからないが、メイドさんの顔は真っ青になっていることだろう。その証拠に、ここから見てわかる程に彼女の全身は震えていた。

しかし、メイドさんにも譲れないものがあるのだろう。震える手を前へと伸ばしていく。

「だ、旦那様！」

こちらからはよく見えないが立ち上がろうとしたメイドさんが、何かに押されたように体勢を崩し床に倒れこんだ。

一瞬、危ないと口に出そうになったが呑みこむ。

「私に、触るな」

それは今まで聞いた声の中で低く、怒りに満ちたものだった。正直、昔の俺でもそんな風に言われたことはない。聞いてるだけの俺でさえ背筋が粟立つ。

それを真正面から向けられたメイドさんは、凍りついたように動けなくなってしまった。

「話はここまでだ。二度とお前の顔を見ないことを祈ろう」

声がそう言うと騎士たちが現れ、メイドさんを起こして強引に連れていく。

その際もメイドさんは固まったままで、目線が一点を見つめているのがわかる。それが誰を追っているかは俺にもなんとなくわかり、そっと扉を閉じた。

なんとも言えない気持ちが全身に広がっていく。口を閉ざしたまま、再度ベッドのほうへ向かい腰を下ろした。

彼も相変わらずといったところだ。まあ、元気であるならば何よりだ。しかしできることなら、しばらくは顔を合わせたくない気分だった。

その後扉を閉めて部屋でぼんやりしていると、部屋の扉が叩かれる。コンコンという軽いノック音に目線をそちらに向けた。

「はい」

「失礼いたします、サワジマ様。夕食のご用意ができました」

「あ、はい。ありがとうございます、すぐに仕度します」

「かしこまりました。ご準備ができましたらご案内いたします」

とりあえず今は食べることを優先するとしよう。腹が減ったままだと思考も鈍る。俺はベッドから下りて、軽く身だしなみを整えることにした。

高級そうな大きいテーブルの上には、豪勢な食事が並べられている。どれもいい匂いがして、とても美味しそうだ。しかし、今の俺には食欲というものが一切なくなっていた。

なぜなら俺と共に席についた男がいたからだ。

貴族らしい高級で美しい紺色の衣服、それに合うような銀色の髪。長い睫毛《まつげ》の奥にあるのは紫水晶の瞳だ。そこには美しいという言葉を凝縮したような男がいた。

しかし、美しいだけではない。

男は姿勢よく椅子に座り、真っ直ぐに俺を見つめる。その目つき、雰囲気、表情に至るまで、まさしく悪役という言葉がぴったりなのだ。

例えるならば、主人公に嫌がらせする小物のような悪役ではなく、最後の最後まで暗躍して苦しめてくる黒幕に近い。

目を細めるだけで心臓を凍りつかせ、薄く微笑めばどんな企《たくら》みをしているのだろう、と見ている者を不安にさせる。

なぜこの場にいるのか、なんてことはよく考えなくともわかることだ。曲がりなりにも一年は一緒に暮らすのだ。その相手と顔合わせをしない訳がない。夕食の席という場ならなおさらだろう。

彼こそが屋敷の主、セルデア・サリダート公爵。

セルデアも化身だから、身体の一部分に神の特徴が現れる。ルーカスの耳の羽、ナイヤの尻尾《しっぽ》というように。

しかし、彼は違う。

俺は、ちらりとセルデアに目線を向ける。

銀の髪の上に生えているのは白い二本の角、さらに紫水晶のような瞳は縦長だ。そして、口を開けばわかるのだが八重歯の辺りの牙は鋭い。

ルーカスやナイヤよりも、身体的特徴が多く現れているのだ。

セルデアが誰よりも神の血が濃いというのが理由だ。

それは、彼の持つ力が他の化身より強く、同時に、瘴気《しょうき》に弱いということでもある。だからこそ俺が初めて召喚された時は、セルデアの瘴気《しょうき》を浄化することが何よりも優先された。

優先されたからこそ、しっかり瘴気《しょうき》を浄化したはずなんだが……

「改めて挨拶をさせていただく。私がこの屋敷の主、セルデア・サリダートだ」

「ええと、はい。今日からお世話になります、サワジマです」

その冷えた声は、相変わらずだ。

しかし正直なところ、俺は返答しながらも会話に集中できていない。

その原因は、セルデアが全身に纏《まと》う瘴気《しょうき》にある。黒く、禍々《まがまが》しい霧のようなものが身体に纏《まと》わりついている。

普通に生きていたら絶対にそんな濃くならない。いくらセルデアが瘴気《しょうき》を溜めやすいと言っても、こちらでは俺が浄化してから四年しか経っていない。

俺もしっかり神子としての役割を果たした。瘴気《しょうき》には一生悩まされずに済むはずなのだ。それなのに、この瘴気《しょうき》の濃さはなんだ。

瘴気《しょうき》というのは、普通にしていても溜まるものだ。ただその速度は、化身の精神状況で変化する場合が多い。悲しみ、絶望、憎悪。そういう負の感情で瘴気《しょうき》の勢いが増していく。とはいっても、

これは酷すぎる。

瘴気《しょうき》が視《み》えるのは神子だけ。だからこそ、この瘴気《しょうき》はまずいということがすぐにわかる。下手に刺激すれば暴走、この世界でいう『神堕《かみお》ち』をする。

神堕ちというのは、化身が瘴気《しょうき》で心身を侵されすぎたせいで暴走する状態をいう。理性を失い本能のまま欲望に従って動く。

そうなったら最後だ。元々神子は浄化の力の応用で、化身の力ならば消すことが可能だ。そのために、神子とその他の化身で討伐することになっている。つまり、殺す訳だ。

……しかし、セルデアがなぜこうなっているのか。そもそもこの状態で、普通に会話できているのが不思議なレベルだ。

「貴方は神子の召喚に巻きこまれた一般人だと聞いている。そのため、一年後には儀式を行い帰るつもりだと」

「はい、その通りです」

「そうか」

俺もセルデアも席についただけで食事には一切手をつけていない。彼は溜め息を一つ吐くと、俺に向かって深々と頭を下げた。

「申し訳ない。神子召喚は誘拐と変わらないものだと理解している。しかし、神子がいなければ我が国は滅ぶ。今回の召喚は新たな神子を呼ぶためではないと聞いていたのだが、結果はこうなってしまった。関係のない貴方には多大な迷惑をかけてしまった」

「き、気にしないでください。俺はその、大丈夫ですので」

唐突な謝罪で久しぶりに動揺する。だって、セルデアは基本的には嫌なヤツのはずだ。しかし、今はその様子が一欠片《かけら》も見えない。

先ほどのメイドさんとのやり取りはどこへ消えたのか。

まさか、これは体面を取り繕《つくろ》うための演技だろうか。

いや、神子時代でさえあの態度だったのに、厄介者扱いされている今の俺にそうする必要はあるのか？

「感謝する。代わりといってはなんだが、ここに滞在中は不自由のない暮らしを保証する。ゆっくりと寛《くつろ》いでくれ」

かなり動揺しながらもその言葉に一つ頷くと、セルデアは口端をかすかに吊り上げる。それはどこか含みのある笑みだ。

異様な圧力があり、俺は黙りこんだ。ここに呼んだのも何かに利用するつもりなのだろうか。

しかし、何も食べない訳にはいかないので、食事に手をつけることにした。

食器の音しか響かない静かな食事。もちろん、和やかに談笑しながらではない。期待はしていなかったので予想通りではある。

黙々と食事を続けるが、俺としては瘴気《しょうき》が気になって食事の味を楽しむ余裕はなかった。悲しいことだ。

少しして、セルデアがその手を止める。

「……貴方は、召喚された神子を見たのだろうか」

「はい、見ました」

「新たな神子だったという知らせは私にも届いているのだが、彼は……貴方から見てもこの世界に来たのは初めてのようだっただろうか？」

「……そういう風に見えましたが、どうしてですか？」

おかしな質問だと思いつつも、感情は乗せずに淡々と答える。もしかして、セルデアはあの高校生君が俺だと思っているのだろうか。

先ほども、新たな神子を召喚するつもりはなかったと言ってたしな。もしかして、あの儀式は俺を呼ぶためのものだったのだろうか。

セルデアは俺の返答を聞くとただ俯《うつむ》いた。その表情に明るさはなく、どこか重々しく暗い。俺には落胆しているようにも見えたが気のせいだろうか。

「ならいい、気にしないでほしい。それにしても、貴方は……」

縦長の瞳孔が俺をしっかりと捉える。まさしく蛇に睨《にら》まれた蛙状態である。俺はフォークを握りしめたまま固まった。

なんだ。先ほどの質問と言い……もしかして、セルデアは俺に気付いているのか？　それは探るような視線で、張り詰めた雰囲気には俺は唾を飲みこむ。

「はい？」

「いや……」

ふっと視線が逸らされて、ようやく肩の力を抜く。

俺は小さく息を吐いて、緊張で鼓動の速くなった心臓を落ち着かせた。バレたからといって殺される訳でない。落ち着かなくては。

こっそりと息を整えている間、セルデアはしばらく黙りこんでいた。しかし、ある程度食事を終えるとカトラリーから手を離し立ち上がる。椅子が床を引っ掻く音が、室内に大きく響き渡った。

「すまないが、先に失礼させていただく。貴方は気にせず、ゆっくりと食事を堪能してくれたまえ」

そう言い残すと食堂から出ていってしまう。その足取りは速く、速足というより小走りに近いものだ。

控えていたノバさんも慌てた様子で、セルデアの後を追い食堂から出ていった。

俺はそれをただ見送ることしかできない。閉じた扉を呆然と見つめていたが、ふと我に返って食事に戻ることにした。

折角用意してくれた食事だ。残すのはもったいない、うん。

しかし、セルデアの態度の変化はなんなのだろう。嫌味と文句ばかりだったあのセルデアと、同一人物だとは到底思えない。しかし、容姿や声は間違いなく彼であり、疑いようがない。

そうなると、考えられるのは二つ。

セルデアが今後俺を何かに利用しようと考えているため、今は人の好《よ》さそうな演技をしている。

残る一つは、当時ただ単に彼は心底、俺が嫌いだったということ。

中学生時代、人生の中ではもっとも明るく笑い、表情豊かで生き生きとしていたと思う。

そんな俺が嫌いで、ああいう態度をとったと考えると辻褄が合う。

そこまで考えて、小さく鼻で笑った。

皮肉なものだ。

神子時代に甘やかされて優しくされた人たちからは邪険にされ、嫌われ文句を言われていたセルデアには普通に接してもらえるなんて。

胸の奥に小さな棘《とげ》が刺さる。それは小さすぎて大した痛みはないものだ。

しかし、それはしっかりと残り、じわりじわりと痛みが広がっていった。


和やかな、とはいえない夕食が終わった次の日。

朝方、俺が目覚めた頃だった。欠伸《あくび》を噛み殺していると扉が軽くノックされた。

昨日と同じような応答の後に入ってきたのは、一人のメイドさんだった。彼女はここに来た際に案内をしてくれた人であり、部屋に入ってくると頭を下げた。

「おはようございます、サワジマ様。今日付けで正式にサワジマ様のお世話役として任命されました、パーラと申します。改めてご挨拶に参りました」

パーラと名乗ったメイドさんは優しく笑う。年齢は十代後半といったところだろうか。年齢よりも随分と落ち着いているように見えるが、笑うと年相応に見えて微笑ましいものだ。

容姿は綺麗というより可愛らしいという表現がぴったりな少女だ。栗色の大きな瞳はやる気に満ちている。

……荒《すさ》んだ心が癒される。

昔から俺の周りは男が多かったから、こういう出会いは貴重だ。

「何かありましたら私がお伺いしますので、なんなりとお申しつけください」

「ありがとうございます。では、早速聞きたいことがあるんですが」

「はい」

「……サリダート公爵は、どういう方ですか？」

そう問いかけるとパーラちゃんは、大きな目を丸くした。突然の質問で困っているとは思う。

しかし、昨晩の態度をどう受け止めていいのか未だにわからない。だからこそ、少しでも他人の意見が聞きたかった。

パーラちゃんは俺の視線を受けると、何か悟ったような顔をしてからすぐに口を開いた。

「純粋なお方ですよ」

まあ、そういう感じの答えが返ってくるよな。

セルデアに雇われている者が、ほぼ初対面の俺に本音を漏らすはずもない。どんなに嫌な人間だったとしても、本音はどうあれ褒めるのが普通だろう。馬鹿なことを聞いた。

「なるほど。そうなんですね」

「あ、サワジマ様。信じていませんね？」

パーラちゃんは少しだけ頬を膨らませる。

うん、文句なしに可愛い。しかし、明らかに棒読みだっただろうか。信じていなかったことが簡単にバレてしまった。もう少しそれらしい演技をするべきだったか。

顎に手を添えて考えていると、パーラちゃんはゆっくりとこちらへ近づく。

「よければ旦那様をよく見てあげてください。きっと、わかりますよ」

パーラちゃんは、眉尻を少しだけ垂らし微笑んだ。そこにはかすかな悲しみが混じっているように見えて、俺は思わず首を傾《かし》げる。

よく見るも何も、神子時代には結構な至近距離でセルデアのことを見ていたつもりだ。パーラちゃんには悪いが、今さら見てもわかることがあるようには思えない。

しかし、彼女の複雑な表情はしっかりと脳裏に焼きついた。

「ああ、そうでした。実は旦那様からサワジマ様への言伝《ことづて》を預かっております」

「え。俺に、ですか？」

小さな咳払いと共に、パーラちゃんは背筋を真っ直ぐに正す。そして、口を開いた。

「はい、ここでの決まり事についてです」

■■■■

セルデアから言われた決まり事は、たった二点だけだった。

まず、許可なく屋敷の敷地外には出ないでほしいということ。これは単純な話で、俺の身の安全のためだ。

次に、部屋はどこを使っても構わないが、夜に部屋から出るのはできる限り控えてほしい、ということ。

ただ、これは強制ではないらしい。理由はただ単に今屋敷の使用人の数が少なく、夜間に世話役として動ける者が少ないからだ。

俺は一人でも構わないのだが、我儘《わがまま》を言う訳にもいかずに頷いた。

確かにそうだ。かなり広い屋敷だが、雇っている使用人は少ないように思える。もしかして、公爵家の財政状態が火の車だったりするのだろうか。

とりあえず、俺はそれらの約束を守って動くことにした。逆らう理由もないし、面倒をかけるのも悪い。

それらの説明を受けたあと、真っ先に向かったのは書庫だった。これから一人で生きていくために、必要なのはこの世界の情報だ。

場所はパーラちゃんに教えてもらい、案内は断った。使用人が少ないなら、わざわざ付き合ってもらうのは気が引けたからだ。

屋敷の廊下を一人でゆったりと進む。この角を左に曲がって、突き当たりの扉がそうだったはずなんだが。教えてもらった記憶を辿り、曲がろうとした時だ。

「旦那様！　どうしても行かれないおつもりですか」

「ノバ」

書庫と思われる部屋から人影が出てくる。それはノバさんと、セルデアだった。

俺はとっさに、廊下の角に身を隠してしまう。

別に隠れる必要はないのだが、彼らの雰囲気には切迫感があり出づらい。

セルデアの全身に纏《まと》わりつく瘴気《しょうき》は相変わらず濃い。正直に言うと、あの瘴気《しょうき》をどうにかしようとは考えた。一応は、寝るところと食事を用意してくれている家主だ。個人の感情はどうあれ、助けてあげるべきかもしれない。

しかし、俺じゃなくても別にいいだろうという気持ちが強いのだ。

あの高校生君は、間違いなく神子の力がある。先代神子である俺が保証する。

つまり、正式な神子である彼がセルデアを浄化すればいいだけの話であり、わざわざ俺の存在がバレるような危険を冒す必要などないだろう。

「最近の不調は瘴気《しょうき》によるものだと私は思っております。新たな神子様が来られたと聞きました、今事情を説明すれば優先的に浄化していただけるはずです」

「先ほども言っただろう。そうだとしても私は、新たな神子に会いに行くつもりはないのだ」

「旦那様……っ」

ノバさんの苦しそうな呼びかけが聞こえる。それを耳にしながらセルデアの言葉に固まった。

……行くつもりがない？

今の状況を一番よく理解しているのは、セルデア自身だろう。あの瘴気《しょうき》は早めに手を打ったほうがいい。

できるだけ早めに、浄化してもらうべきレベルだ。それなのに行かないという。

「私は、二度と神子には関わりたくない」

「……そ、それでは、旦那様が」

「しつこいぞ、ノバ。もし私が行くと言ったとしても、ルーカス殿下が神子に近づくのを許してくださると思うか？」

「……」

二度と関わりたくないという言葉に、心臓が小さく跳ねた。しかし、なぜ俺が気にするんだ。なんとなく癪《しゃく》ではある。

それに、ルーカスが神子に近づくのを許さないだとは、どういうことだ？

セルデアが神堕ちすればその被害は尋常じゃないものになるぞ。それはルーカスも知っているはずだ。

廊下の角からそっと覗く。ノバさんは黙りこんで俯《うつむ》いてしまい、悔しそうに拳を強く握りしめていた。

「それに大袈裟《おおげさ》だ。私は先代神子にしっかり浄化してもらった。瘴気《しょうき》はそこまで溜まっていない。最近のことはただの疲労だ」

――嘘だ。

確かに浄化はした。だが、今の瘴気《しょうき》は初対面の時以上だと俺は思っている。しかし、ノバさんにそれはわからない。

だからこそ、セルデアの言葉に何も言い返すことができず深々と頭を下げた。話はそこで終わったのだろう。

書庫から少し離れた部屋に、二人で入っていくのをこっそり確認してから、安堵の息を吐く。真っ直ぐにこちらに来たらどうしようかと思ったが、運がよかったようだ。足音が聞こえなくなったのをしっかり確認してから、ようやく角を曲がって進み始めた。

しかし、段々と足は進まなくなり、自然と足が止まる。

「……口だけだろう」

先ほどの会話が頭に焼きついて、離れない。神子には頼らないと言っていたが、その選択は自殺行為に近い。

瘴気《しょうき》は、化身を苦しめる。瘴気《しょうき》は強まる程に心身に苦痛を与え、化身の凶暴性を強くする。あのままでは——いや、考えるのはやめよう。セルデアのことだ、何か企《たくら》んでいる可能性もある。もう少し症状が強まれば、高校生君に泣きつくことになるはずだ。だからこそ、無駄な心配はやめよう。

記憶を消すように頭を振ると、書庫へと急いだ。

「へえ、これはすごい」

俺は壁全面に広がるような本棚を見て、小さく感嘆の声をあげる。この部屋に並べられた膨大な本の量は、ちょっとした図書館並みだ。

それらをゆっくりと見渡しながら、目的の本を探して歩き回る。

俺はこの世界の文字が読める。それは神子だからではない。神子として召喚されても、言葉は通じるが、普通は文字がまったく読めない。

読めるのは、神子時代に文字の読み方を教わったからだ。それでも勉強したのは一年間だけ。今から二十年近く前の話だ。だから完璧にすらすらと読めるのかと問われれば、首を横に振るしかない。だが時間をかければ、まあまあ読めるだろう。

今から探すのは神子関連の本だ。この力を役立てる方法がないかをどうにかして確認したい。他にも役に立ちそうな本があればいい。地位もなく家族もいない三十代が、異世界で一人で暮らしていくには知識も必要だろう。

しばらく歩き続けるが、図書館のように丁寧にジャンル分けされているはずもなく、背表紙にタイトルがない本も多かった。ここの家主ならともかく、俺には探すだけでもかなりの時間が必要だ。

「ん？」

ふと、背表紙にタイトルが書かれていない真っ黒な本が目に留まる。気まぐれにその本へ手を伸ばした。

中身を開いてさっと目を通すと、どうやら絵本のようだ。幼児向けにしては絵が可愛らしいものではない。

美しく、繊細な線で描かれた絵は見る者を惹きつける。文字に不慣れな俺にもこれなら読みやすい。俺はその絵本に目を通し始めた。

内容は、この世界の始まりについて、だった。

神と人の距離が限りなく近かった時代。幸せに暮らしていたのにどうして離れることになったのか、という内容だ。

これはおとぎ話というよりは宗教本に近いな。

多くの神の名前が出てきて、色んな話が描かれている。結局のところ、神が人と離れることになったのはたった一人、とある神が原因らしい。

その神は賭け事が大好きな神だったそうだ。そんな神はある時、愛していた人間を報酬に夜の神と賭けをしたらしい。

結局は賭けが大好きな神は負けてしまい、夜の神にその人間を取られることとなった。まったくもって、自業自得だ。

しかし、その神は心の底からその人間を愛していた。だからこそ、必死に取り返そうとしたそうだ。どんなことにも手を染めていき、ついには神をやめてしまった。

そしてその思いは、最後には呪いへと変わった。それは神を蝕《むしば》み、侵す。神々はそれを恐れて世界から去った。

要約すればそのような内容だった。

いろいろとツッコミどころの多い物語ではあったが、これがエルーワに伝わる神話だったりするんだろうか。

神子時代には、こういうことがあったとは聞いた覚えはない。神に関することはある程度は教えてもらっていたはずなんだがな。

とはいえ、あの頃は勉強が嫌いだった。

ついでに、周囲からかなりちやほやされていた自覚はあるので、ただ単に俺が嫌がるから教えなかったということかもしれない。

表紙を何回か確認してから、それを本棚へと戻す。求めているのは、こういう本ではないのだ。

その後も、書庫内をうろついて何冊か開いて読んでみるが、結局のところは探し出すことはできなかった。

あまり書庫に長居をすると、メイドさんたちが探しに来る恐れがある。彼女たちに書庫で本を読んでいるところを見られたら困る。文字が読めることは秘密にしなければならない。

程々で切り上げて書庫を後にすることにした。

焦ることはない、時間はまだあるのだ。

■■■■

『失礼いたします、神子様』

神子様、と呼ばれてそれが俺のことだと遅れて気付く。いろいろな人たちにずっとそうして呼ばれているのだけど、どうにも慣れない。

俺のために用意された部屋はとても広くて、行ったことはないけれど一流ホテルみたいだった。

ベッドも、ふかふかでめちゃくちゃ幸せ。至れり尽くせりって感じで、何をしてもみんなが褒めてくれる。この世界って最高じゃん。

少し嫌なところがあるとしたら、一番近くにいるのが男ばっかりのところかな。俺だって男だ、できたら女の子にちやほやされたい。

今扉をノックして声をかけてきた人も男だ。入ってきて深々と頭を下げたその人は、とても綺麗だった。

『うわぁ！』

銀色の髪、瞳、角。それらすべてが俺の大好きなドラゴンに見えて、思わず興奮する。昔からドラゴンという生き物がとても大好きだった。だからこそ、それに近い特徴を持つ彼に胸が高鳴った。

『お初にお目にかかります、私はセルデア・サリダートと申します。この度は召喚に応じてくださり、この国の一員として深く感謝いたします』

『あ、いいっすよ。気にしないでください、俺こういうのに憧れてたんで！』

ここ最近で何度も言われた感謝の言葉に、ちょっと飽き飽きしていた。少し投げやりな返答の後、興奮気味に彼の側《そば》へ近寄る。

それは、ただ単に彼をもっと近くで見たいという欲のせいだ。しかし、それに戸惑った様子を見せるのはセルデアさんだった。

『あの、私がどうかされましたでしょうか』

戸惑うのは当然だ。いきなり近くまで駆け寄ってきて、まじまじと見られていれば誰でも気になる。わかっているんだけど、こんなに綺麗な瞳も髪も初めてだったから。

俺は思わず、セルデアさんの手を強めに握りしめていた。

少し無遠慮だったかと思ったけれど、瘴気《しょうき》を浄化するにはどうせ直接触れなきゃいけない。それなら、まあいいかな。俺は上機嫌で頬が緩みきっていた。

『すげえ、カッコいいですね！』

『え？』

『角も目も、全部すごいカッコいいっすよ。俺、貴方みたいな人に出会えて嬉しくて』

『……』

目を見開いたままセルデアさんは固まっていた。俺へ視線を注いだまま一向に動かない。あまりにも長い間凍りついたように動かないので、段々不安になってくる。セルデアさんの手を、軽く指先で突《つつ》いてみる。

『あのー……』

『……申し訳ありません。あまり聞き慣れない言葉でしたので』

『ええっ、それは意外でした』

セルデアさんは小さく息を呑んでから、そっと離れていく。その際に乱暴にではないが、握った手は振り解《ほど》かれてしまった。

そして、俺を見つめたまま眉を顰《ひそ》め、唇を一文字に結ぶ。それは明らかに不機嫌だとわかる表情だった。こちらを見る目も鋭く、整った顔に睨《にら》まれるとそれだけで圧力を感じる。それに気付いた瞬間、自分が失敗したのだとわかった。

やらかした。ちょっと調子に乗りすぎちゃったかな。

この世界に来てから、何をしても怒られることはなかった。そのせいで、他人への気遣いというものが薄くなっていたのかもしれない。

そう思うとなんだか声をかけづらくなってしまい、黙りこむ。セルデアさんが何かを話しかけてくれる訳もないので、気まずい沈黙だけが流れる。

どれくらいの時間が流れたかわからない。突如、セルデアさんが口を開いた。

『……急用を思い出しました。今日はこれで失礼いたします』

『え！　あ、はい』

本当は引き止めなきゃいけないと、わかっていた。神子の役目である浄化がまだ終わっていない。瘴気《しょうき》が溜まっているのは見てわかるし。

けれど、嫌なことを言ってしまったという後悔が重くのしかかり、何も言えずにその背中を見送った。どう考えても俺の言葉が機嫌を損ねてしまったのだろう。

次だ。次に会った時にはちゃんと謝ろう。嫌なことを言ってすみませんでしたって。きっと謝ったら許してくれる。そう考えていた。

だからこそ、三日くらい経って会いに来たセルデアさんの言葉に、俺は衝撃を受けた。

『――――私は、貴方が嫌いだ』

■■■■

びくりと全身が跳ねて、意識が一気に浮上する。目蓋《まぶた》も同時に開いて、飛びこんでくるのはベッドの天蓋だ。

豪勢な天蓋は、ここが一人で暮らしていたマンションの一室ではないと俺に教えてくれる。

じんわりと汗を掻いていたようで、服が肌に張りついていた。額に滲《にじ》んだ汗を拭いながら、ゆっくりと身体を起こした。

静まり返った室内と閉じられた窓の向こうの暗さにまだ深夜なのだと知る。夢見が悪かったのか、中途半端な時間に起きてしまったようだ。

この屋敷を訪れて、もう数週間が過ぎていた。

一日の大半の時間を書庫で過ごす日々を送っていた。同じ屋敷にいるはずだが、あれ以来セルデアとは一度も出会っていない。そうすると余計に彼の存在が気になる。

だから、あんな夢を見たのだろうか。先ほどの夢はほとんどが現実で起こったものだった。あれは、俺が神子時代にセルデアと出会った時の光景だ。

しかし、今思い出すと確かに初対面のセルデアは普通だった。それこそ、この前謝罪してくれた時と同じだ。最初から嫌なヤツではなかったのだと、今さらながらに思い出す。どうにもあの顔のせいで忘れていた。

セルデアが急変したのは確か……その次に会った時だ。

冷たい視線に、嘲《あざけ》る言葉。いろいろな文句を言われた。子供だった俺は、セルデアに冷たくされていることを最後まで誰にも言わなかった。

嫌われたのは余計なことを言った自分のせいだと思っていたし、告げ口のようで卑怯に思えたのだ。

そこまで甘えてはいけないと、変なところで意地になっていたのもあったのだろう。

しかし、今の俺からすれば告げ口してやればよかったということに尽きる。

卑怯？　自分のせい？　自分自身を大切にしてなんの問題があるというのだ。やられたらやり返すべきだ。もちろん、合法的な手段で。

「……何か、目が覚めちゃったな」

無理やりにでも目を閉じて寝ようかと思ったが、完璧に目が冴えてしまった。こうなったらすぐに眠るのは難しい。

ふと、視線が扉で止まり、そのまま誘われるようにベッドから出る。別に禁止されている訳でもないし、少しだけ外に行ってみようか。

屋敷から出るつもりはない。庭に行くくらいはいいだろう。

自分の中では、それがとても素晴らしい考えのように感じた。この世界の夜景というものも楽しんでみたい。

当たり前だが、俺を止める者はここには誰もおらず、そのまま外へ向かった。

夜の屋敷は人の気配がまったくしなかった。

騎士たちが見回りをしているのが普通だと思っていたんだが、辺りには誰もいない。

一応、ここは公爵家だ。これで大丈夫なのかと思わなくもないが、よく考えれば当主は化身だ。

彼をどうにかできる人間なんて、この国だと神子と他の化身くらいのものだ。

しかし、他の化身がわざわざここまできてセルデアに害を及ぼすなんてありえない。

彼らも、必ずセルデアに勝てるという訳でもないので、やはり警備がなくとも問題ないのかもしれない。

窓から差しこむ月明かりに照らされながら、廊下をゆっくりと歩く。結構歩いたつもりなのだが、その間誰ともすれ違わなかった。

人が足りていないとは聞いていたが、ここまでとは。こんなに人手不足なのは、何か理由があるのだろうか。

これでは、わざと人をこの屋敷に置かないようにしているとも思える。

……いや、まさかな。

「ッ！」

パリンッという突然の物音に、俺の全身が跳ね上がる。それは何かが割れたような音だった。どこからだと思った瞬間に、再び何かが床に落ちる音が聞こえる。

俺は驚きで足を止めて辺りを見渡した。どこだ、どこから聞こえる音なんだ。

その音は段々と激しくなっていく。またしても割れた音が響いた時に、それがもう少し先の扉から聞こえていると気付いた。

両開きの大きな扉、その向こうから聞こえる。

俺は息を殺して、ゆっくりとその扉に近づく。そして、そっと扉に耳を押し当てた。

ガタンッと物が倒れる音がはっきりと聞こえてくる。ここだ、間違いない。

この扉の先で何が起こっているというのだろう。誰かを呼ぶべきかと考えていたが、ここまで人がいないなら探すだけでもかなり時間が必要だ。

……もし、緊急を要する状況だったのなら。

とりあえずはノックだ。その扉を拳で軽く叩いた。

「あの、大丈夫ですか？　何かありましたか？」

扉の向こうにも聞こえるように少し大きめの声を出す。しばらく待ってみるが、返答はない。

しかし、先ほどまでの激しい物音がぴたりと止んだ。その場で待っていても、やはり返ってくるのは沈黙だけだ。

なんだ？　静かになるなんておかしくないか？　首を傾《かし》げて、もう一度扉に耳を押し当てた。

「……っあ、ぐ……っ！」

かすかに聞こえたのは、誰かの呻《うめ》き声だった。それは苦しそうに掠《かす》れている。聞いた瞬間、中で誰かが倒れていると思い、反射的に扉を開き、中へ飛びこんだ。

「大丈夫ですか！」

入った先は広い部屋で、中は真っ暗だった。灯りは一つもなく、室内の窓にもカーテンがかかっているのか何も見えない。あるのは、俺が開いた扉から差しこんだかすかな光だけだ。そして、そこには誰かがいた。

浮かぶのは、紫色の光だった。

ぞわりと、背筋に悪寒を感じた。薄っすらとした光では誰がいるのか見えないのに、はっきりとわかった。

なぜなら自然の暗闇よりも、禍々《まがまが》しくどす黒い霧が部屋全体を埋めつくしていたからだ。

「セルデア……？」

瘴気《しょうき》だ。こんな濃い瘴気《しょうき》を持つ者はセルデアしかいない。名前を呼ぶと奥で動くような音がかすかに聞こえる。その瞬間、俺のすべてが警戒を強める。

あれはまずい。絶対にやばい。

セルデアの吐息の音が聞こえたかと思うと、勢いよく背後の扉が勝手に閉まる。そして、何一つ灯りのない闇の中に取り残された。

「はぁ、はあ……っ」

何も見えない中で、セルデアの苦しそうな荒い息だけがよく聞こえる。そして、ぺたりぺたりと素足でこちらに近づく足音が大きくなっていく。その間、俺は動けなかった。

ゆっくりと影がこちらに近づき、ようやく暗闇に慣れた瞳がそれを捉える。

銀の髪と衣服は乱れ、胸元をさらけ出している。手指には血が付着しており、首筋にある傷が自傷したものだと気付く。

さらに、間近でこちらを覗きこむ紫水晶の瞳には理知的な光がなかった。首を傾《かし》げながら、どこまでも虚ろな瞳でただ俺を映す。その様子は人間ではなく獣の動作に近い。

それらを見て、確信した。

セルデアはもう限界だ。神堕ち寸前で、理性はもう飛んでいる。

部屋に入った瞬間、逃げようかとも思ったが、今逃げてどうなる。セルデアが神堕ちしてしまえばこの辺一帯は無事では済まないはずだ。

駄目だ、たとえ神子だとバレようとも今、浄化するしかない。

しかし、無闇に動く訳にはいかない。まだ完全に神堕ちしていないとはいえ、瘴気《しょうき》に侵され凶暴性はかなり高いはずだ。

慎重に動け、絶対に焦るな。

緊張から掌に汗が滲《にじ》む。それでも焦る気持ちを抑えようと浅い呼吸を繰り返した。

その間、セルデアは俺のすぐ前にまで近づく。そして、俺の首元に鼻先を寄せて、匂いを嗅ぐように鼻を鳴らす。なんだ、いい匂いはしないぞ。

注意していなかった訳じゃない。それは本当に突然の行動だった。セルデアは、首元に唇を寄せて口を大きく開いた。

「っ痛ッ!!」

首筋に激痛が走る。

な、何を！　慌てて目線をそちらに向けると、セルデアが俺の首筋に噛みついていた。強く噛んでいるという訳ではない、鋭い八重歯が首筋に深く刺さっているのだ。食われると感じて、恐怖に全身が包まれた。

そこから慎重という言葉を忘れて、全力で暴れる。当たり前だ、こんなところで絶対に食われたくない。しかし、セルデアは俺の腰に腕を回して離さない。

まずい、これは応戦しないとだめだ。急いで震える指を動かし、素肌を晒《さら》している胸板に直接触れる。そして、集中する。

浄化の仕方はわかっている。自分の中にあるものを相手に差し出すような気持ち、あとは浄化の願いと祈り。

高校生君を待っている場合じゃなかった。

今やらないと俺がまずい！

「ぐっ、ああ、っ！」

ずるっと何かが抜けていく感覚、それが掌に伝わっていく。すると、セルデアが呻《うめ》いて力が緩む。今だと思った瞬間に、肩を突き飛ばし全力で押しのける。腕の力が緩んでおり、思った以上に呆気なく解《ほど》けて、そのまま床へと尻もちをついた。

「って！」

勢いよく床へ尻をついたために、じんじんと鈍い痛みが俺を襲う。そして、すぐに先ほどの浄化がほぼできていないとわかった。

くそ、嫌われていた神子時代よりも伝わりにくいってどういうことなんだ。しかし、俺からの好感度も高くはないので当たり前といえば当たり前かもしれない。こうなれば数をこなすしかない。

ほんの少し浄化はできている。繰り返し力を送れば、どうにかなるはず。

すぐに立ち上がろうと足に力をこめようとした時、まったく力が入らないことに気付いた。

「あ、あれ……？」

心臓の鼓動が馬鹿みたいに速い。全身の体温が自分でもわかるくらいに高くなってきて、息も上がっていく。

無意識に掌で首を触り、気付く。ここはさっき牙を立てられた場所だ。

化身たちにはそれぞれ力がある。ルーカスは天の神の血筋だ。羽を持つ生き物を眷属として、風や光を操れる。

セルデアも同様の力がある。地を這う生き物を眷属として、土や毒を操れるのだ。

サッと全身の血の気が引いていく。さっき噛まれた時に、毒を注ぎこまれたのか！　猛毒だろうか？　だとしたらもう助からないぞ！

い、いや、落ち着け。俺なら浄化できる。化身の力なら打ち消すことができるはずだ。

その時、俺は自分のことだけしか考えられなかった。だからこそ、間近に近づいてきた影にはただ無防備だった。

「っ、しまった！」

気付いた時には遅かった。

セルデアが座りこんだ俺へ覆い被さるように飛びついてくる。肩を掴まれ、床へ上体を押しつけるように力がかかる。後頭部を軽く床に打ちながら、倒れこんだ。痛みに眉を顰《ひそ》めながらも、どうにか声だけは振り絞る。

「落ち着いてください、公爵！　俺です、サワ……ひぁ、っ」

自分でも驚くくらいに甘く高めの声が漏れる。その原因は話す途中で、セルデアが俺の首筋を舐めたからだ。それはちょうど噛まれたところだ。

急に舐められたことも衝撃だったが、それ以上にその感覚に驚く。足元から駆け上がるような甘い痺れ。体が過敏になりすぎている。

いや、まさか、そんな。

「嘘だろ……っあ、待って、待ってください、っ」

俺が現状を理解しきれていない隙に、セルデアの行動はどんどんと激しくなる。噛み痕を労《いた》わるように舐めながらも、手は俺の腰をゆっくりと撫でる。それだけで俺の身体は小さく跳ねて、熱い吐息が唇から漏れるのを止められない。

敏感すぎるこの身体とすでに股間のほうで勃ち始めたブツに気付いて、俺は悲鳴をあげた。間違いない、さっき注ぎこまれたものは媚毒か！

よりにもよってなぜそっちの毒なのか。いやここはよかったと喜ぶべきなのだろう。しかし、男の俺なんかになぜそれを注入したんだ。

抗議をこめてセルデアを睨《にら》みつけるも、そこにはあるのは正気の光のない瞳。ただ息は乱れて、興奮しているのがわかる。

これはまずい。このままだと俺は、違う意味で食われる。

「離し、っあ」

混乱状態の俺を置き去りにして、ビリっと破ける音がした。それが着てる服を破かれたのだと遅れて気付く。

胸倉辺りから乱暴に引っ張られ、まるで紙のように破られていた。素肌が外気に晒《さら》されて、反射的にびくりと身体が震える。

本当にまずい。いますぐ離れなくては！　そう、頭ではわかっている。わかっているのに、身体がうまく動かせないのだ。

「んっ、あ」

首筋に残った噛み痕をセルデアは執拗に舐める。それだけだというのに、足の爪先から駆け上がるような甘い痺れ。その快感は今までに覚えたことのない程に気持ちよく、俺の思考と動きを鈍らせる。

せめてもの抵抗として頭を左右に振り、拒否を示す。しかし、今のセルデアにはそれが気に入らなかったのだろう。俺の耳元で口が開く音が聞こえる。

「ま……ッ、あぁあ、っ！」

再度、俺の首元に牙が埋めこまれる。喉を晒《さら》して、弓なりに身体が反る。

痛いからではない。恐ろしいことに痛みなんてまったくない。その逆で、噛まれているというのにとても気持ちがいいのだ。

それこそイく時の倍程の快楽に襲われて、声なんて殺せない。びくびくと全身が震え、身体が熱い。

ずるりと牙が抜かれる時には、俺は指一本動かせない程だった。荒い息だけを繰り返して、全身の力が入らず床に寝転ぶだけ。

セルデアはそんな俺を見下ろして、どこか満足げだ。狙った獲物を捕えたとばかりにその瞳を嬉しそうに細めた。

「あっ、そこは、んっ」

次にセルデアは俺の胸に顔を寄せ、異常な興奮のせいか立ち上がる胸の突起にその舌を這わせる。それだけでぴりぴりするような快感が身体中に広がり、俺は全身を震わす。吸いついたり、歯先で甘く噛んだり。力が入らない俺をいいことにやりたい放題だ。

「んっ！　んっ！」

俺もそれだけだというのに感度が馬鹿みたいに高くて、気持ちいい。セルデアの鋭い歯先が掠《かす》める度に、噛まれた時を思い出してびくっと腰が跳ねる。

また噛まれるかもしれない、と考えながらも恐怖よりも期待が上回っている。かすかに残る理性が、媚毒のせいだと訴えかけてくるが、何の意味も成さない。

「っは、んあ……ひっ！　やめっ！」

ちゅちゅっという水音が、羞恥心を煽る。さらにセルデアの手が下肢へと進むと、ためらいもなく俺の勃起したブツを服越しに掴む。敏感すぎる身体ではそれだけでかなり気持ちよくて、声は抑えきれない。

しかし、セルデアにとってこちらの様子はどうでもいいとばかりに、再度ビリっと破れる音が耳に届く。目線をそちらへ向けると、下着ごと股間辺りの衣服が裂かれていた。

「本当に、落ち着けってぇ、っ！　んあっ」

まだ動かせる口による説得を試みるが、まったく聞いている様子がない。それどころか、そのまま性器を直接手で包みこむように触れる。それだけで大袈裟《おおげさ》な程に身体が跳ねる。

「あっ、んっ、ひっあ」

そこから竿を緩急つけながら擦り上げるものだから、あまりの気持ちよさに頭が真っ白になる。女の子のような甘い声が漏れて、全身が痙攣《けいれん》を起こしたかのように震える。暴力に近い快楽に頭を振った。

「あっあ、まって、つらっ、ひぁッ！」

ぐちゅぐちゅという先走りの粘着質な音が部屋中に広がっていく。口が閉じられなくて、唾液が口端からこぼれた。

セルデアはいつの間にか胸を舐めることをやめており、ただ真っ直ぐに俺を見下ろしていた。鋭い眼孔に射貫《いぬ》かれる。その目はまるで獣のようだ。

瞳の中には理性的なものなどどこにもなく、あるのはただ本能。獣そのものだ。

「あっ、やだ、イく。出る、出るからッ！」

限界はあっという間だ。俺が早漏という訳ではない。快楽がずっと押し寄せて、これでも必死に耐えたほうなのだ。

俺の言葉を聞いて、セルデアの手が速まる。それは十分すぎる刺激で、目蓋《まぶた》をぎゅっと閉じた。

「あっ、イッ、あぁぁっ！」

白濁した液が先端からこぼれて、飛び散る。ぽたぽたとセルデアの手を汚して、俺の衣服も汚す。足先をピンと伸ばして、襲いくる快楽に声を枯らした。そして、一気に熱が全身に回って息を切らす。

息を荒らげながらも、先ほどの快楽を思い出して身を震わせた。

ああなんだよ。馬鹿みたいに気持ちがよかった。あんなのどこでも体験したことがなかった。息を整えることに必死になっている俺を、セルデアは待つはずもない。

「っひ！」

セルデアが次に触れるのは俺の尻だ。尻を衣服越しに軽く撫でる。その瞬間、次にどうなるかはすぐに理解した。男同士でどこを使うかは、知っている。しかも恐ろしいのは、一瞬そっちも気持ちいいかもしれないと思った自分がいたことだ。

このままではまずい。絶対にまずい。

一度イッたせいで、思考も落ち着いている。今しかないと決心して、セルデアに両手を広げた。

「……頼むよ」

懇願するように声を弱弱しく、そして眉尻を垂らして目線を向ける。両手を広げて、抱きしめてほしいというポーズだ。

俺に彼女ができたら、してほしいこと第二位に入ることだが、まさか自分が実演することになるとは夢にも思わなかった。

ただこれが正気ではないセルデアに効くかどうかは賭けになる。俺が哀願の表情のままでいると、感情の読めないセルデアがこちらを黙って見つめる。

そして、ゆっくりと俺へと覆い被さってきた。両腕を広げた俺の胸の中に飛びこむように。

――ここだ！

すぐにセルデアの背に両腕を回して、力強く抱きしめる。

今の俺とセルデアは肌の接触面がかなり大きい。だから、今ここでやるしかない。

「――三十代神子を、舐めるなよッ！」

すべてだ。自分の中にあるすべての力を使いきる程に祈る。相手の中にあるものをすべて綺麗にしたいとただ無心に祈るのだ。

「ぐ、あっ！」

腕の中でセルデアの身体が跳ねる。苦しげな声が聞こえるが、俺は意識を自分に集中させる。

やっぱり効きが悪い。まだだ、もっと。もっと力を凝縮させるんだ。

俺の全身が白く発光する。実際には浄化の力がそう見させているのだが、今は余計な考えは後回しだ。

一度出したせいか、呼吸も落ち着いてくる。

逃さないように腕の力を弱めず、抱きしめ続ける。そうして、段々とセルデアの声が小さくなっていく。視界を覆う程の瘴気《しょうき》もゆっくりと消えていく。ある程度見えなくなるのを確認してから、ようやく腕の力を抜いた。

「どう、だ……？」

セルデアを確認すると目蓋《まぶた》は閉じられ、気を失っているようだった。そうなると、セルデアの重みがすべて俺へとかかってくる。

俺を下敷きにして眠るセルデアにかすかに苛立ちながらも、どうにかそこから脱出する。

しかし、起き上がる力はない。元々神子の力は使うとかなり疲れる。今回は全力だ、本当に疲れた。

いや、それでも子供の時よりは随分とマシな気がする。不思議な話だ。

神子時代はもっと疲労感が強くて、一人を浄化するだけでもかなり辛かった。そのことは誰にも言わなかったが、今ならそれ程辛くはないな。随分と楽になった。

それにしても、本当に。

「世話のかかるヤツ……だな」

呑気に寝ているセルデアを睨《にら》みつけるも反応がある訳でもない。とりあえず、少し休んだらここから離れなくては。

こんな状況を誰かに見られでもしたら絶対にまずい。だから少しだけ、少しだけ休んだら動こう。

そう自分に言いきかせながらも、体力の限界だった俺は目蓋《まぶた》を閉じた。

■■■■

ふっと意識が戻ってくる。自然に目が開き、すぐに見えたものがベッドの天蓋だとわかり、一瞬だけ戸惑う。

あれ、どこだ？　俺の部屋か……？

しかし見えている天蓋は見覚えのないもので、豪勢な作りをしていた。

ここにいるのは正しいのか、という自問自答をしばらく繰り返す。目覚めの思考はまだ鈍くて、答えを出すには時間がかかる。

確か、俺は夜中に目が覚めて、そして――

「っあ！」

すべてを思い出して、シーツを蹴り上げながら身体を起こした。

ここはどこだ。しっかりと覚えているのはすべてを振り絞って、セルデアに浄化の力をぶちこんだところまでだ。

もし、あのままなら今頃は床で目覚めているはずなのだ。しかし、ここはベッドの上。

ええと、どうしてベッドの上にいるんだ。いや、その前にあのままだとしたら、この部屋は……

「起きたか」

突如声をかけられて、驚きで肩が跳ねる。そちらに目を向けると、そこにはセルデアがいた。

ベッドの側《そば》に椅子があり、そこに座っている。

それでようやくここがどこで、今どういう状況なのか、把握できた。

こちらを見るセルデアの眉間には皺が多く刻まれ、その目も険しい。それは誰が見ても激怒の表情に見える。

何かをやらかしたか？　と一瞬思ったが、よくよく考えれば居候《いそうろう》が勝手に家主の寝室へ侵入した時点で、十分やらかしているといえるかもしれない。

俺が思うに、先に意識を取り戻したのはセルデアだったのだろう。だとすれば、倒れた俺の周りには間違いなく精液などが残っていたはずだ。

暴走中の記憶が一切ないとすれば、夜這いをした変態だと思われてないか？　襲われたのはこちらだというのに、とんだ誤解だ。これは本当にまずいかもしれない。

今の立場的にもここから叩き出されてしまうと、あとがあるとは思えない。なんとか他所の貴族が預かってくれたとしても、このような待遇はないだろう。

とりあえず謝るべきか？

「……あの、ですね」

言い訳が出てこない。馬鹿正直にすべてを話せば、俺が先代神子だということも説明しなければならないのだ。大体、セルデアがどこまで覚えているのかもわからないのに迂闊《うかつ》なことは言えない。

言葉が続かない俺を、セルデアが鋭い目つきで睨《にら》んでくる。それは昔を思い出すような瞳だった。

罵《ののし》られ、睨《にら》まれ、邪険に扱われた。どうにも苦手に思うその双眸《そうぼう》に、抑えきれない怒りが湧いてしまう。つい、こちらからも睨《にら》み返すとセルデアがびくりと小さく震えた。

「すまなかった」

セルデアは深々と頭を下げた。その意外すぎる言動に、驚きで全身が固まる。しかし、こちらを気にすることなく言葉は続く。

「……昨夜のことは覚えていないが、大体は理解している。言葉の謝罪で許されるとは思っていないが、昨夜の私は……我を忘れていた」

「……」

「本来ならば危害を加えることはあっても、このような……その、性的に襲うなどありえないことなのだ。私は元々そういう欲には薄く………ああいや、違う。そういう話は必要ないな。傷は大丈夫だろうか？　そうだ。その、穴の部分が痛むなら今すぐ医師を」

「……」

声を出すのも忘れて、セルデアを見つめていた。俺の中でのセルデアは、その容姿にぴったりな悪役のように狡猾で冷血な男だと思っていた。こういうことがあっても、冷静に淡々としているような男だと。

しかし、今見ている男はそうではなかった。

表情こそはかなり険しいが、頬はかすかに赤く染まっており、声は混乱に満ちている。先ほどと違って目もかなり泳いでおり、俺を真っ直ぐに見られていない。ただ、顔だけは迫力たっぷりだ。

「いえ、あの、俺は」

「ああ、すまない。責任は取ろう。貴方を傷物にしたのだから、私が責任を取るべきだ」

「いや、ですから」

「いいのだ。何も言わなくてもいい。私は貴方を無理やりに」

「ですから、聞いてください。未遂です」

「――は？」

ぴしりと固まった音が聞こえそうな程、一瞬にしてセルデアの動きが止まった。

そもそも、お互い完全に服を脱いではいなかったはずだ。

現に今着ている服も昨日と同じで、破れたままだ。破れているといっても脱がさなければ、挿れることもできない。脱いでいないのにどうやって一線を越えるのか。

倒れたあとに、という可能性もない訳ではないが、しっかり浄化の力を打ちこんだので可能性は低い。尻の穴も痛くないし。

俺が気を失っている間にでも、ある程度は冷静に調べればわかることではある……よな。

「確かに、その、俺は襲われました。けれど、驚いて突き飛ばしてしまった時にサリダート公爵が頭を打って気絶されたようで……」

「……ああ、そうか。なるほど」

とっさに出た言い訳を並べるとセルデアは俯《うつむ》いてしまう。あの状態のセルデアが簡単に気絶するはずもなく、苦しい言い訳ではある。

しかし、ここはこう伝えるのがまだ自然だろう。それにしても責任ってなんだ。女性相手なら、つまりは結婚とかそういう類のものだろうけれど……いや、まさかな。

「そういうことなので、気になさらないでください。勝手に寝室へ入った俺が悪いのです。急な侵入者を罰するのは当然ですよ。謝るのはこちらのほうです。申し訳ありません」

「っ、違う！　貴方が謝ることなど、何も！」

頭を下げると、同時にセルデアは勢いよく立ち上がる。その勢いで、立ち上がった際に椅子が倒れる。ベッドにいる俺を見つめる瞳は鋭く、ぎゅっと強く閉じられた唇と合わされれば責めているようにも思える。

しかし、今のはなんとなくだが理解できる。これは俺を責めているのではなくて、自分を恥じているのではないだろうか。その様子は自分の認識を改めさせるには十分なものだった。

……もしかして俺は、セルデア・サリダートという男をよく理解していなかったんじゃないだろうか。

表面だけを見て、ちゃんと理解しようとしていなかった？　確かにこの屋敷に来てから、セルデアに辛く当たられたことはなかった。

そう思った瞬間、パーラちゃんの言葉が頭に浮かぶ。

『――純粋な方ですよ』

純粋。本当にそうなのだろうか。しかし、心の中でその言葉はすぐに黒く塗り潰された。

そうさせるのは神子時代の記憶だ。セルデアが悪意のない人間だと思うには、そこが引っかかって離れない。

罵《のの》り、突き放す態度、すべて覚えている。性格の合う合わないは誰にでもある。特に恨んではいないが、好感情はさすがに向けられない。

嫌な人間の、はずだ。

互いに口を開くことができなくなり、重たい沈黙だけが流れる。

俺としては正気を失っていた理由もわかるし、セルデアの行動の理由は謎だが、原因は理解している。しかし、あちら側からすれば正気を失っていた事情はきっと話せない。

瘴気《しょうき》に侵されていたという事実は誰にも言えないはずだ。お互いにとって一番いいのは、有耶《うや》無耶《むや》にして終わらせることだ。

幸いにも俺は事情をまったく知らない異世界人だと思われている。適当な嘘をついて終わらせればいい。

こちらとしても、襲われたことは犬に噛まれたと思って忘れる。だからこそ、期待してセルデアを見つめた。

しかし、セルデアはゆっくりと話し始めた。

「……貴方には、知る権利があるだろう」

「……え？」

「貴方は、この世界で私のような異形な一部を持つ者が気にならなかっただろうか。私たちは、化身と呼ばれている」

その内容は、化身のことや神子のことだ。さすがに神堕ちの話まではしなかったが、自分が瘴気《しょうき》に侵されていて、そのせいで錯乱してあのようなことを起こしたとまで説明した。

その説明を聞きながら、頭の中は混乱していた。

なんで話すんだ？　黙っておけばいい話じゃないか。自分の執事にまで嘘をついて隠し続けてきたんだろ。きっと誰にも話してないことなんだろ。

ここまで説明して残るのは、セルデア側の損だけだ。公爵という立場からすれば、容易に他人に弱点を晒《さら》すべきではない。演技だとしてもやりすぎだ。それくらいは簡単にわかる。

それなのになぜ、今の俺なんかに話すんだ。

無意識に手に力が入る。ぐっと強く握り締めて、爪が掌に食いこむ程だ。胸の奥で消化しきれない重たい気持ちが渦巻く。

それは、認めたくないという強い気持ちだった。

「なぜ……話したんですか」

「なぜ、とは？」

「さすがの俺でもわかります。それは公爵にとっては不利になる情報でしょう。価値のない客人であり、一年で去る俺のような男へ、馬鹿正直に話すことでしょうか」

思った以上に刺々《とげとげ》しい言い方になってしまったとわかってはいた。この世界に来て、初めて苛立ちの感情が声に滲《にじ》み出る。

なぜ、適当に誤魔化さなかった。なぜ、嘘をつかなかった。

むしろ適当な罪を被せて放り出してもよかった。その判断に文句をつける者は、この世界にはもういない。

だって、そうしてくれないと認めることしかできなくなるじゃないか。

俺の言葉に、セルデアは一瞬黙りこんだ。しかし、すぐにそのまま膝を折る。そして、ベッドの側《そば》で床に片膝をついた。目線はそのまま真っ直ぐに俺へ注がれる。

「――話すことだと私は思う」

「っ！」

「……それが、貴方を傷つけた罪に対する私の償い方だ。すまなかった、サワジマ。私はただ……幸せに過ごせるように、願っていたのだ」

明瞭な話し方で、声は澄んでいた。

昔と変わらない美しい紫水晶の瞳は、澱《よど》みもなく真摯な光を湛《たた》えている。真っ直ぐに向けられるこの瞳を見て、嘘だと思えたら相当捻くれている者だけだろう。

俺は、耐えきれなくなって俯《うつむ》いた。手元にあったシーツを力強く握りしめる。もう、認めるしかなかった。

セルデアが、万人が嫌うような陰湿な男ではないことを。

「サワジマ……？」

はあと思わず溜め息がこぼれる。そして、一気に肩の力が抜けていく。

まだまだ俺はガキくさいな。心に残ったのは、苦々しい羞恥だけだった。

俺を嫌ったセルデアは、きっと誰のことも嫌う男であり、誰からも嫌われるような男なのだと決めつけた。それは幼い俺が立ち向かうことをせず、逃げる正当性を示すために作った言い訳。セルデアが本当にそんな男なのかはわからなかった。

あの時はそうやって自分に言い聞かせないと、神子の役目を果たせなかったのだ。その感情を思い出して、振り回されてどうするんだ。

嫌いな人がいれば好きな人がいる。それが当然だ。だから俺がセルデアを好きにならなくてもいいように、セルデアが昔の俺を嫌いでもいいのだ。それだけで、最低最悪の悪党にはならない。

だから……もう、別にいいか。俺は俺のままでいい訳だし。

「ぶっ」

思わず噴き出すように笑ってしまう。気が抜けたせいもある。

さらに、まったく非がないとは言えないのだが、勝手に顔だけで史上最低な悪役の役目を被せられたセルデアと、その彼には悪いが、先ほどのうろたえた様子のギャップに、今さらながら笑いがこみ上げてくる。自分の勘違いがあまりにも馬鹿馬鹿しかった。

まったくらしくないぞ俺。

「っふふ、ははっ、す、すいませ。少し、なんていうか自分が馬鹿だとわかって、なんか変なツボに入ってしまっ、ははは」

「……」

俺がいきなり笑い出したのでセルデアは目を見開いて固まっている。それもそうだろう、謝罪中だというのに笑い出すのはかなり失礼だ。場違いにも程がある。

これはさすがに怒られる。そう頭でわかっていても、笑いが止まらない。笑っている間、セルデアは怒鳴って止めることもなく呆然とこちらを見ていた。

ひとしきり笑って、ようやく落ち着いてくる。緩んだ口元を戻そうと努力していると、セルデアが口を開いた。

「……貴方は」

さすがに怒るか？　とっさに身構えたが、それは無駄となる。

「——そのほうがいいな」

「へ？」

「いや、貴方はこの屋敷に来てからいつも淡々としていて、冷めている顔しか見ていない。しかし、今の貴方はいい。笑ったところを見たのは初めてだ」

そう言ってからセルデアは笑った。彼の言葉にも驚いたが、何よりも衝撃を与えたのはセルデアの笑顔だった。俺が見たことがあるセルデアの笑みは、大体小馬鹿にするような笑みとか、何かを企《たくら》んでいそうな胡散臭い笑みだ。

しかし、今のは違う。ただ純粋にふわりと柔らかく笑ったのだ。こんな笑顔もできるのかと頭を殴られたような衝撃を受けた。

「え、えっと。ありがとうござい、ます……」

だから、よくわからないままお礼なんてものが口から出た。自分で言っておいてなんだが、何がありがとうございますなんだ。

その返答に何を感じたかわからないが、セルデアは先ほどと同じように椅子を戻してから座り直した。

しばしの沈黙が流れる。

「……話が逸れたな。聞いてくれ、貴方には別に伝えなくてはならないことがある」

「別？」

「ああ、落ち着いて聞いてくれ」

こちらを見つめるセルデアはかなり真剣だった。しかし、元から目つきが鋭いので睨《にら》みつけられているように感じる。

そんなセルデアが突如目を逸らして、黙りこむ。眉が顰《ひそ》められ、その表情はどこかためらいがあるようで、苦しそうにも見える。

しかし、それも一瞬のことだった。すぐに意を決したように口を開く。

「――貴方が、本物の神子の可能性がある」

重々しい雰囲気の中、告げられた言葉に俺は固まった。

本物の神子という言葉に思考が停止する。自然と呼吸も止めていた。

「……驚くのも無理はない」

俺の様子をどう勘違いしたのかはわからない。ただセルデアは話を続ける。その話の内容は危惧したものに近かった。

つまり、瘴気《しょうき》で暴走したセルデアが突き飛ばされた程度では気絶はしないということだ。瘴気《しょうき》に侵された化身が、自力で正気に戻る可能性は限りなく低い。

さらにセルデアの感覚からすると、身体を侵していた瘴気《しょうき》が薄まり楽になったということだ。

だからこそ、セルデアの仮定では、無意識に神子の力を使用したのではないかと語った。

セルデアは、あの高校生君は巻きこまれただけであり、俺が本物の神子であると感じているそうだ。

残念ながら違う。いや、微妙には合ってる。俺は神子だし、意識して力を使った。

しかし、高校生君も正真正銘の神子だ。この世界に住む人間にはわからないだろうが、俺にはわかる。というかたぶん、神子である俺だからわかるのだろう。

だからといって、彼が神子です、わかるんです、絶対に俺ではありませんと訴えるのはただの馬鹿だ。

「……しかし、確定とはいえない。それなのに貴方を王城へ送り返す訳にはいかないだろう」

「そうですね。俺、この世界の人に嫌われているようなので」

「私はッ！　……貴方を疎ましいなどとは思っていない」

力強い否定と共に、刺すように鋭く睨《にら》まれる。その表情は容姿のせいで鬼気迫るものだったが、それが悪意のあるものではないことが段々とわかってきた。心の奥底はどうであれ、今は毛嫌いされてはいないようだ。

セルデアは咳払いをしてから、掌をこちらに見せつけるように腕を上げる。俺はわからないという風に、首を傾《かし》げた。しかし、本当は求められているものをわかっていた。

「手を置いてくれ。そして、綺麗になるように祈ってみてほしい」

セルデアは、俺の力を確認したいのだろう。彼の想定通りならば、神子として覚醒しているのだから浄化の力が発動する。

しかし、残念。

神子は神子でもプロ神子だ。アマチュア神子なんてものがあるのかは知らないが。

セルデアに従うように掌を重ねるが、神子の力は乗せない。ただ触れるだけだ。

当たり前だ。今さら神子だと祭り上げられるなんてごめんだ。神子がどれだけ不自由で、堅苦しいものかを俺はよく知っている。またちやほやされたいとも思っていない。

セルデアはしばらく待っていたが、なんの変化もないことを知ると眉を顰《ひそ》める。手を重ねたまま俯《うつむ》き、考えこんでしまう。

そのままセルデアの行動を見守っていたが、早く諦めてほしいものだ。俺としても掌を重ねたままでいるのは、いろいろな意味で辛い。

「あの、サリダート公爵」

「……セルデアでいい」

「はい？」

急な言葉につい怪訝《けげん》そうな声が出る。

しかし、セルデアの顔はどこか硬い。どうした、もしかしてバレたのだろうか。

しばらく無言で見つめ合い、時間だけが流れていく。無意識なのか、セルデアは重ねていただけの俺の手を強く握りしめた。そして、おかしな緊迫感が漂《ただよ》う。

「サワジマ。私たちはお互いを知る必要があるようだ」

手を繋ぎながら、見つめ合う。さらにその発言。それは、まるで付き合い立ての恋人同士のようだった。

浄化の力は、神子と化身の互いの好感度によって変化する。それはこの世界ではよく知られていることだ。

つまりセルデアは、最初の力は暴発のようなものだと考えた。そして、俺の神子の力を今感じないのは二人の関係性が悪いためだと仮定したのだ。

初対面からあまり関わらなかったことによって、かすかな浄化の力も伝わりが悪いと思ったのだろう。

だからこそ、セルデアは互いのことを話す時間が必要だと言った。俺からすれば、違うと知っているので遠慮したい。

しかし、それを言えるはずもない。断る口実が見つからない俺は、渋々ながら頷くしかなかった。

そして、その結果。毎日、俺とセルデアが会話する時間としてティータイムを設けることになったのだ。

詳しくは日を改めて決めるという話になり、その日は何もなく終わった。

その日。セルデアの寝室から出て、丸一日を憂鬱な気分で過ごしたのは、言うまでもないだろう。

——嘘だと言ってくれ。

■■■■

「……憂鬱だ」

自室のベッドに腰を下ろし、項垂《うなだ》れる俺の声は絶望に満ちていた。

声自体は小さいもので誰かに届く程ではない。その証拠に、鼻歌交じりで室内を動き回っているパーラちゃんには届いていない。

彼女は、今からティータイムに向かう俺の服を用意してくれていた。俺が持っている服といえば元の世界から持ちこんだ皺だらけのスーツと、王宮で支給された簡素な衣服のみ。それを着ていく訳にもいかず、パーラちゃんがちゃんとした服を用意してくれていた。

実際はセルデアが贈ってくれたものではあるのだが、選んでくれているのはパーラちゃんだ。

そう、今日は記念すべき第一回目の交流会がある日なのだ。

それにしてもいつも笑顔の彼女ではあるが、今日は特に上機嫌のように見える。

「今日は楽しそうですね」

「あ。お客様の前で、失礼いたしました」

「いえいえ。いいことでもあったのかなと思いまして」

すると、パーラちゃんは俺の言葉を待ってましたとばかりに瞳を輝かせて笑った。

「私、とても嬉しくて！　旦那様は最近自室に籠り、誰とも関わろうとしていませんでした。それが、これから毎日サワジマ様とティータイムだなんて」

たぶん籠っていた理由は瘴気《しょうき》だろうが、パーラちゃんにわざわざ説明することではないだろう。

俺は苦笑いを浮かべた。

俺としては楽しみではないし、むしろ憂鬱だ。二人で顔を合わせて何を話せばいい。共通の話題などあるはずもない。昔話に花を咲かせる訳にもいかないのだ。

「ぜひ、楽しんできてください」

パーラちゃんの悪意のない笑顔に陰鬱な気持ちは浄化されたが、俺はただ頷くしかなかった。とりあえず、今できる最善策は時間稼ぎだ。

高校生君が神子の力を使えるとセルデアが知るまで、俺に神子の力があると確認されなければいいのだ。そうすれば、正気を失った際の勘違いだったということになるかもしれない。

心の奥でそうやって自分に言い聞かせ、奮い立たせることにした。


交流会の場所は、屋敷の庭だ。

しっかりと整えられた庭園は花々も美しく、景色もいい。緩やかな日差しは暖かく、気温もちょうどいい。そこに白いテーブルが出され、並べられるのは綺麗なお菓子や紅茶らしいものだ。

二人が向かい合わせになるように座る。騎士たちや給仕係は少し離れたところで待機していた。この場を設けたのは互いの親密度を深めるためなので、俺が気を遣ってしまわないようにという配慮だろう。

とりあえず、出されたものは口にすべきだろう、と思い、色彩が鮮やかなティーカップを持ち、口をつける。

するとセルデアも追うようにカップに口をつけた。ソーサーにカップが置かれ、陶器が鳴る音が同時に響いた。

それだけだ。そこからはなんの音もなく静まり返る。お互い何も話さない。

いや、当たり前だろう。共通の話題なんてない。

「私から提案がある」

その気まずい雰囲気を察したのだろう。セルデアが切り出した。

「毎回、お互い二つずつ質問をするというのはどうだろうか」

「質問、ですか」

「ああ、そうだ。内容はなんでも構わん。気になること、知りたいこと、聞いておきたいこと、なんでも構わない。ただ答える側はできる限りの範囲でいいので、誠実に答えるのだ。互いを知るための質問だというのに嘘ばかりでは意味がないだろう」

確かにそうだ。それにセルデアの提案は俺にとっても助かるものだ。

毎回何を話せばいいのかと悩まずとも、二つ質問するだけですべてが終わる。無駄に長々と過ごす必要もなく、気まずい思いをしなくていい。話題作りとしても最適だ。

俺が大きく頭を縦に振ると、セルデアは小さな息を吐く。それが安堵の息だというのは察することができた。

「互いに質問していこう。まずは私からだ。暇があると書庫へ行っていると聞いた。普段あそこで何をしている？」

一問目から、かなり答えづらい質問が来た。なぜよりにもよってその質問なのか。普通は、好きな食べ物とかの無難な質問から始めるものだろう。

こちらを見つめる紫水晶の瞳は、こちらの腹を探るようなものに見える。しかし、今までのことを考えるに彼的には純粋な興味なのだろう。

だとしても人付き合い下手なのか、お前。

とにかく、ここで言葉に詰まる訳にはいかない。

「本を探しているんです」

「本、だと？　貴方はこの世界の文字は読めないのでは？」

「はい。ですから挿し絵がある本ばかりを探して読んでいます。文字を読めなくとも理解できることもありますし、暇潰しにちょうどよいのです」

「なるほど」

……はい、お話終了。

話が弾む訳もない。俺も話を膨らませる気はない。個人的にはあまり話したくない話題なのだ。この世界で一人で生きていくための本を探しています、なんて言える訳もない。変に話題が広がってぼろが出ても困る。

次は俺から質問する番だ。こうなれば俺も気を遣わず素直にいこう。なんでも聞いていいというのだから、いろいろ突っこんで聞いてみよう。

「では、次はこちらから。使用人が少ないという話を聞いていたのですが、金銭不足だったりするのですか？」

「どこからそんな勘違いを。使用人が限られているのは私のせいだ」

「え」

「貴方も見ただろうが、私にはあまり理性的ではない時がある。もしも、そうなった場合に他者を傷つけてしまう可能性を下げるためだ」

その話を聞いて、頭に浮かんだのは寝室で起こった出来事だ。完全に理性を失った姿をはっきりと目撃している。

俺も最初は、死ぬかもしれないと思っていた。

本来ならば人を襲うはずだ、とセルデアは言っていた。瘴気《しょうき》に侵された化身が行うことは、個々によって多少違いが出る。理性はなくなり、自分のもっとも強い欲に支配されるからだ。

セルデアは自分が暴走すると、他者を傷つけるようになると思っているようだ。心の奥底ではそこまで他人が嫌いということなのだろうか。

しかし、使用人たちが少ない理由はわかった。お金がないのに居候《いそうろう》し続けるのもどうだろうと、少し悩んでいたのでその点は聞いておいてよかった。

安心して、お茶請けとして用意されていた高そうなクッキーへ手を伸ばした。

「わかりました。ありがとうございます」

「次は私だな。好きな食べ物はなんだろうか」

その質問に、持っていたクッキーを手元から落としそうになって一瞬息を止めた。無事にしっかりと両手で掴んで、安堵の息がこぼれる。

いや、なぜそれを二番目にした。二番目にするには盛り上がりが欠ける質問だ。セルデアを眺めていると瞳を細めて笑いかけてくる。もちろん、それは見た者の背筋を凍らせるような笑みだ。

しかし、聞いている内容が好きな食べ物なので、どうにも悪意には繋がりにくい。場を和ませるための笑みだろうが、逆効果だと本人は理解しているのだろうか。

別に隠す必要もないので、俺は淡々と答える。

「あー、イカが好きです」

「イカ……？」

「知りませんか？　足を多く持った海に棲《す》む生き物です。焼いても生でも美味しいんですよ。酒の肴としても相性がいいですし」

「ふむ、イカ……」

セルデアの様子からして、この世界には存在しないのだろうか。存在はしているが、食べるという発想には至っていない可能性もある。

どうあれ俺がこの世界で、イカを食べられるのは相当先の話になりそうだ。

「じゃあ最後に俺ですね。これは住まわせてもらっている者として気になることで、難しいことでしたら答えなくてもいいのですが……公爵、セルデア様に奥様や婚約者などはいらっしゃらないのですか？」

未だにイカについて考えこんでいるセルデアだったが、それを放置して俺の質問を投げかける。

それはここに住んでから、微妙に気になっていたことだった。セルデアもそろそろ身を固めなくてはいけない歳のはずだ。俺の世界ならいざ知らず、この世界では家を継ぐ者が必要なのはよく理解している。

公爵、悪役顔だが美しい顔、さらに化身。ここまで好条件が揃っていながら、そういう相手がいないのは不自然だといえる。しかし、ここに住んでからそういう女性関係の話は聞いたことがなかった。

もし、俺がいることで何か不都合が起こっているのならば把握しておきたいのだ。そういう意図の質問だった。

しかし、セルデアはその質問を聞くと俺と同じようにクッキーへ伸ばした手が止まった。そして、そのまま沈黙だけが返ってくる。

一瞬にして、場の雰囲気が一変したことは俺にもわかった。

「……」

「……言いづらい話ならば答えていただかなくとも」

「いや、違う。そういう質問が来るのが貴方の世界では普通なのだと、少々驚いただけだ」

凍りつき、張り詰めた空気。それは、例えるには難しい雰囲気だった。なかったことにしようともしたが、セルデアは緩く頭を左右に振った。

「貴方は知らないだろうが、化身は子を成せない」

「え」

それは俺も知らなかった。神子時代に俺が教えてもらった知識は神子に関するものばかりだ。化身についても基本的なことは知っていたが、そういう詳しいことは知らなかった。

セルデアは止めていた指先を動かして、クッキーを掴む。そこには先ほどの異様な雰囲気は消えていた。

「私は現当主ではあるが、次代はすでに甥と決まっている。そのために結婚は強制されないのだ。むしろ、化身は婚約や結婚を推奨されない。もっといえば、恋人を作ることもよいことではない」

「それは……。なぜでしょうか」

「簡単な話だ。化身の愛は重く、執拗で醜い」

セルデアは、心の底から嫌悪するように吐き捨てた。

「神の血を濃く引いているせいなのか、化身たちの愛は傲慢で執拗だ。それこそ、恋をしてしまえばその相手が他者の恋人であろうが、奪い取ろうとする程だ。そして、醜い程に一途に思い続けて執着する。手に入らないとわかりながらも、求め続ける」

「……」

「叶った恋ならばよいだろう。しかし、それが叶わぬ恋なら、最終的にどうなるか予想がつくか？」

眉間に皺を寄せ語り続けるセルデアの表情は、嫌悪に満ちている。俺は、そこまで話を聞いて予想がついた。

――瘴気《しょうき》は、化身が精神を病む程に溜まりやすい。

それがすべての答えだろう。

俺は答えずにただ黙って見つめ返す。それをどう受け取ったのかは知らないが、セルデアは目を伏せた。

「化身の精神状況によって瘴気《しょうき》は溜まりやすくなる。その時に、神子が召喚されていたのならばいいだろう。しかし、いなければ……」

そのまま、神堕ちする。

そして最終的には殺されるのだ。つまり、化身たちの恋は自滅への一歩となるということだ。

しかし、セルデアの口からそれが告げられることはなかった。その後に続く言葉はなく、唇を閉ざし、その顔は庭の花々のほうへと向けられた。

その辺りの事情を知っている俺がわざわざ聞き直すこともないだろう。一応、空気も読める男だ。俺も口は開かずにただティーカップに口をつけた。

始まりと同じく、ただ沈黙だけが辺りを包みこむ。緩やかな風が俺の頬を掠《かす》めて流れていく。それはセルデアも同様だ。

風が銀の髪をわずかに乱して流れる。その間も、セルデアがこちらへ目線を戻すことはなかった。ただただ、揺れている花々を見つめ続けていた。

こうして、俺とセルデアの交流会はあっさりと終わった。しかし、これが最後ではないということをすっかりと忘れていた。

セルデアという男は、自分の言ったことは必ず実行する人間だったのだ。

次の日から、毎日毎日交流会が開かれ、二つの質問を互いに投げかける日々が続いた。

■■■■

軽く乾いたノックの音が部屋の中に響き渡る。それに反応して、この部屋の主は目線を向けた。

音の出所は木製の扉、それはこの部屋の唯一の扉。ここはエルーワ王国の第一王子であるルーカス・エルーワの私室だ。

ルーカスは、多くの書類がのせられた机の前で、椅子に腰を下ろしていた。手元には書類が握られたまま、彼は口を開く。

「入れ」

ルーカスのよく通る声は、上に立つ者としてはふさわしいものだ。すぐさま扉は開き、室内に入ってくる影がある。

白色の鎧を身に纏《まと》い、何よりも目立つ赤銅色の毛並みの尻尾《しっぽ》を持つ男。化身の一人、ナイヤだった。

彼は一礼したあとに、部屋の奥へ足を踏み入れる。

「報告してくれ」

「はっ。定例に従いユヅル様は神殿へ向かい力を試してみましたが、反応はありませんでした」

「……うん、そうか」

ナイヤの言葉にルーカスの表情は陰る。

それは当然だった。これは前回とまったく同じ報告であり、新たな神子の力が未だに発現できていないという、彼にとってはよくない知らせだからだ。

新たな神子の名前はユヅルという。素直で人懐っこい性格の彼は、神官たちや王城の人間たちともすぐ仲良くなりこの世界に馴染《なじ》んだ。ルーカスも彼の人当たりのよさに好感を抱いていた。

それなのに、神子ならばすぐにできるはずの浄化の力が未だに発現しないのだ。神子の力は親密度で変化するため、互いに不信感しかない場合は力が伝わらないこともある。

しかし、ユヅルがルーカスを嫌っている様子はまったく見られない。無理に演技をしている訳でもなさそうだった。

「……ユヅル様にも、ご相談してみますか？」

「……いや。無駄な心労はかけたくない。ただでさえ見知らぬ場所で暮らしているんだ」

眉を顰《ひそ》めたまま、ゆるゆると頭を振る。

ルーカスにとって、何よりも恐ろしいのが、神子が元の世界に帰ることだ。彼がそれを望んだら、見送るしかない。

それは化身でもあった初代国王が定めたことで、神子が自らの意思で帰還を望むのならば、何よりも優先される。これに反することは王子であるルーカスでもできないのだ。

だからこそ些細なことでも、帰還を望むような原因は摘んでおきたいのが本音だった。

無意識にルーカスの口からは溜め息が漏れ出た。そのまま視線が向かうのは、手にある報告書だ。

繰り返し読んだ文字に再度目を通す。

【獣の死体が勝手に動き――――】

【――殺し合いが】

それは、最近国内を騒がせている異常事態についての報告書だ。

内容としては、死んだはずの獣の死体が勝手に動き出し襲いかかってきた、おかしな声を聞いたといって友人同士で殺し合いを始めたなどのものだ。

これが一つや二つならば与太話だと無視することもできたが、同じようなものが幾つもあがってきている。

明らかな異変。前例もない出来事に、その正体を探るためにも神子の力が不可欠だった。

だからこそ無理して行《おこな》った神子召喚だ。さらに行ったことのない再召喚を試みた。それは誰よりもルーカスが望んだことだった。望んだのはたった一人、ルーカスが恋をした先代神子であるイクマ。

しかし、結局は成功しなかった。

ルーカスは別れの運命なのだと理解した。彼の心に住んで未だ薄れない、美しい輝きを抱く瞳を持った少年。それを懐かしんでから、瞳を閉じた。

「殿下?」

「いや、気にしないでくれ。こうなれば……あの方が自然に起きてくれれば、な」

「それは……」

「いや、わかっているよ。言ってみただけだ」

ルーカスが力なく笑う。ありえない話だとわかっているのは誰よりもルーカス自身だった。

報告書を机へと戻して、椅子から立ち上がる。足は自然と窓に向かい、そこで立ち止まる。そのまま外へ目線を向けた。

窓の外には、まだ青空が広がっているが今から夕闇に支配されようとしている。

「ああ、そうだ。公爵家に潜らせた者が解雇されたよ」

「な……っ！」

「今まで手を出さなかったのに、君が公爵家を訪れたその日に叩き出されたそうだ」

「……」

「忌々《いまいま》しいことだ。全部自分の手の内だといいたいのか」

深い青が細まり、空を睨《にら》みつける。そのルーカスの双眸《そうぼう》の奥には怨嗟《えんさ》の火がちらりと燃え上がる。

そうして空を睨《にら》みつけながらも、その相手は脳裏にいた。

目が合う者の腹の底を探るような目と、反抗する思考さえ許さないような薄い笑み。思い出すだけでルーカスの頭には熱が溜まる。

その時だった。ふと、ルーカスは今さらながらになぜか思い出す。それはユヅルと共に召喚され、巻きこまれた男だ。

乱れきった短めの黒髪、瞳は暗く沈んでおり、表情も暗い。特筆すべきことがない、まるで死人のような三十過ぎの男だった。

しかし、怯えた様子もなく真っ直ぐにルーカスを見据えていたあの顔には、どこか先代神子の面影が残っていなかっただろうか。

そこまで考え、ルーカスは鼻で笑い飛ばした。

——何を考えているんだ。年齢も違う。それにイクマはもっと愛らしい。

その証拠とばかりにルーカスが思い出した先代神子は、彼にだけ優しく笑いかけていた。

第二章　元神子は嫌なところに行くそうです。

「てめえが先に手を出したんじゃねえか！」

俺は、荒々しい罵倒を耳にしながら呆然としていた。

今いるのは、屋敷からもっとも近くにある街。もちろん、セルデアには許可をもらっている。それだけでなく、わざわざ護衛の騎士までつけてくれて、いろいろと手配してくれた。

こうして俺が外に出たのは、気晴らしのためだ。

あれからずっとセルデアとの交流会以外は、できる限り書庫へ足を運んでいた。しかし、目的の本を未だに見つけきれずにいる。

表紙だけでは内容がわからない本も多く、俺自身もすらすらと文字を読める訳でもないため、一冊読みきるのにも時間がかかる。

内容をセルデア本人に聞こうかとも思ったが、文字を読めることを黙っている時点で、絵本以外のものについて聞けるはずもない。完璧に難航していた。

そんな風に書庫に籠る俺を気にしてかはわからないが、今日セルデアから外出を提案されたのだ。

神子時代は王城から出ることをほとんど許されなかったので、この世界の街並みをあまり知らない。だからこそ興味があり、素直に頷く。気分転換にもちょうどよかった。

一人では不便だろうと、メイドのパーラちゃんも付き添い、こうして街にやってきた。

やってきた、のだが――

「わざとこの方に難癖つけて絡んできたんだろうが！　ああ？」

この方、というのは俺だ。

街を歩いている際、見たことのない食べ物が並ぶ屋台に興味が湧いてふらりとそちらに寄った。

それが悪かった。

屋台に向かう俺と、道行く男が強くぶつかる。すぐに謝罪をしたが、ぶつかった男は許せなかったらしい。大声と共にこちらへ絡んできたのだ。それは俺よりも随分と若い男で、胸倉を掴まれる。

あ、失敗したと思った瞬間に、誰よりも速く男の手を振り払ったのが、今叫んでいる人物。

「……パーラちゃん。俺、大丈夫だから」

そう、俺の心の癒しであるパーラちゃんだ。

今はメイド服ではなく、ワンピースに似た服を着ている。おかげで普段とは違った印象を受ける。

いつも物腰が柔らかく、愛嬌もたっぷりで可愛い容姿。

そんな彼女が、俺に絡んできた男の手を振り払うと逆に若い男の胸倉を掴んで、怒鳴り始めた。

それには、その場にいた全員が凍りついた。

ちなみに、遅れて動こうとしていた騎士の一人は、パーラちゃんが怒鳴り始めるとそそくさと俺の隣に控え、小さくなっている。その様子はどこか怯えているようにも見えるのだが、大丈夫か。

俺の言葉がパーラちゃんに届いたのか、胸倉から手を離すと同時に突き飛ばす。若い男はパーラちゃんの迫力に圧倒されて、ただ地面に尻を突いた。

パーラちゃんは若い男を睨《にら》みつけ、大きめの舌打ちをしてからこちらへ振り返る。その瞬間、隣に立っていた騎士がびくりと震えたのがわかった。

これはパーラちゃんではなく、パーラさんと言ったほうが正しいかもしれない。

その後、通行人たちや若い男は我を取り戻したように各自そこから離れていった。

「……サワジマ様はお優しすぎます。あれは明らかにわざとでしたよ。元々狙ってぶつかってきていました」

「ああ、それでも殴られてないから大丈夫。俺よりパーラちゃんは大丈夫？」

俺が声をかけるとぱっと花が咲いたようにその顔を綻《ほころ》ばせた。それは、とても可愛らしい。先ほどの出来事のすべてが嘘のように思える。しかし、隣の騎士は、その笑みを見て再度びくりと身体を震わせた。

君はちょっと怖がりすぎじゃないだろうか。

「はい！　……ですが、申し訳ありません」

「え？」

「……先ほどはお見苦しいところをお見せいたしました」

パーラちゃんは肩を落とし俯《うつむ》いてしまい、先ほどの威勢はどこかに消え去っている。俺としては助けてもらったのだから、謝られることなんて何もない。

確かに予想外の言動に驚きはしたが、それで彼女の評価が変わるはずもない。

パーラちゃんの肩に優しく触れる。

「謝ることなんてないよ。助けてくれてありがとう」

「サワジマ様……！」

「ただ申し訳ない。怖かっただろ、無理してない？」

勢いに呑まれ呆然と見守ってしまったが、本来ならば俺が割って入るべきだった。反省の言葉に笑顔へ戻ったかと思えば、それはすぐに消えて陰る。

その変化に何か嫌なことを聞いてしまっただろうかと心配になる。しかし、すぐに口元に笑みを作り上げた。

それは作り上げたという表現がぴったりの、少し歪《いびつ》な笑みだった。

「いえ、大丈夫です。私、元々は孤児ですから。家もご飯もなくて、生きるためにできることはなんでもしていました。だから、ああいうことには慣れているんですよ」

「……」

「……あ。申し訳ありません、今お話しすることではありませんでした」

頭を下げたパーラちゃんは、いつも通りの彼女だった。対応の早さからもわかるように、荒事には慣れているのだろう。俺は四か月弱も側《そば》にいてもらっていたのに、何も知らなかったのだと思い知らされる。

しかし、俺もパーラちゃんには何も話していない。ただ、それでもパーラちゃんとは仲良くしていたい。さすがに歳の差がありすぎて、意識する異性とまではいかないが、好感を抱いている。

だからこそ、もう一度改めて口を開く。

「助けてくれて、本当にありがとう。パーラちゃん」

その言葉に一瞬驚いたように大きな目を丸くして固まっていたが、すぐにいつもの可愛らしい満面の笑みを見せてくれた。

再召喚されてから、すでに四か月という月日が流れていたのだ。


「戻ったか、サワジマ」

街での散策を楽しみ、屋敷に戻った俺を真っ先に出迎えたのはノバさんではなく、この屋敷の主であるセルデアだった。

セルデアは俺が屋敷に戻ってくるなり、こちらに近寄ってきた。その様子にどこかためらいがあるのがわかる。

わざわざ出迎えたのは、何かあったからだと俺自身も察した。話を聞くためにも無闇に動く訳にはいかず、ただ見つめ合う。

セルデアの眉間には皺が深く刻まれている。それは怒りの表情にも見える。

しかし、これはたぶん何かを考えているだけなのだろう。こういうものを表面的に騙されず察することができるようになってきた。

四か月弱、この屋敷に住むようになっていろいろなことが変わった。その中で最初と一番変わったものといえば、俺とセルデアの関係だ。

「どうした、セルデア。そんな難しい顔して」

俺とセルデアは、こうしてお互いに敬語なしに話すようになっていた。ちなみにセルデアの許可もあり、名前も呼び捨てだ。

二人の距離を詰める一環ということで、それらを許された。公式の場では控えてほしいとは言われているが、それは言われるまでもなく理解している。

こうして普通に話していると昔を思い出す。もし、俺が嫌われていなければ、こうして和やかに話せていたのだろうか。

思考が逸れていくのを感じて頭を振る。違う。今は話をしっかり聞かなくては。

「まずは、すまない。交流会だがしばらくできないこととなってしまった」

「ああ、そのことか。いいさ、俺と違ってセルデアは忙しいだろ。気にしないでくれ」

俺を出迎えてまで言うことか？　相変わらずといったところだ。しかし、よかった。そっと胸を撫でおろす。

ないとは思っているが、俺が先代神子だとバレたという話の可能性もある。そうではなかったようで、一安心だ。

それにしても、謝る程の内容ではないだろう。なんといっても公爵様なのだから、当たり前に忙しいはずだ。むしろ、この長い間に一日も欠かさず交流会を続けられたということ自体がすごいのだ。

しかし、本当にそれだけを伝えるためにわざわざ出迎えてくれたのだろうか。

「それから、しばらく屋敷を離れることになる」

「へえ。それは大変だな。まあ、俺のことは気にしなくて大丈夫だから」

今までセルデアが屋敷から出るのを見たことがなかった。立場上、そういう機会も多いように思っていたが、俺が知る限りでは彼が屋敷から外へ出ていった記憶がない。

セルデアが屋敷から離れるなら、確かに一大事だ。俺だけが屋敷に残される。ノバさんはたぶんセルデアについていくだろうから……。パーラちゃんは側《そば》にいてくれるのだろうか。最悪一人でも、まあ大丈夫だろ。

そうしてぼんやり考えている俺に向かって、セルデアは頭を左右に振った。

「違う、サワジマ」

「え？　違うって何が？」

「私の言葉が足りなかったな。貴方も共に屋敷を離れるのだ。私と一緒に来てもらわなければならなくなった」

「……来てもらう、ってどこに？」

まさかの一緒に出かけるという言葉に、驚きと共に一瞬言葉を失った。それと同時に嫌な予感もする。

来てもらわなければならないと言った。つまりそれは、断る選択がないということ。俺はともかく、セルデアがそのように強制されるものがあるとしたら……ある場所が思い浮かぶ。

セルデアは、疲労感に満ちた溜め息を吐いてから口を開いた。

「――王城だ」

俺はその言葉を聞いて、露骨に眉を顰《ひそ》めてしまった。

■■■■

セルデアが言うには、俺たちが呼ばれたのは神子のお披露目パーティーにご招待というやつだった。それに関して、俺も主役として参加したことがあるので覚えがある。

神子が召喚されたというのは、この国にとって大いなる祝福だ。

昔、神子不在の際に神堕ちをした化身により、国が大きく乱れたことがあったそうだ。そのため、神堕ちは平民貴族関係なく恐怖の対象であり、それを解消してくれる存在である神子は重要だ。

だからこそ、それを国全体に大きく知らしめるためのパーティーなのだ。もちろん、これへの参加を断ることができる貴族などいない。

しかし、それを聞いて真っ先に思ったのは、あまりにも遅すぎる、ということだ。俺が神子時代にそのパーティーが開かれたのは、召喚されて一週間くらい経ってすぐのことだ。俺と高校生君が召喚されてからもう四か月が過ぎている。

そのことに関して疑問に思っていると、答えはセルデアがすぐに教えてくれた。

「例の神子は、力がまだ使えていないようだ」

今は二人とも馬車に乗りこんで、パーティーに参加するために王城へ向かっている。

セルデアは俺と向かい合うように座っているが、その目線は馬車の窓だ。流れていく景色へ注がれていた。王城に向かうことが決定した日から、セルデアの表情はどこか暗い。

それもそうだろうな。彼が神子と関わりたくないと言っていたことを忘れていない。

「え、力を？」

「ああ。この四か月、神子は一度も力が使えていないそうだ。だからこそお披露目を延ばしていたが、召喚が成功した噂はすでに広まっている。限界だったのだろうな」

「……」

そんな馬鹿な。呆然となり、返答を忘れて黙りこんだ。

高校生君が力を使えないはずがない。彼は間違いなく神子だ。ルーカスやナイヤが嫌われているならばともかく、初対面の時はそんな感じはなかった。彼らも、神子である高校生君の嫌がることをするとは到底思えない。

それなのに、力が使えない？　そんなことは、ありえないはずなのに。俺という存在がいることによって、何かおかしなことになっているのだろうか。

セルデアの目線は未だにこちらへ向いておらず、話は続く。

「私としては想定内だ。しかし、彼らは神子の力が使えない原因が私にあると思ったようだ」

「は？　なんでセルデアのせいになるんだ」

思わず刺々《とげとげ》しい言い方になり、慌てて唇を閉じた。しかし、言葉はすでに出ておりセルデアが弾かれるようにこちらへ振り返った。

少し驚いたようにこちらを見る瞳が気まずくて、そっと顔を逸らす。しかし、逸らした顔にも視線が痛い程に注がれていた。

この四か月弱で、セルデアに対する感情も随分変わったと俺自身思っている。幼い頃に心底嫌いだった男が、今では好き寄りに変化していた。

好きと断言するには、まだ胸の奥に引っかかるものがある。しかし、邪魔な客人であるはずの俺と真摯に向き合い、耳を傾け、媚びることも侮ることもしない。そんなセルデアに、どうやれば悪感情だけを抱けるというのだ。

だからこそ、すべての原因をセルデアに丸投げしたような言葉には、思わずムカついてしまった。

しばらく痛い程の視線に耐えていると、ふっという笑い声と共にセルデアが微笑んだ。

それが、いつも通り悪役の笑みであったことは言うまでもない。

「貴方がそのように露骨に苛立つなんて珍しいことだな」

「俺だって、理不尽なことには苛立つさ。ともかく、なんでセルデアのせいになるんだ？」

「簡単なことだ。化身である私が神子に一度も挨拶をしていない。神子に対面しない化身など前代未聞だそうだ」

確かに。俺も化身の全員と顔を合わせた。しかし、会わないから力が出ないなんてことあるはずがない。たぶんただの嫌がらせだ。

とにかく今回招待されたのは、高校生君とセルデアを対面させるためのものでもあるのだろう。そうなると俺も招待を受けたのは、ついでか。

「……後は、呪いだと言う者もいるようだ」

「呪い？　誰が呪うんだよ」

「……」

その返答はなく、セルデアは口を閉ざす。彼は言いづらいことがあるとこうして黙ることが多い。

そういう時には、俺も深く突っこまないようにしている。誰にでも言いたくないことはあるものだし、野次馬気分で聞くものでもない。

だから返答がなくとも気にせずにいた。しかし、予想外にも言葉は続いた。

「……先代神子だ」

「え？」

思いもしない言葉に振り向くが、その時にはセルデアは目を閉じ俯《うつむ》いていた。なんともいえない空気が流れる。

それにはさすがに再度問いかける勇気はなくて、そのまま沈黙を保つ。しかし、さっきの言葉は確かに聞こえた。

先代神子……つまり俺だ。なんで今俺のことが出てくるのか。いや全然呪ってないぞ。大体、呪う程に誰かを恨んだことは一度もない。呪うっていうのは、方向性はともかく、その相手を強く思う気持ちが必要だ。

そういうのは面倒だと感じるほうだ。はっきりいってそこまでの熱意もない。

セルデアを呪う？　俺が嫌ったことだろうか、だとしてもそれを知っている人間はいないはずだ。……誰にも言わなかったのだから。

いろいろな疑問を残しながらも馬車は走り続ける。こうして俺は王城へ戻ることになった。

■■■■

目の前に広がる景色は昔見たものと変わりがなかった。豪華な照明、顔が映りこみそうな美しい床。きらきらとした星の粒が天井から降ってくるような、雰囲気のある煌《きら》びやかな広い室内。

そこへ足を踏み入れた俺は立ち止まり、変わらない王城の大広間でただ辺りを見渡した。今回のお披露目パーティーは立食形式のようで、先に訪れていた貴族たちはワイングラスを片手に談笑している。

俺はというと、この場にふさわしい服装に身を包んで会場へ入っていた。

服装や身支度は、セルデアが手配してくれたのでそれを着ている。あまり着たことのない高級なもので、着られてる感がどうにも抜けない。

「サワジマ？」

「あ。失礼しました、公爵」

先に進んでいたセルデアは、俺がついてこないことに気付いて、振り返り様子を窺《うかが》う。慌てて側《そば》から離れないように歩き出す。

セルデアも普段とは違う衣装で、高級そうな飾りつきのマントを羽織っている。着慣れていない俺とは大違いで、歩いているだけで絵になる程によく似合っていた。

コツコツと靴音を鳴らして、颯爽と進むだけで誰もが振り返る。ドレス姿の女性はちらちらと羨望の視線を送り、正装姿の男性はびくりと肩を震わせる。どこにいようとも目立つ男だと再認識させられる。

「……あら。隣を歩いているのは使用人かしら」

「まあ、ご存知ありませんか？　あの者は………」

なんて話し声が届いてきて、溜め息を吐きたくなる。どうやら俺がどういう立場の人間なのかという噂が広まっているようだった。おかげさまで居心地がいいとは嘘でも言えそうにない。

「……ひっ」

「っ！」

突如、歩いていたセルデアが足を止めた。そして、噂をしていた女性たちに目を向ける。それだけだ。

それだけなのだが、大きめな声で噂をしていた彼女たちは小さな悲鳴と共に震え上がる。そして、その場から逃げるように早足でどこかへと去っていった。さすがというべきだろうか。

ああして噂されるのは覚悟していた。セルデアもそれを察していたのか、ここに入ったら常に隣にいていいと言ってくれていた。

その言葉に甘えることにしたのだが、効果覿面《てきめん》といったところだ。セルデアの側《そば》にいれば誰もが遠巻きに見ているだけで、一切近づいてこない。

ちらりと隣を見ると、氷のような美しい容貌。その目付きはどこまでも鋭く、目が合えば何を企《たくら》んでいるのかという不安に駆られることは間違いなしといったところだ。

とにかく俺は、それこそ親鳥についていく雛のように常に側《そば》にいた。そして、合間に飲み物や食べ物を適当に摘まむ。

わざわざこんなところに来させられて、嫌な思いまでしているのだ。しっかり食べないと採算が合わない。

それにしても、俺もこっちがよかった。俺の時は舞踏会だったので、こちらが羨ましく感じる。あの時は無理やりダンスをさせられて、本当に大変だった。

「……実に貴方らしいな」

「ありがとうございます」

淡々と食事を口に運ぶ俺を、セルデアはじっと眺めてから口角を吊り上げた。背後で引きつった小さな悲鳴が聞こえた気がしたが、気のせいということにしよう。

貴方らしいというのが、褒められているかはわからない。俺自身が噂されているのに呑気だなという皮肉かもしれないが……セルデアの性格上それはないか。

まあいいじゃないか。どうせ俺がこの場に来たのは、おまけだ。元々は邪魔だということで放り出された身でもある。気を遣う必要はない。

「皆様、長らくお待たせいたしました！」

突如、大声が大広間に響き渡る。そこにいた全員が振り返り、そちらを見る。

その方向には両開きの大きな扉があり、左右には使用人が立っていた。全員が注目する中で、使用人たちは扉を掴んでゆっくりと開いていく。

少しずつ開かれていく扉の隙間から人影が見えた。

「神子様、第一王子ルーカス殿下。ご入場です」

そこから現れたのは、ルーカスと高校生君だった。しっかりと手を繋いで、微笑みながら現れた姿は一瞬だけ昔の自分と重なって見える。

高校生君の表情に陰りは見えない。そこに嘘はないように見えた。見る限りは、ルーカスに対する好感度は高いようだ。そうなると、力が使えないというのが嘘に思える。

二人の登場と共に拍手が湧き起こる。それは割れんばかりの拍手となって大広間に響き渡る。拍手の中でルーカスが片手を挙げると、音がぴたりと止まった。

そして、高校生君の前で膝を折る。

「偉大なる光、神子よ。永遠の幸福が貴方に訪れるよう祈りを」

その言葉に、高校生君はただ頭を縦に振った。ルーカスが立つと、隣に立っていたセルデアが動き出す。

これらは一応、由緒正しい形式に則《のっと》った挨拶だ。

このパーティーに参加した化身は、神子の前に跪《ひざまず》き幸福を願う。

そうして、彼らが正式の神子であるということを世に知らしめるためのものだ。

神子は鷹揚《おうよう》に頷くだけでいい。

立場的に、ルーカスの次はセルデアだ。セルデアは緩やかな足取りと共に高校生君の側《そば》へ向かう。その間、セルデアを見た高校生君が一瞬固まったのを俺は見逃さなかった。怯えている様子だ。気持ちはわかる。顔は悪役そのものだし、なんというか迫力があるんだよな。

しかし、セルデアは気にする様子もなく神子の前に跪《ひざまず》いて、頭を下げた。

「……偉大なる光、神子に幸福が訪れるよう祈りを」

それは淡々とした物言いではあったが、決して冷たいものではなかった。

セルデアに続いて、ナイヤが同じように膝を突いた。その前に教皇である彼が入るはずなのだが……噂が本当ならばアイツがここにいないことは納得できる。

ナイヤの祝福が終わると再度喝采が起きる。それが合図となり、改めてこのパーティーの開始となるのだった。

一気に場は盛り上がり、貴族たちの語り合いにも花が咲いてきた頃、俺はと言えば食べすぎから胃もたれを起こし、広間の隅で壁に寄りかかっていた。

この場でできることが食べることしかないとはいえ、なんでもかんでも食べすぎた。若くはないのだから自分の胃腸をもっと労《いた》わるべきだったと後悔する。

壁に寄りかかっている俺の側《そば》には今は誰もいない。セルデアも貴族であり公爵だ。挨拶回りもあるだろうから、こちらのことは気にするなと無理やり送り出した。

すでに周りの貴族たちの興味は高校生君に向かっており、こうして隅にいれば俺はいないように扱われるので問題ない。

休みながらもつい目で追ってしまうのは、セルデアだ。色んな貴族と軽い談笑。そして、すぐにまた次へとなかなかに忙しそうだ。

「あ」

思わず声がこぼれる。それはセルデアへ声をかけた人物に驚いたからだ。

短めの黒髪、愛嬌のある顔立ちの高校生君だ。もちろん、その隣にはルーカスも立っている。

ルーカスは親の仇でも見るかのようにセルデアを睨《にら》んでいた。それには、首を傾《かし》げる。

ルーカスとセルデアの仲は悪くなかったはずだ。むしろ化身たちの中では仲の良い人物のはずだ。それなのに、どうしてあんな風に睨《にら》むのかがわからない。

対して、セルデアには特に変化はない。高校生君の言葉に頷き、相槌と共に言葉を交わしていた。

それらを見ながら思うのは、セルデアは高校生君をどう思っているのだろうということだ。昔の俺はセルデアに嫌われていた。それはわかっている。

最初の頃は、嫌われたのは神子だから、とか、異世界から来たから、とか、いろいろと考えていた。しかし、今を知る俺からすればそれはないと確信していた。

この四か月弱で知ったセルデアという男は、極悪な見た目に反して、情け深い。自らに厳しく、人ではなく罪を憎む。たまにズレた思考もするが、嫌悪を感じる程ではない。

そんな男に嫌われたのだ。彼にとっての致命的な地雷を踏んだからこそ嫌われたのではないか、と思っている。

それに関して、一つだけ心当たりがあった。

とにかく、セルデアにとって今の神子は好きな人間になるのではないだろうか。

――そう、俺と違って。

そう考えた時に胃が痛んだ。なんともいえないもやもやが広がる。まずい、やっぱり胃もたれを起こしているみたいだ。

軽い談笑をしていたセルデアたちだが、何やら指を差している。どこかへ行こうとしているのだろうか。

その瞬間、セルデアがこちらへ目線を向けた。まさか見るとは思っていなかったので、心臓が跳ねる。

その顔にはどこか陰があり、辛そうに見える。こちらを向いたのは一瞬だけで、すぐに目線は外れてしまう。

三人は揃ってここから見えない位置に向かっていく。一瞬追おうと無意識に足が一歩前へ出たが、ふと我に返る。

何やってんだ。俺には関係ないことだろ。

覗き見でもするつもりか？　いやいや、趣味が悪すぎるだろう。

とはいえ、ここには公爵家の馬車で来たため、セルデアがいないと帰ることはできない。

それは自分を誤魔化すための言い訳のようだった。

待てばいいと知りながらも、どうにも落ち着かずに歩き出す。

「……確かこちら側だった、よな」

彼らが向かっていたほうにやってきたが、そこに三人の姿はなかった。いるのは見知らぬ貴族たちだけで、視線がちらちらと痛い。とにかく、気にせずに辺りを見渡す。しばらく捜し続けていたがどこにも見当たらない。

駄目だ、完璧に見失った。

変に動き回ると、セルデアが戻ってきた時に困るかもしれない。そこまで考えると溜め息を吐く。まったく、本当に何やってんだろう。

先ほどの場所がわからなくなる前に戻ろうかと、踵《きびす》を返した時だ。

背筋が粟立つ。

悪寒が全身を駆け巡る。訳もわからず、慌てて振り返った。

気持ち悪い、吐き気さえこみ上げてきそうな程の空気があちらから流れてきている。じっとしていられなくて、気持ち悪い空気が流れてくる方向へ歩き出す。さすがに走り出す訳にはいかない。

そして、その発生源がテラスにあると気付いた。

ためらわずに窓を開いてすぐに飛びだすと、テラスでは異常な光景が広がっていた。

飛びだしだテラスは思ったよりも広かった。外気に全身が触れるのを久々に感じて、気持ちがいい。柔らかく吹く風は冷たい。

辺りは夜の暗闇に包まれているが、分厚いカーテンの隙間から僅かに漏れでる室内の灯りと、月明かりのおかげで、明るさは十分にあった。

――なんだ、あれ。

テラスにいるのは首元を押さえながら、床に蹲《うずくま》っている高校生君。そんな彼を庇《かば》うよう前に立っているのはルーカス。

そして、そのルーカスが対峙し睨《にら》みつけている相手は、セルデアだった。

張り詰めた空気が流れている。かなりまずい状況だ。

睨《にら》みつけられているセルデアは、どこか呆然としたまま固まっている。ただ目線だけは、地面に蹲《うずくま》っている高校生君のほうで固定されていた。

「また繰り返すつもりかッ！」

火がついたように叫んだのはルーカスだ。その表情は怒りに満ちており、耳の羽もぶわりと膨らんでいる。それは今にもセルデアに飛びかかりそうな勢いだ。よくわからないが、このままではまずい。

「何をしているんですか？」

俺は逸る気持ちを抑え、声にはできる限り感情を乗せないようにする。すると、視線は一気にこちらへと集まった。

突き刺さる視線の中でも焦らず、急がずに足を進めた。一歩ずつ、刺激はしないようにゆっくりと距離を詰める。コツコツと、俺の足音だけがやけにうるさく鳴っているみたいだ。

「関係のない話だ、下がってくれ」

ルーカスの怒りに満ちた瞳がこちらを鋭く睨《にら》みつけてくるが、うろたえることはせずに言い返した。

「いえ、関係あります。俺は公爵邸に住む者ですから」

「っ！」

ルーカスはこうして俺が言い返すとは予想していなかったようだ。面を食らったような顔で固まった。

正直彼のことは、セルデアよりもよく知っている。今さら怖いなどとは思わない。

「教えてください。何をしているのですか？」

「……サリダート公爵に聞くといいさ」

淡々とした俺の問いかけに、苛立ちを隠しきれない様子でルーカスはセルデアに目線を送る。全員の視線がそちらへ集まると、セルデアの肩が小さく跳ねた。

今まで高校生君を見つめていたセルデアの瞳がルーカスへ。そして、こちらに向けられる。俺の顔を見た瞬間、セルデアは口元を掌で覆って俯《うつむ》いてしまう。

「私は……、違う。そうではない」

「ッ！　この状況で、何が違うというのか！　僕は、神子がサリダート公爵と二人で話したいというから広間で控えていた。しかし、物音が聞こえたので覗けば、貴方が神子の首を絞めていた。そうだろう！」

その言葉を聞いて、さすがに驚く。セルデアが、高校生君の首を絞めた？　確かに、床で蹲《うずくま》ったまま喉を押さえて息を荒くしている。唇をぱくぱくと魚のように動かしてはいるが、声は出ていない。

そして、ルーカスの様子。あんな風に声を荒らげるなんて珍しい。いや、神子が殺されかけていると思ったならば当たり前か。

ルーカスは嘘をついていないだろう。いや、まあ、セルデアを嵌《は》めるための演技かもしれないが、それならもっと人がいるところでするはずだ。

つまり、セルデアは神子に手を出していた。

それを頭に入れながらも、足を止めずに進む。そして、目的の場所について両手を広げた。

「な、なんのつもりだ」

「殿下、それは誤解です」

俺はセルデアを背に隠すようにして、ルーカスの前に立っていた。それにはルーカスも動揺して声が震えていた。

気持ちはわかる。確かに突如現れたどうでもいい男が真正面から歯向かってきたのならば、そりゃ驚くだろう。

しかし、絶対に身を引く訳にはいかなかった。

「誤解?」

「はい。サリダート公爵はそのような卑劣なことをなされる方ではありません」

「っ、は。君は知らないようだ。彼がどれだけ卑劣な男なのか! 誰もが知っていることだ。彼は、先代神子を貶めた男だ! 誰にも知られないよう陰で罵《ののし》り、傷つけてこの世界から追い出した!」

それには俺も一瞬だけ眉が跳ねる。

驚いた。セルデアに嫌味を言われ続けてきたことは誰にも言わなかったはずだ。しかし彼の言い分からすると、そのことはかなり広まっていたようだ。

なるほど。だから呪いか。いや、その程度のことでは呪う訳がないだろ。

まあ、かなり嫌味ったらしく言われたし、そのせいで逃げるように元の世界に戻った。それは事実だ。しかし、それがすべてじゃない。

セルデアは口では酷いことを言ったが、決して手はあげなかった。言われた内容も、俺の人格や生い立ちを否定するようなことは絶対になかった。

人を威圧するような恐ろしくも美しい容姿。しかし、真実は誰よりも誇り高い彼が、なんの理由もなく高校生君を害するはずがない。

ルーカスから目を逸らさず、真っ直ぐに見返す。

「なるほど。それは酷い話ですね」

「それならば」

すうっと息を吸う。まったくもって皮肉な話だ。嫌になって逃げ出した俺が、その元凶である男を庇《かば》うなんて笑えない。

しかし、共に過ごしてセルデアをちゃんと見たから。

ああ、そうだ。観念しよう。はっきりと認めてやるさ、俺はこの男が好きだ。一人の人間として素直に好きになった。

だから――

「そうだとしても……俺はセルデアを信じます」

「っ、あ……」

背後でセルデアが小さく声を漏らした。それは言葉になっていないものだったが、確かに聞こえた。

セルデアがどう思ったのかはわからない。しかし、この言葉を撤回するつもりはなかった。

そう言いきった俺を、ルーカスは信じられないものを見たという顔で固まっている。

勘違いされてしまいそうだが、俺も無闇に信じているという訳ではない。

さっきから視《み》えているのだ、俺には。

「とりあえず、神子様にお話を聞いてみてはいかがでしょうか」

「何を、神子は恐怖で声も出せない状態だ」

高校生君は、首元を押さえて呻《うめ》くだけでまともに声が出せていない。普通ならばそれしかわからないだろう。

ただ、俺には視《み》えていた。

高校生君の首元に巻きついているどす黒い靄《もや》、それは瘴気《しょうき》だ。彼がどんなに動こうともぴったり引っつき、剥がれない。

高校生君はただ動揺しているだけだ。その目が靄《もや》を追っている様子はない。どうやら本当に力が使えない、のか？

そして問題なのは、その靄《もや》の先。首元に巻きついている瘴気《しょうき》の靄《もや》は薄く伸びている。それを辿ると、先には人型のような靄《もや》の固まりがあった。

テラスに飛びだした瞬間にも思った。

何だあれ、って。

瘴気《しょうき》はこの世界に漂《ただよ》う自然的なものだと教わった。化身は穢れやすく、それらを引き寄せるのだ、と。

それなのに、あれはなんだ。人型のように集まって、さらに高校生君に危害を与えている。それはまるで意思があるようだった。

誰もその存在に気付けていないところをみると、他の人には見えていないのだろう。

さらに、あれは——

「何を勘違いしているのかわからないが、貴方が神子に手を出したのを僕が目撃したのだ！　僕は……二度も許せるものか！」

ルーカスが怒りに任せて叫ぶ。その度にあれは震えるのだ。互いにいがみ合うのが面白い、とばかりに震えている。そこでやっと気付いた。

——あれは笑っている。

顔もない、声もないのにそう感じた。どう考えても高校生君が声を出せないのは、靄《もや》のせいだ。つまりこうして俺たちが揉めているのは人型の瘴気《しょうき》のせいなのだ。

それなのに、あれはそれが面白いとばかりに笑っている。

そこまで考えると、腹の奥から湧き上がる衝動が全身を焼く。表情から感情も抜け落ちる。なんだそれ。

俺の足はふらっと動いた。無意識に近い。ただ全身を焼いている、怒りという感情に突き動かされていた。

そしてゆっくりと、人型の瘴気《しょうき》の前へ向かう。位置的には高校生君の少し後方だ。突如、ルーカスを通り越し、さらには高校生君も無視して歩き出すものだから全員が呆気にとられていた。

「――何、笑っているんだ。あんた」

それは自分でも驚く程に冷たく、低い声だった。ぼそりと口にしたかすかな声だったが、人型にはしっかりと届いたらしく、震えがぴたりと止まる。

相手の出方を待つつもりはなかった。手に力を集中させてから拳を握る。後は怒りに任せて振りかぶる。

これがなんであれ、瘴気《しょうき》なのは間違いない。ならば俺ならそれを浄化できるのは間違いないだろう。

その一瞬だけは力がバレるとかそういう考えは吹っ飛んでいた。かなり頭にきていたのだ。

『……!!』

感情に任せ遠慮なしに、力いっぱい人型を殴りつける。その瞬間、人型は呆気なく破裂した。それこそ膨らんだ風船に針を刺したかのような破裂具合で、音もなく四散する。その際に大きな風が巻き起こり、俺は目を眇《すが》めた。

窓を叩く程に勢いがある風は、一瞬で通り抜けていく。

「っは、あ……待ってって、ルーカス！　あ、あれ」

その風が吹き抜けていったのと同時くらいだろうか、高校生君の声があがる。それに気付いて振り返った時にはルーカスが側《そば》に近寄り、様子を窺《うかが》っていた。

「ユヅ、大丈夫か！」

「だ、大丈夫。き、聞いて、公爵は悪くないよ。俺の声が突然出なくなったのを心配してくれて、見てもらってただけだよ。でもルーカスが来た時から気分が悪くなって立っていられなくて、だから」

高校生君は、言葉の合間に咳きこみながら必死に事情を説明してくれている。その話を聞く限り、やはりすべての原因はあの瘴気《しょうき》にあったらしい。ほっと胸を撫でおろす。これでセルデアの誤解は解けるはずだ。

だからこそ、安心してセルデアのほうへ身体を向け、固まった。

「っは……ぁは、っ」

セルデアの眉は顰《ひそ》められ、苦悶の表情を浮かべていた。口を押さえながらも、その肩は上下に激しく動いている。

鬼気迫る程の姿、そのセルデアの全身に纏《まと》う瘴気《しょうき》の濃さが一気に増していた。それこそ俺が屋敷に来た時と同等の濃さになっている。

……ありえない。なんでこんな一気に悪化しているんだ。その変化は明らかに異常だ。しかし、同時にはっと息を呑む。

先ほどの人型の瘴気《しょうき》。あれは浄化されて掻き消えたというよりは、四散したのだ。もしかして、なんらかの理由でそのすべてをセルデアが引き寄せてしまったとしたら？

それに気付いて、全身の血の気が引いていくのを感じる。

「っ……も、申し訳ありませんが、この場を失礼させていただきます」

セルデアは早口でそれだけを告げると、テラスから出ていった。高校生君に夢中なルーカスは当たり前だが、俺さえも止めることができない程の勢いでこの場から立ち去っていく。

無礼にも思える立ち去り方だ。しかし、それがセルデアの理性をすべて振り絞ったゆえの行動だったというのに、遅れて気付いた。

あのままではまずい。急いで浄化しないと駄目だ。それができるのは俺しかいない。

「俺も失礼します！」

同じように早口に捲《まく》し立てると、二人を残してセルデアを追った。

広間に戻ると、宴を楽しんでいたであろう貴族たちの視線が一斉に突き刺さる。俺より先に戻ったセルデアの様子に、何かがあったことを察したのだろう。詮索好きの貴族たちはどこか期待しているような顔をしていた。

しかし、今はどうでもいい。誰よりも早くセルデアを見つけなくてはいけない。あのままでは他者を傷つける可能性がある。そうなる前に、見つけて浄化しなければっ！

すぐに辺りを見渡すが、セルデアの影はどこにも見えない。急いでこの場を駆け抜けていったのだろう。ああくそ、速すぎるんだよ！

俺はなりふり構わず、近くにいた貴族に飛びつくように近づく。

「サリダート公爵は！　どちらに行かれました！」

「っは？　こ、公爵ならあちらに……」

「ありがとうございます！」

見知らぬ貴族は俺の焦った様子に圧倒されたのか、拍子抜けする程にあっさりと指先で方向を差してくれる。それを確認すると同時にすぐ走り出した。

久しぶりに全速力で走るが、着慣れていない服では走りにくくて足がもつれる。それでも、必死に足を動かした。

走り抜ける度に向けられる軽蔑の視線を流して、ただ走る。それ程周りなんてどうでもいいと思えた。ただ、セルデアに追いつく事ができればそれでよかった。


「っはあ、はぁ、くそっ！」

どれくらい走り続けただろうか。出たのは庭園だ。美しく手入れされた王城の庭園は、夜の闇に包まれて別の美しさで魅せてくれている。

しかし、それに見惚れている余裕はない。セルデアのことだ。真っ先に人気が少ないところに行くはずだ。

それらしい方向へ行こう。後は俺の目を信じればいい。あれだけの濃い瘴気《しょうき》だ。見落とさなければばわかるはずだ。

走り続けたせいで息は切れて荒い。その息遣いが自分自身でもうるさく聞こえる。額から頬へと流れ落ちる汗を幾度も拭いながら、辺りを見渡す。

「……っどこだ、どこだ、っ！」

心臓が破裂しそうな程に鼓動を打っている。それが過剰な運動のせいなのか、焦りからなのかわからない。走りながら必死に目を凝《こ》らす。夜の闇と瘴気《しょうき》を見間違わないように、全神経を目に集中させる。

もし、誰かが不用意に近づけばどうなるか、そして正気に戻ったセルデアがそれをどう感じるか。それらを考えれば考える程に焦りは増していく。

その時だった。庭園の奥に立ち上るような靄《もや》が見える。

「セルデアッ！」

最後の力を振り絞り、そちらへ駆ける。

そこは庭園の中でも少し開けた場所だった。夜の月に照らされるのはしっかり手入れされた草花。何より目を引くのは、真っ白で綺麗な女性の石像だ。

その石像の前でセルデアは自分の身体を抱くように両腕を回して、蹲《うずくま》っていた。頭は地面に押しつけられ、肩は震えている。

まずい、限界だ。急いで浄化しなくてはいけない。

それはわかっていた。

しかし、不用意に近づくのもまずいということは身をもって理解していた。今はもう理性がないかもしれない。襲いかかってくる可能性も十分にある。

音を殺して、深呼吸をする。

ゆっくりだ。ゆっくり近づけばいい。重要なのは距離だ。触れる距離にさえ近寄ることができれば、後は全力で浄化すればいい。

最初の頃とは違う。あの時よりは絶対に伝わりやすいはずだ。

「……」

足音を殺しながらゆっくりと歩み寄る。相手は蹲《うずくま》っていてこちらに気付いていない。今がチャンスだ。途中、息さえも止めて近寄っていく。

しかし、セルデアに意識を向けすぎていて足元に注意を払うのを忘れていた。

「っ……ぁ！」

バキリという音が、やけにうるさく辺りに響いた。慌てて目線を下へ向けると、地面にあった太めの枝を踏み折ったのだとわかった。それを理解した瞬間、すぐに視線をセルデアへ戻す。

セルデアがそれを聞き逃すはずもない。彼の震えがぴたりと止まる。そして、ゆっくりとその身体を起こした。

「……セル、デア？」

顔を上げた時に、まず目に飛びこんだのは紫水晶の瞳だ。それは濡れていた。その両目からは雫《しずく》があふれて、落ちている。

はらはらと落ちるそれが涙だということを、かなり遅れて認識した。

セルデアは泣いていた。ただ表情は魂が抜けたようで、どこか呆然としている。

瞳に理知的な光がないことを知ると、正気ではないことにすぐに気付いた。それなのに、セルデアは前のように襲いかかってくる様子が一切ない。ただ俺を見つめながら静かに泣いているのだ。

しばらく見つめ合いながら固まっていた。しかし、ずっとこうしている訳にはいかない。刺激しないようにゆっくりと進み、触れることができる距離まで近づく。

すると突如、セルデアの両腕がこちらへ伸びてきた。

「うお、っ！」

その行動に驚くも、セルデアが掴んだのは俺の足だ。しかし、掴まれた訳ではない。指先で衣服のみを引くだけだ。それは縋《すが》るような弱々しい触れ方だった。

セルデアの行動の意図が理解できず、固まる。

「……い……」

「え？」

その時、セルデアが何かを小さく呟いた。あまりにも小さくてこちらには届かない。しかし、それが気になり屈《かが》む。

一方的に見下ろすのが嫌だったというのもあり、両膝を突いてそちらへ顔を寄せた。そして耳を傾ける。

「――申し訳ありません……貴方を、決して疎んじた訳ではないのです」

「……申し訳、ありません。許してほしいとは、言いません」

それは聞いているこちらが苦しくなりそうな謝罪だった。涙を流しながら、声を絞り出して謝るのだ。

正気ではない言動だ。そしてこれらの言葉は俺に対してのものではない。

「そのような愚かなことは願わない……、ただ、ただ」

「……」

俺は、何もできなかった。すぐに触って浄化をしてやるべきだと頭の隅ではちゃんと理解していた。しかし、辛そうに眉間に皺を刻み、眉尻を垂らして涙を流す姿に指先一つ動かなくなってしまった。

彼のこんな表情を一度も見たことがなかったから。

いつも弱みなんて欠片《かけら》も見せない男なのだ。それがこうして苦しそうに、懇願するように、謝り続けている。

そして、セルデアは震える唇をゆっくりと動かす。

「――愛しています」

「っ！」

俺の心臓が、強く脈打つ。

「想ってもらえることなど願わない、望まない。ただ、知ってほしい。覚えていてほしい」

震える指先が、俺の衣服を再度引く。しかし、決して直接触れようとはしなかった。

これは懺悔でありながら、愛の告白だ。

そして、ふと思い出すのは初めての交流会で口にしていたセルデアの言葉だ。そうだった。

――化身の愛は重く、執拗で、自身が壊れてしまう程に一途なのだ。

そこでやっと気付くことができた。セルデアがなぜあんなにも瘴気《しょうき》を溜めこんでいたのか、その理由を。

そうか、愛してしまっていたのか。

こんな風に、直接触れることさえできない程に臆病になりながらも、決して諦められない想い。それで自分自身が壊れて終わると知っていても、その想いを消せないのだ。

――それが、化身の愛。

ああ。それはなんて……哀しいものなのだと今さらに理解することができた。言葉ではわからなかった。こうして目の当たりにして初めて、しっかりとわかった。

もうセルデアは救われない。

誰に何を言われようが、自分がやめたくとも、愛しいその誰かを想い続けて苦しみながら自滅していく。それが恋をした化身の末路だ。

セルデアの様子から察するに、決して想いが叶わない相手なのだろう。

もしかしたら、誰かのものである人を好きになったのかもしれない。そして今、その誰かの幻覚を俺に被せて見ている。

自分でも無意識に奥歯を噛みしめていた。

「愛しています。貴方に嫌われても……私は、私は」

セルデアは、届くことのない愛の言葉を重ねる。

それに関してできることはない。わかっている。それでも、俺だけがやれることは知っている。

だから、それに全力を尽くすしかないのだ。

淡々と、何も考えずに。

手に力を集中させる。そして、力をこめた掌で頭を撫でるようにしてセルデアを抱きしめた。

できる限り優しくしたかったのに、力強い抱擁になってしまう。

「――俺もだ」

ぽつりとこぼした言葉と共に目頭が熱くなる。じわりと涙が滲《にじ》み出て、雫《しずく》が溜まる。

「お、俺も愛してるよ、セルデア……っ」

俺がそう答えたって無駄だってのはわかっていた。わかっていても、そう答えてやりたかったのだ。淡々と、なんて考えてたくせに結局は全然無理で、なぜか涙があふれてきて声も震えた。

いつぶりに泣くだろう。こうして心の底から揺さぶられるような感情は久しぶりだった。

それはいつか失った何かが、ようやく戻ってきたような感じがしていた。

その答えにびくりとセルデアの全身が震えた。そして、しばし沈黙の後に恐る恐る俺の身体に両腕が回される。

「つあ、あ……！」

それは歓喜の声だった。嬉しくて言葉にもならないのだろう。しかし、それが今だけの幻だと知っている。それでも、力強く抱きしめながら浄化を続けた。

そうすることで、セルデアの淡い幸せが掻き消えてしまうことを知りながら。


それから、どれくらいの時間が流れただろう。幸いに、というべきか、この庭園に人の気配は感じなかった。しんと静まり返った中で、お互いの吐息だけを聞き続けている。

浄化の伝わり方は、やはり以前よりよかった。拒絶も少なく、浄化するのに苦労はしなかった。ただ以前とは違い、完全に瘴気《しょうき》を消すまで力を使い続けた。

すべてを浄化しても、結局は焼け石に水だということはわかっている。その恋が終わらない限り、セルデアは瘴気《しょうき》に侵され続ける。

しばらくして、セルデアが静かに俺を押し返した。そこで正気に戻ったのだということに気付く。すぐに腕を解《ほど》いて距離を取った。

屈《かが》みっぱなしというのも辛いものがある。立ち上がろうとしたその瞬間、強い立ちくらみを感じた。

神子時代によく感じた酷い疲労感だ。力を多く使ったせいだろう、気にすることはない。これ以上の疲労感に襲われたことは何度もあった。今回は全速力で走った疲労も重なっているはずだから仕方ない。

しかし、この歳になって改めて考える。足元から崩れてしまいそうなこの虚脱感……もしかして、これは。

少し考えこんでいたが、なかなかセルデアが動かないことに気付く。もしかして、と焦りながらよく視《み》たが、やはり瘴気《しょうき》はすべて消えている。

「セルデア？」

「っ」

俺が声をかけると、セルデアの肩が小さく跳ねてから慌てた様子で立ち上がった。しかし、俯《うつむ》きながら腕で顔を隠すものだから、俺は眉を顰《ひそ》めた。

なんだ？　もしかして、何か異常があったのだろうか。

訝《いぶか》しんで、顔を覗きこもうと傾ける。すると、そこにあるのは頬をわずかに赤く染めたセルデアの姿だった。

「あ」

そこで初めて、今までやらかしたことを思い出した。

いっぱいいっぱいだったとはいえ、抱きしめて、男相手に愛しているって何言ってんだ俺。そこまで考えると、俺の頬にも熱が集まって段々と熱くなっていく。

いい歳だっていうのに、馬鹿みたいに走り回って、抱きしめて愛してるって……いや、愛してるって！

「その、えっとだな。ど、どこまで、覚えてる？」

「……ああ、そうだな。今回に関しては、薄っすらと記憶がある」

……なんで今回に限って！

今すぐ大声をあげて庭園を走り回りたい気分になった。いたたまれない気持ちになり、俯《うつむ》いて動けなくなる。

しかし、そんな俺の頬をそっと触れる手があった。それには思わず顔を上げて、その手の主と目線が合う。

「貴方もそういう顔をするのだな」

「……俺をどういう風に見ているんだよ」

「いや、失礼した。貴方はあまり感情を表に出さないだろう？　無表情という訳ではないのだが……そういう表情は貴重だ。それを私が見られるというのはなかなかに嬉しくて、つい」

セルデアの頬もまだわずかに赤い。それでも先ほどとは違い、真っ直ぐにこちらを見てくれていた。

瞳にあるのは温かみのある優しい光。そこに嫌悪などは一切ない。それを知って、なぜか安堵していた。

本当に馬鹿らしい。闇夜の中、男二人で泣いて抱き合うなど、恥ずかしい以上のものだ。それでも、二人にとって悪くないのなら……まあいいだろうか。

星が煌《きら》めく夜空の下、二人っきりの庭園。だから、だったのか。

口元は緩んだ。ふっと唇は自然と弧を描き、セルデアに向かって微笑んだ。

それは俺がこの異世界に再び訪れてから、自然に誰かへ向けた初めての笑みだった。悪意や上辺や取り繕《つくろ》ったものではなく、純粋な好意だけを乗せたただの微笑みだった。

「……あ」

その瞬間、セルデアは瞬きを忘れたかのように固まった。

一際強めの冷えた風が再び吹きつける。セルデアの銀色の髪がふわりと舞って流れていく。

かなり強い風だ。それでも、彼の瞳は一度も揺れることなく、俺だけを捉えている。

そこに浮かぶ表情をどう表現すればいいか、わからなかった。

「……？　おい、大丈夫なのか？」

固まったままのセルデアに俺も焦る。先ほどのこともある。まだ瘴気《しょうき》の異常があるのではないかと、心配で肩を軽く叩く。

小さく身体を震わせてから、かすかな相槌を最後にセルデアは黙りこんでしまった。そして、そこで気付いた。

記憶がある、ということは神子の力があるとバレたということだ。そこは間違いない。

完全に神子だということが判明した。そうなると、俺から何か口にするのはまずいことのように思えて口を閉ざした。

なぜか、セルデアも声をかけてくることはなく沈黙だけが続いていく。しかし、それはセルデアの咳払いで破られた。

「……貴方が、やはり神子なのだな」

「みたいだ。俺も今自覚した」

今も何も、最初から知っていたのだが、この状況ではそうやって嘘をつくしかない。目線を王城のほうへ向けると、広間の窓から漏れ出る光はこちらからでもよく見える。

それを見て、溜め息を吐く。年貢の納め時、というやつか。セルデアには神子だということがバレてしまった。

彼の性格上、俺はルーカスの前へと連れていかれることになるだろう。この国にとって、重要な神子だ。高校生君が力を使えていない今、俺が神子なのだ。

神子なんてうんざりだ。それでも、自分の選択に後悔していない。セルデアのせいだとも思っていない。

自分の好きなようにやったのだ。

「戻るか、セルデア。今ならまだルーカス殿下もいるだろうし、俺のことを伝えるなら」

「戻らない」

最後まで言いきる前にセルデアの声が被る。それに驚いてセルデアのほうへ振り返ると、なぜか彼も驚いていた。

セルデアは自分の口元に手を添えて固まっている。それこそ、自分の言葉に戸惑っている様子だった。

「え？」

「……今宵はいろいろあった。殿下も忙しいだろう、今日はこのままもう戻ろう。先ほどの件は、手紙で説明をしておく」

「い、いや、いいのか。俺が本当に神子なら早めに伝えたほうが」

「構わない」

今度はしっかりと言いきり、先ほどの戸惑いは消えていた。もちろん、俺としては助かる。今さら広間に戻って「俺が神子だったんです」となれば、いろいろとぶち壊しになるのはわかっていた。しかし、セルデアはそうではない。彼はこの国を愛している。神子の重要性を理解しているはずだし、俺が神子だと察してもいた。

それなのに、セルデアは俺へ手を差しだした。

帰ろう、戻ろうと言って、目を逸らさない。

「――私と帰ろう、サワジマ」

それは確かにセルデアらしくない言動だった。

美しい紫水晶の瞳が俺を捉えている。それを見ていると心臓がぎゅっと締められる。腹の底から湧き上がるような温かさに従うように、その手を取った。

最初はそっと重ねるだけだ。しかし、セルデアが思った以上にしっかりと握ってくるものだから、俺も応えるように強く握り返した。

■■■■

次の日、俺は王都にある公爵家の別邸、その一室で寝転んでいた。昨晩、セルデアと共にこの別宅に戻り用意された部屋で一人朝を迎えた。

明日には公爵領へ帰る予定だが、何の荷物もなく知人もいない俺としてはその時までやることがない。ベッドで寝転がっているだけだが、何もただ怠惰を貪《むさぼ》っている訳ではない。

「……これからどうするか、だよな」

これからのことのために思考を纏《まと》める。

当初の予定は、この世界で平穏に生きていくことだった。できることなら神子の力を活用して生活基盤を築いていければと思っていたが、結局神子だということはセルデアにバレてしまった。

そうなると俺の選択は、神子として祭り上げられる前に今すぐ逃げることだ。それが正しい選択だ。

必要なものもあるだろうと、セルデアからある程度の金銭はもらっている。

返さなくていいといって、もらった金額はかなりのものだ。先行きに不安は残るがこれを元手にして、職を探して生きていくのもありだろう。場所的にも王都は悪くない。

しかし、そうしたくないという気持ちが今は強かった。

その理由はセルデアだ。

ベッドの上で寝返りを打って、何度目かの溜め息が出る。

「……化身の愛、か」

呪いともいえる想いの強さを見た。文字通り、あれは身を滅ぼす恋だ。

高校生君の力が使えない限り、あの瘴気《しょうき》を浄化することができるのは俺だけだ。もし放置してしまえば、間違いなくいつか神堕ちしてしまう。

俺が逃げ出せば、セルデアが自滅してしまうのは避けられないものになってしまうのだ。

それは嫌だった。そう素直に思える程にセルデアが嫌いではなかった。

それならば、どうするべきか。逃げずに神子になるしかない。しかし、祭り上げられるのは嫌だから逃げたい。なんの理由もなく神子をやりたくないのでは通じないだろう。

そうやって悩みながら、溜め息を繰り返し吐いている。飽きるくらいに考えを続けて、同じところを回り続けて、ふと気付いた。

――セルデアにすべてを話したらどうだろうか。

実は俺が先代神子だと告げ、今さらまた神子として囲われて生きるのは嫌だ。手を貸さないつもりはないが、平穏に生きたいので公表するのはやめてくれないか、と伝えてみるのはどうだ。その考えは思った以上に悪くないように感じた。

しかし、同時に問題点も浮かんでくる。

――俺は、セルデアにかなり嫌われている。

今はサワジマという他人だと思われているが、実は嫌いな先代神子だったと知ったらセルデアがどういう態度に出るかわからない。

「放り出されたり……いや、しないか」

出ていけと激怒するセルデアは想像してみたが、あまりにも似合わなくて口元が緩んだ。しかし、なぜか同時に胸が少し苦しくなる。なんだろうか。

とにかく、その辺りの扱いが難しい。とはいえ、セルデアも話せばわかる相手だ。幼い頃の俺が嫌われたのにも理由があるはずだ。

そして、嫌われた理由は随分前から心当たりがあった。それは出会った際の言葉だ。

『角も目も、全部すごいカッコいいっすよ。俺、貴方みたいな人に出会えて嬉しくて』

あれだ。つまり、セルデアは容姿に何かしらのコンプレックスを抱いているのではないかということだ。

あの時の言葉は本音で、嘘偽りはない。しかし、それが彼にとって地雷だったのではないだろうか。

幼い子供だったからこそわからなかった。今ならそこを糸口に和解できれば、状況を変えられるかもしれない。

勢いよく身体を起こす。ならば早めに伝えよう。セルデアがルーカスへ伝える前に、和解しなくてはいけない。

ここで寝転んでいる場合ではないな。ベッドから下りて、部屋の扉に向かった時だ。俺がノブに手をかけた直後、控えめに扉がノックされた。

「し、失礼いたします」

それは、別荘にいる若い使用人君の声のようだ。俺より年下で、名前は聞けていない。声はどこか緊張しており、不思議に思う。昨夜も会ったが、そんな様子はなかったのに。

すぐ側《そば》にいたために、返事と同時に扉を開ける。

「はい？」

「あ。さ、サワジマ様、旦那様が下りてきてほしいということです」

「わかりました。……どうかしましたか？」

扉を開いた先に立っていた使用人君は間違いなく、見たことのある人物だった。しかし、どこか落ち着きがない。そわそわとしており、その様子を隠しきれていない。

俺の問いかけに少しだけ目を丸くしてから、恥ずかしそうに小さく笑った。

「申し訳ありません。少し浮かれていて」

「なるほど。何かいいことが？」

「いいことと言いますか、神子様を間近に見ることができまして」

それを聞いた瞬間、心臓が止まったように感じた。

「え」

「あはは、恥ずかしい話です。だからこそ緊張が抜けなくて、まさか神子様が」

「……っ」

まさか、もうバレてしまったのか？　もしかしたら、セルデアが既にルーカスに知らせてしまい、迎えが来たとか。ありえないわけではない。

遅かったのか……？　全身の血の気が引いていくのを感じる。

わずかに頬を赤らめた使用人君が俯《うつむ》いた。

「あんなに若く、愛らしい方とは思いませんでした」

——ん？

明らかに俺には当てはまりそうのない言葉が並んで、首を傾《かし》げた。一瞬、バレたのかと思ったがどうやら違うようだ。しかし、そうなると彼が見たという神子はどこにいるのか。

そこまで考えて、セルデアが至急呼んでいるという言葉を思い出した。もしかして、という考えが頭に思い浮かぶ。

しかし、答えは使用人君の口から告げられることとなった。

「神子様が来られております、サワジマ様」

俺は全身が重く感じて、亀の歩みのように一歩一歩がゆっくりとしていた。それもそうだ。昨晩の出来事を考えれば楽しい会話になる訳がない。あの時、自分でも思う以上に感情が高ぶっていた。なぜ、セルデアのためにあんなにも必死になったのか。その答えはよくわからない。

とにかく、あの態度に対してルーカスが高校生君を連れて文句を言いに来た可能性もある。神子の巻き添えのくせに無礼だ、と言われても仕方のないことだろう。

領内の屋敷よりは狭いが、一度しか通ってないので道はうろ覚えだ。かすかな記憶を頼りに向かう。

「ありがとう、セルデア」

聞き覚えのある声が聞こえてきて、反射的に足を止めた。

「いいえ。私も不用意に近づきすぎました。誤解を招くのも仕方のないことかと」

「そんなことないって。あの時急に声が出なくなったせいで状況が説明できなくて、ルーカスも誤解しちゃったんだ。今日はここには来られなかったんだけど。とにかく、許してもらえると聞いて安心した」

「私のために足を運んでいただいて、気遣いありがとうございます」

セルデアたちの会話が聞こえてくる。よかった、道は間違っていなかったようだ。確か、このまま進めば一階に続く階段の踊り場に出るはずだ。上から玄関も見える。

しかし、今聞こえた会話から把握すると昨晩のことに関して高校生君……確かルーカスにユヅって呼ばれてたな。ユヅ君が謝罪に来たという訳だろうか。ルーカスは来ていないようで、安堵に胸を撫でおろした。

謝罪に来るユヅ君は偉いが、ここはルーカスが公式に謝罪するべきところだ。誤解であそこまでセルデアを罵倒しておいて、何もする気はないのか？

しかも、ここでユヅ君の謝罪をセルデアが受け入れたのならルーカスに抗議さえできない。大体セルデアの立場的にも、神子の謝罪を拒否するなんてできる訳もない。

そこで、ふと気付いた。今さらだが、神子を蔑《ないがし》ろにするというのは、それがバレれば今のセルデアのように貴族たち、悪ければ国民全体にも非難される。

それをわかっていながら、セルデアは俺を嫌ったということになる。そこまで嫌いだった、というならば仕方ないが……どこか彼らしくないような気がした。

「俺も悪かったから当然だよ。それにここに来たのはセルデアとも仲良くなりたいって思ったから」

「私と、ですか？」

考えこんでしまい、つい足を止めていた。別に聞き耳を立てたかった訳じゃない。待たせるのも悪いと、すぐに向かおうとした。

しかし――

「そう。角も目も、すごくかっこいいなって。ルーカスの耳の羽もそうだけど、セルデアのもかっこよくて仲良くなりたいって思ったんだ」

それを聞いて、思わず飛び出すように足を速める。その言葉は、昔俺が言ったものとよく似ていた。つまり、セルデアに嫌われていた原因だ。

俺の顔は真っ青になっていただろう。ここでセルデアがあの時のような態度をユヅ君にしてしまえば、立場さえ危うくなる。

それだけは止めなくてはいけない。俺が間に入れば、セルデアも。

そんな風に思いながら、階段の上からセルデアを見下ろす。

そして、その目に飛びこんだのは――笑顔だった。

「――ありがとうございます、神子様」

それは普段見る悪役のような微笑みではない。心の底から感情があふれたようなもので、眩しそうに細められた双眸《そうぼう》と、幸せに満ちた柔らかな微笑みだった。

それは、建前や作られたものではないというのが一目でわかるものだった。

心から嬉しいと、幸せだと、俺に見せつけてくる。

——なんでなんだよ。

それが真っ先に浮かんだ純粋な気持ちだった。

反射的に来た道を戻り、通路の陰に入る。なぜ隠れるのか。自分自身でも理解できない。

その後も二人の会話が続いているがそれも頭に入ってこない。ただ自分の心臓だけがうるさい鼓動を全身へ響かせていた。

それを押さえつけるように胸倉辺りを掴む。衣服が破れそうな程に力強く。

セルデアのあの笑顔は嘘じゃなかった。地雷だと思いこんでいた言葉を、幸せそうに受け取っていた。つまり、容姿に関して気にしていなかったのか？　それともユヅ君だから許された？

じゃあ、昔の俺はセルデアになんで嫌われたんだ？　話したことなんてそんなになかったのに。

もしかして、セルデアの唯一の想い人はユヅ君だったというのだろうが。いや、違う。ありえない。セルデアとユヅ君は昨夜初めて会ったはずだ。

理由を考えれば、考える程にたった一つの理由しか浮かばなくなる。容姿のことなんて関係ない。

それは何よりも簡単な話。

——俺だから、嫌われたのか？

なんだか息まで荒くなってきて、それが階下にまで聞こえるんじゃないかと思えて片手で口を覆った。

俺という存在が嫌いだった。理由はそれしかないだろう。それがわかった。わかったのに、この感情はなんだ。

すごく、苦しい。全身がそれを受け入れたくないと拒否しているようだった。

人の好き嫌いは誰にでもある。だから気にしなくていい、そのはずだ。嫌われている人間を好きにならなくてもいいのだから。

しかし、頭に響く声があった。

『愛しています』

それはセルデアの声で脳内に、はっきりと響いた。すると、何かがストンと胸の奥に落ちる。

「……ああ、そうか」

俺は、セルデアだけには嫌われたくなかったんだ。なぜならあの時、愛していると返したじゃないか。

いつの間にかセルデアを好きになっていた。それこそ人としてだけでなく。

セルデアに、恋をした。

迫力ある顔に似合わず純粋で、一途。あの美しい紫水晶の瞳も、笑うとかすかに見える牙も、銀の髪に似合う角も。

愛しいと、想ってしまっていたのだ。

幕間　悪役公爵は恋をする。　前

化身とは、神がこの世に存在したことを表し祝福された存在だ。

彼らは身分、血統は関係なく突如として生まれる。化身が生まれれば、その血を讃えるように地位が約束されるものだ。だから、私は先に生まれた兄上を差し置いてサリダート公爵家を継いだ。

後継者として育てられていた兄上は、突如生まれた化身の弟にその地位を奪われたのだ。

幸いにも、兄上が私を直接罵《ののし》ることはなかった。しかし、後継者になるためにどれ程の努力を行っていたのかは嫌でも耳に入る。

それは、確実に私の心を蝕《むしば》んだ。

『貴方が気になさることではありませんよ』

『素晴らしいお力です、私たちなどが側《そば》にいなくとも問題ありませんね』

『お一人で、できますよ』

両親はよくも悪くも、真っ当な人柄だった。

私を神に祝福された偉大な子として扱い、自分の子へ敬語を使い深々と頭を下げる。次第に両親は兄上を溺愛し、私とは距離を置くようになった。

決して冷遇された訳ではない。しかし、私と彼らは家族ではなかったとはっきり言える。息子や弟である前に、私は恐れ多くも化身。文句を言うことや注意することさえできない。愛想笑いだけが返ってくる。

私と家族の関係は、それほどに遠いものだったのだ。

孤独というものが、幼い心にどれほどの絶望を生むのか。身をもって知っている。

求めずとも温かな手で、髪を撫でてほしい。ただ手を握って、真っ直ぐに私に微笑みかけてほしい。それだけでよかった。

しかし、それが家族内で叶うことはなかったのだ。

孤独で埋め尽くされた幼い頃、自ら支えるための希望が一つだけあった。それは化身と共に必ず語られる、神子という存在だ。

それは化身について知る中で、多くの本に書かれ聞かされていた。

化身を慈しみ、浄化する存在。神子がいるだけで国の安寧は約束される。

――神子なら、私に触れてくれるだろうか。側《そば》にいてくれるだろうか。

怖がらず、嫌がらず、私に笑ってくれるだろうか。

幼い頃はそれだけを夢見て、多くの本を読み漁った。それだけが私の生きるために必要な光だったからだ。

成長するにつれ神の特徴が濃く出た姿と合わさり、どうにも人に恐怖を与える容姿だったと後に知る。

ほとんどの者たちが私を見ると、口を閉ざして目を泳がす。女性などに話しかければ、恐怖から泣き出す者がいる程だ。

特別、何かをした訳ではない。ただ他者に圧を感じさせる容姿と、化身であることがすべての原因だった。

出所を疑う程の噂も立てられた。あらぬ疑いもかけられた。しかし、兄を思えば私は誰よりも公爵家の当主としてふさわしい存在でなければならなかった。

弱さを見せずにただ誇り高く、強く。

罪には冷徹なる罰を、功には多大な賞を。

そして、気がつけば誰もが恐れて近寄れない、哀れな男が孤独に立っているだけになった。そんな私に笑いかけてくれる者などいるはずもない。

そんな日々を過ごしている内に、神子召喚の準備がととのったと教会から連絡が来た。

神子召喚は、化身が新たに一人でも生まれると行われる。今世代では私を合わせて四人もの化身が揃ったために、教会の力の入れようは凄まじかった。今までにない大がかりな儀式によって召喚されたのは、一人の少年。

短く整えられた黒髪、黒目がちの大きな瞳は宝石のような美しい輝きを秘めている。急な召喚であるのに泣いたりせずに、陽光のように眩しく笑っていた。

神子の名前はイクマといった。

本の中でしか知らなかった憧れの神子という存在に、心が震えた。

だからこそ、初めての顔合わせではとても緊張した。幼い頃から夢に見ていた神子に会えるのだ。

心臓は壊れたように高鳴り続け、喉も渇く。

気温が高くもないのに、額に汗を滲《にじ》ませ落ち着くことができない。

それ程の期待に胸を膨らませていたが、同時に恐怖も抱いていた。

——私を見て、泣き出したらどうすればいい。

牙は大丈夫だ。彼の前で歯を晒《さら》さないようにすればいいのだから。笑う時は歯を決して見せないように、今まで通りやれば問題ない。

しかし、角と目は隠しようがない。さらに悪いのは、周囲の者に恐ろしい企《たくら》みがあると噂されてしまうような顔だ。

もし、神子が私の前で泣き出してしまえば。

それは私にとって、何よりの恐怖となっていた。

だからといって逃げる訳にはいかない。国のためにも、私は神子の浄化を受けなくてはならないことはよく理解していた。

神子の私室の前に立ち、叩くために扉へ伸ばした手は無様にも震えていた。しかし、それでもと扉を軽く叩く。

「どうぞ！」

「……失礼します」

しっかりと返答を受け取ってから、その扉を引いた。それは開くと同時に聞こえる。

「うわぁ！」

その声に私の肩は小さく震えた。驚きとも嫌悪ともとれる言葉だった。

だからこそ私はとっさに頭を下げた。愚かにも恐れたのだ。神子の顔が、嫌悪と恐怖に満ちているのを見たくなかった。

「お初にお目にかかります、私はセルデア・サリダートと申します。この度は召喚に応じてくださり、この国の一員として深く感謝いたします」

「あ、いいっすよ。気にしないでください、俺こういうのに憧れてたんで！」

神子はなんのためらいもなく、側《そば》へ歩み寄ってくれた。そして、突き刺さる視線。俯《うつむ》いていてもわかる程の視線が、私の全身に向けられていた。

それには、さすがにいたたまれなくなる。思わず目線を上げると、悪意の一切ない黒の瞳が私だけを映していた。

「あの、私がどうかされましたでしょうか」

声は震えていなかっただろうか。牙は見えなかっただろうか。

そんな風に多くを考えている時だった。神子はこちらの手をためらいもなく握った。

「すげえ、カッコいいですね！」

「え？」

「角も目も、全部すごいカッコいいっすよ。俺、貴方みたいな人に出会えて嬉しくて」

——神子は、笑ったのだ。

その瞬間、私の中からすべての音が消えた。

それは生まれて初めての出来事だったのだ。初対面であっても、恐れもなく、嫌悪もなく、演技もない。この顔を見て、真っ直ぐに笑ってくれる。

きっと、これは私にしかわからない感覚だ。それはきらきらと眩しく、温かな光が全身に差しこんでくるようだった。孤独に震えていた幼心を、その光が包みこむ。

ずっと欲しくて、夢に見ていたものが訪れた。

他者に話せば鼻で笑われるかもしれない些細な出来事だ。しかし、私にとってはすべての幸福が降ってきているようだった。

心臓が大きく震えた。指先も震え、息も忘れた。

すると、今度はどういう顔をすればいいのかわからなくなった。笑ったらいいのだろうか。いや、駄目だ。牙が見えて怖がらせるかもしれない。

どうすれば、どう答えればいいのか。それはあまりにも無様な有様だった。

「あのー……」

「……申し訳ありません。あまり聞き慣れない言葉でしたので」

「ええっ、それは意外でした」

必死に口を動かす。それだけで精一杯だったのだ。そこからは息をすることさえためらう程だ。そこまでしなければならなかった。少しでも気を緩めてしまえば、口元はだらしなく緩んでしまう。

必死に耐えなければ――今にも涙がこぼれ落ちてしまいそうだったから。

唇を一文字に結び続け、顔に力を入れ続けて眉間には皺ができる。そんな様子に神子も何かを感じたのか、黙りこんでしまう。

しまった、雰囲気を悪くさせてしまったのは私だ。すぐに弁明しなければ。彼には嫌な気持ちをさせたくないと考えたが、彼の顔色を見た時、別の考えが頭の中を占めた。

あまりにも顔色がよくない。

しかし、それはおかしな話だ。

神子の体調は毎日万全のはず。それは側付《そばつ》きの神官が毎朝確認しているはずなのだ。何かあればこうして化身たちに会わせるはずがない。

私の前にルーカス殿下が神子に会いに来ていたことを思い出す。当然、神子はルーカス殿下にも浄化を行ったのだろう。

――この顔色ではまるで生気を失っているような……

その瞬間、背筋に悪寒が駆けた。

ぞわりとした。絶望が這い上がってくるような恐ろしさ。嫌な予感がする。なぜそう思うのかわからない。しっかりとした理由はなかった。

ただ、このままだと神子の笑顔は二度と見られなくなってしまう、という焦燥感に襲われた。

「……急用を思い出しました。今日はこれで失礼いたします」

失礼にあたるというのは理解していた。しかし、この正体不明の予感を抱いたまま浄化をされるのはよくないことだと感じたのだ。

頭を下げ、挨拶も程々にしてから室内から出る。そして、出ると同時に私は早足になる。

元々、屋敷には神子への憧れもあり、神子に関しての書物を古いものから新しいものまで多く収蔵していた。取り寄せただけで読んでいないものが数多くあり、いますぐそれらを確認すべきだと強く感じた。

それこそまるで自分の意思というより、本能が急《せ》かすような感覚だ。

原因はなんだ？　可能性があるとすれば浄化……だろうか。

この世界にとどまった神子は少なくない。その神子たちが浄化で生気が奪われるなど聞いたこともない。

ただの勘違いだ。憧れゆえに些細な変化も気になっているだけだ。そう頭の隅では理解しているが、足が止まることはない。

何もなければ、明日にでも訪問して先ほどのことを謝罪すればいいのだ。誠心誠意をもって謝罪をすれば許してもらえるはずだ。

そう願って、屋敷へ急ぎ戻ることにした。


屋敷の書庫で、神子に関するものをすべて掘り返して読み漁る。読んだことのあるものさえも読み直して、夜遅くまで情報を集めた。

ランタンの小さな灯りだけを残して、書庫の中は闇に包まれている。今が何冊目かわからない。

ふと無意識的に、手にとったのは真っ白な本。

どこにも題名などはなく、厚さも程々の本だった。このような本をいつ買ったのだろうか、と首を傾《かし》げながらも開く。

「……どういう、ことだ」

そこに書かれている内容は、今まで読んだことのないものだった。

中身は今までと同じ神子のことだが、力を使うことによる神子自身の負担について詳しく書かれていたのだ。

『神子の力は、基本的に自身の生命力を使う。生命力を使うといっても、基本的に神子に実害はない。生きていくのに余分な力をそちらに回すだけだからだ。

ただ問題は力が強い神子が現れた時だ。

もし、今までの神子を上回るような神子が出現した際は注意が必要だろう。

その神子は過剰に生命力を使用して、力を行使している可能性がある。

神子が成人過ぎならば問題ないと思われる。

歳を重ねる程に生命力の容量は増えていく。しかし、召喚される神子は基本的に若い。

もし、力の強い神子が現れた場合は力を行使させ続けるのは危険だ。

数年後、神子に待っているのは――』

「死……？」

〝衰弱死〟という言葉が目に飛びこんでくる。

するりと手元から本が落ちていく。床に落ちる音がやけに大きく室内に響き渡る。

――神子が死ぬ。

その事実は、私自身を打ちのめすには十分すぎるものだった。本を握りしめていた手は震えていた。

しかし、次の瞬間。ありえないことが起こった。

「あーあ、その本。全部消したと思っていたんだが……こんなに早くバレちゃったのかぁ、つまんねえなあ」

その声は、私の背後から確かに聞こえたのだ。

「ッ、誰だ‼」

勢いよく振り返り、立ち上がる。椅子が大きな音を立てて倒れた。しかし、そこには誰もいない。闇が広がっているだけだ。

何もない、深く暗い闇がただそこにあるだけ。人の気配などない。大体、私がここまでの接近に気付かないはずもない。

そのはずだが、声は再び闇から続いてくる。

「あれ？　聞こえたのかぁ。いやいや、笑えるね。そうか、お前は特別血が濃いからね。しかも夜……そうかそうかぁ！」

「……何者だ。なぜ、姿が見えない。貴様はどこにいる」

「酷いなぁ。ずっとずっと前から側《そば》にいるよぉ。ま、お前らは無理さ。オレを視《み》ることはできない。それよりお話をしようよ。その本を読んだんだろう？　そこに書いてあることは本当さ。あの化け物みたいな神子はこのままだと死ぬよ」

自分の頭がおかしくなったのかと疑いたくなる。どれだけ辺りを見渡しても、誰もいない。もの言わぬ本しか、この部屋にはいないのだ。しかし、この声はこのままだと神子が死ぬと確かに言った。

それをもう一度しっかり自覚した瞬間、心臓が痛む。それは締めつけられるような痛みで、全身から汗が吹き出る。

死ぬ？　あの笑顔も、声も、永遠に失う？

なぜそうなるんだ。やっと見つけたのに。

私を見て、怖がることなく笑いかけてくれた。そして、手を握ってくれたのだ。

それが何よりも大切で、美しくて、それから、それから。

「おやおや……なんだい、その顔は？　かははは、まさかお前！　あの化け物神子に恋をしたのか！」

「……な、に？」

「これはいい！　最高だ！　楽しそうな展開になってきた！」

正体不明の声が耳障りな哄笑《こうしょう》を、部屋中に響かせた。

自分自身がどういう顔をしていたか、わからない。ただ恋をした、という言葉を聞いて私の手は震えた。

目を見開いて固まり、その言葉から訪れる衝撃に足元から崩れ落ちそうだった。

声の言う通りだった。彼は何より大切で美しくて、それから——とても愛しい。

それは、化身にとっては自滅への一歩になると誰よりもよく知っている。そして、その相手が神子だというのは絶望的だ。

その事実の衝撃で動けない私を嘲笑《あざわら》う声が聞こえた。

「——ねえ、オレと賭けをしよう」

その声は愉悦に満ちて、見えるはずがない醜悪な笑みがはっきりと見えた気がした。

第三章　元神子は愛しているようです。

「……趣味悪いな、俺」

肩を落として、こぼれた声は情けなくも少し震えていた。自分の気持ちに気付いてしまえば、正体不明だった焦りや感情の高ぶりが理解できる。

そうかという納得した気持ちと共に落胆した。

無意識に始まっていた恋は、自覚と共に失恋が決定づけられたのだから。

セルデアには、永遠の想い人がいて本来の俺は嫌われている。つまり、望みはほぼない。まさかの男に恋をして、即失恋だ。落ちこまないはずもない。

報われない恋というものが、本来好きではない。それを想い続ける程に自分の心が広いとも思っていないからだ。

なのに……まだいいだろうと思っている。そんな風に考えている自分にも驚きだ。

幸いにも今の俺は嫌われていないはずだ。すぐに諦めないといけない恋でもないはずだと、自分自身に言い訳をしてしまう。

叶わなくとも、もう少しだけ共にいたいと願ってしまう。あまりにも情けない思考に自嘲する。

「おかしいですね。そろそろサワジマが来るかと思うのですが……本当に中で待たれなくてもよろしいですか？」

「はい。ナイヤがいてくれるとはいえ、あまり長居するのはよくないみたいで」

セルデアとユヅ君の会話に、はっと我に返る。そうだ、俺は呼ばれていたのだった。ここで甘酸っぱい恋心に浸っている場合ではない。

慌てて足を動かす。小走りになりながらも、一階の玄関に続く階段を下り始める。俺の荒々しい足音が響き、そこで初めて二人ともこちらに気付いて振り向いた。

そして、下りて気付いたが、玄関の直ぐ側《そば》にはナイヤが立っていた。当たり前か、ユヅ君を一人で王城から出す訳がない。むしろ、ここに来ることをよく許したなと思う。

「少し遅れました、すいません」

「あ、いえ、大丈夫です。あの、名前は聞いています！　澤島さんですよね。俺、朝来野弓弦《あさくのゆづる》って言います。ユヅって呼んでください！　あの時は全然話ができないままで、ずっと気になってて」

俺が来た瞬間、駆け寄ってきたのはユヅ君だ。ここでやっと彼の名前を知ることができた。四か月目の自己紹介だ。

頭を軽く下げ、挨拶してくれる。やっぱりいい子だ。そのまま真っ直ぐに育ってほしいと強く思う。

「……アサクノユヅル？　もしかして、神子様は貴族なのですか？」

俺が返答をするよりも早く、セルデアが問いかける。それにユヅ君は瞳を丸くさせた。

「え？　貴族……？　あ、もしかして家名のことかな。ルーカスにも言ったんだけど違うんだ、俺たちの世界では誰でも家名はあるんだよ。ね、澤島さん」

「まあ、うん。そうだね。ああ、それより俺も会えてよかったよ」

そこは余り突っこまれたくないところだ。本当ならば、ここで俺もしっかり自己紹介するべきだろう。しかし、澤島郁馬と言いますと、顔馴染《なじ》みの二人の前では言いたくない。

誤魔化すように、ユヅ君の手を取って握手をする。

「それで……」

「神子様、そろそろ」

俺の話を続けさせないとばかりに、ナイヤが言葉を被せてくる。ユヅ君はその言葉を聞くと、どこか申し訳なさそうに眉尻を下げた。

「すいません、澤島さん。そろそろ戻らなくちゃいけないらしいです」

「大丈夫、気にしないでくれ」

今のは明らかに、わざと声を被せていた。どうやら未だに俺は警戒対象らしい。ナイヤがこちらを睨《にら》みつけてくるので、間違いないだろう。

この異世界と元の世界の時間のズレを伝えたかったが……仕方ない。またチャンスはあるだろう。それに、ここ最近はおかしなことが起こっている。

意思のある瘴気《しょうき》に、力が使えない神子。

どこまでユヅ君が知っているかわからないが、十代の彼をこれ以上悩ませるのもよくない。次の機会にしよう。まだ時間はある。

ナイヤが尻尾《しっぽ》を逆立てて警戒しているのを適当に流して、ユヅ君を見送る。そのまま玄関が閉まると、この場はセルデアと二人っきりだ。

先ほど自覚したばかりのため、色んな感情が心の中で渦巻いていた。そうなると口を開けなくなり、沈黙が続く。二人で黙りこんで、ただ閉じた扉を見つめ続けていた。

……何やってるんだ、俺たちは。

「サワジマ」

「……ん？　どうかしたか」

「少し、出かけないか？」

突然の誘いにセルデアに目線が向く。セルデアの横顔は、相変わらず威圧感たっぷりの悪役顔だ。小さく咳払いをしてから、瞳だけがこちらを向いた。

「今からイカを、食べに行こう」

「い、イカ？」

公爵様には、なんともふさわしくない単語が飛び出してきたものだから戸惑う。イカっていうと、あのイカであっているのだろうか。

しかし、この世界にはイカというものは存在しないんじゃなかったか？　この世界の食い物は元の世界と似ているものも多いが、ないものも程々にある。だからこそ、イカはないと思っていたんだが。

「ああ。貴方が好きな食べ物だ。貴方の言っていたイカなのかはわからないが、似た特徴を持つ生き物を料理として出す露店があると聞いた。どうだろうか？」

「……覚えてたのか。俺の好きなもの」

「……？　貴方が私に教えてくれたのだ、忘れるはずもない」

セルデアは、当然と言わんばかりの態度だ。ああ、俺はなんて単純なんだ。どうでもいいと思われた会話だったというのに……それを覚えてくれているだけでこんなにも嬉しいと思えるなんて。

心臓が締めつけられる。甘い痛みだ。なのに嫌じゃない。

神子に関しての件はまだ解決していない。しかし、これが終わるまでだ。

終わるまでは、考えないでおこう。

「お前も気に入るといいな、イカ」

そうして、俺とセルデアは馬車に乗りこみイカを食べに行くこととなった。

■■■■

今からと言った通り、俺たちはイカを扱うと聞いた露店へすぐに向かった。どうやらそこは王都でも、貴族たちはあまり足を踏み入れないような場所にあるらしい。

そういう場所なだけに、目立つのを避けるため貴族だと大々的に宣伝するような馬車はやめることになった。

護衛の騎士が数人と、平凡な馬車に乗り目的の場所へ。馬車内には俺とセルデアしか乗っておらず、騎士たちは馬でゆっくりと追いかけている状態だ。

しばらく馬車に揺られ続けながら、イカを食べられるという期待に胸を躍らせていた。

イカといえば一番好きなのは刺身だが、さすがに無理だろうな。残念ながら、この世界で生で魚を食べるところは見たことはない。

そうなるとイカの塩辛も無理か。ならば炙《あぶ》り、いやいや丸焼きも捨てがたい。せっかくなら酒も一緒に愉しめるだろうか。

考えれば考える程、無意識に口内へ唾液が満ちていく。

そんな風に腹を空かせて、どれくらいの時間が経っただろう。ふと馬車が止まる。到着したのかと思った時だ。馬車の扉が控えめに叩かれて、小さく開いた。

「閣下。ここから先は馬車が通れないようです」

「そうか、ならばここからは徒歩になるな。ネドニア、他の者たちに伝えろ」

「はっ」

ネドニア。そう呼ばれたのは、騎士たちの中でもセルデアと話しているところを見かけることが多い人物だ。

その容姿で特徴的なのは、くるりと猫のような柔らかな茶色の癖毛だ。細目で細身。ちなみに、俺が初めて外出した際にパーラちゃんの言動にビクついていたのも彼である。

彼が公爵家の騎士団でどういう立ち位置なのかは知らない。一度パーラちゃんに聞いたのだが「あれはいなくていい存在です」と敵対心を露骨に剥きだしにして答えてくれたので、仲良くないことはわかっている。

俺も無理して知りたい訳でもなかったのでそのまま終わり、結局彼のことはよく知らないのだ。

まあ、知らなくても仕方ない。一応、屋敷の使用人たちとはある程度仲良くなったと感じている。しかし自室か、書庫か、セルデアとの交流会が俺の行動範囲だ。基本騎士たちとは関わることが少なかったので、軽い会釈をするくらいの仲なのだ。

「サワジマ。ここから歩きになるようだ。もしものこともある、私と共に行こう」

セルデアはローブのフードをすっぽり頭に被る。それはたぶん、化身の特徴を隠すためだろう。

そして、開かれた馬車の扉から先に降りると、馬車内に残された俺に手を差しだした。

一瞬だけ、ためらう。いや、そういうのは令嬢にするものだろうと考えたりもしたが、馬車に不慣れな俺への気遣いかもしれない。

少し間を開けてから、その手を取る。そして、引かれて馬車からゆっくりと下りた。

地面に足をつけて、辺りを見渡す。

そこはお世辞にも治安のいいとはいえない場所だった。今は感覚的に昼を過ぎたくらいだと思っているのだが、この辺りは薄暗い。その理由は建物の影が多いというのもあるが、何より漂《ただよ》う雰囲気がそう強く感じさせる。

先の道はさらに狭くなっており、確かに馬車は通れない。しかし、こんな場所に来ないと見つけられないイカって……と、食欲より不安が増す。

「私が先頭を歩きます。閣下は私の後ろへお願いします」

「ああ、わかった」

ネドニアが先頭を進むようで、次に俺たち、その後ろを別の騎士たちがついてくるようだ。

ちなみに今騎士たちは全員私服姿だ。いつもは鎧を着ているが今回は目立たないようにするためだろうか、着ていない。ただ帯剣はしている。

俺とセルデアは、手を繋いだまま黙って進む。俺の身を気遣っての行動だろうが、こっちの気持ちも察してほしい。ただ手を繋いでるだけなのに変に意識をしてしまうのだ。なんだこれ。まるで女子中学生だ。

これだから恋愛童貞は困る。まともに生きていくことに必死になりすぎて、恋や女性に目を向けている暇がなかったせいだ。手に変な汗を掻いている。

駄目だ、黙っているといろいろと辛い。心臓の音とか汗とか。

「せっ、セルデア」

「どうかしたのか？　疲れたのならば少し休むか」

「いや、今歩き始めたばっかりだろ。じゃなくて、昨日の夜のこと、もう手紙で伝えたのか」

苦し紛れに出た話題は、楽しい会話とは程遠いものだった。しかし、まあ、うん。いずれ聞かなくていけなかったことではあるし、よしとしよう。

「……いや、まだだ」

「そうか。もし送るなら教えてほしい。俺にも心の準備ってのもあるからな。この世界にいられるのも後少しな訳だし」

「――サワジマは」

「ん？」

「……本当に元の世界へ帰るつもりなのか？」

「え」

急な質問に言葉を失った。

まさか、そんな言葉がセルデアから出てくるとは思ってもいなかったからだ。無意識だろうか、その質問をした時に俺の手を握るセルデアの力が少し強まる。

……帰る、とすぐに答えなくてはいけなかった。その嘘が今の俺には必要だった。それなのに、声が出ない。口を閉じて黙ってしまった。

そして、それはある意味答えになってしまう。帰るのを迷っていると答えたのも同じだからだ。

すると、さらに力が強まったように感じる。

「もし、貴方がここを楽しいと思ってくれるならば私は――」

セルデアはフードを深く被っており、薄暗いせいもあって表情はよく見えない。それでも、俺はセルデアから目を逸らすことができなかった。

吸い寄せられるように目線を向けて、次の言葉に耳を傾ける。一つも逃さずに聞きたかったのだ。

セルデアがなんと言ってくれるか。

「閣下。あれではありませんか？」

しかし、それは前方から呼ばれた声に掻き消えることとなる。いつの間にか細い道を抜け、少し開けた場所に出ていた。

そこには先ほどと違い人が多くいる。ただそこにいる人たちはどうにも人相が悪い。露店も確かにあるが、どうみても闇市のような光景だった。

ネドニアが指さしているのは煙が上がっている小さな露店だ。しかし、ここからでは何を売っているのかよく見えない。

その理由は、少しでも癇《かん》に障るとすぐに喧嘩を売ってきそうな方々が、そこへ集まっているからだ。さすがにあそこに一人で飛びこんでいく度胸はない。

「私とネドニアで買ってくる。サワジマは他の騎士たちとここで待っていてくれ」

お前が直接行くのか、とも思ったが、化身であるセルデアが行くほうが誰よりも安全かもしれない。俺もあそこに突っこんでいきたいとは思わないので大人しく頷いた。

そして、セルデアたちが煙の上がっている露店へと向かっていく背中を見送る。

今から念願のイカが食べられるというのに、今の俺はイカへの興味はかなり薄れていた。

なぜなら、頭の中は先ほどのセルデアの言葉を何度も繰り返していたからだ。

あの続きは、何を言ってくれるつもりだったんだろう。

ぼんやり考えていると、痛いくらいの視線が俺へ突き刺さっているのに気付く。それの出所は騎士たちだ。

俺を囲むように守っている騎士たち、四人。彼らの視線がすべて俺に向かっていた。なんだこの状況。

「……あの。俺に何か用でしょうか」

「あ、いえ！　も、申し訳ありません！」

さすがにそこまで視線が集まっていると、無視し続けるのも難しい。観念して口を開くと、俺の隣に立っている一番近くの騎士が頭を下げてくれた。

「申し訳ありません。私たち、サワジマ様を尊敬していまして、それでその、つい」

「え？　お、俺をですか？」

なんとも意外な言葉が出てきたもので、思わず驚きから声がひっくり返る。はっきりいってここにいる騎士たちはガタイもよく、俺が突進してもビクともしないような男たちばかりだ。

そんな彼らが俺を尊敬している？　悪いがお世辞としか思えない。彼らと関わったこともないのだ。

「はい。その、閣下はとても迫力のある方でまともに顔を見て話せるのはネドニアさんくらいのもので」

「ネドニア先輩でも最初は恐怖で声が出せなかったそうですよ！」

「しかし、サワジマ様は初対面から普通に接しておられたと聞いています。堂々と真正面から見つめて会話をしていたと」

「それを聞いて私たちは、サワジマ様を尊敬と共に勝手ながら感謝しているのです」

四人の騎士が口々に声を出す。それこそ火がついたように全員で一斉に話しかけてくるものだから、その急変に少しだけ後退《あとずさ》りしてしまう。

いや、確かにセルデアの顔は悪役顔だと思うがそこまで怖がる程だろうか。まあ、笑い方にも問題あるな。セルデアはなぜか口を開いて笑おうとしない。もう少し口を開いて笑えばそれなりに愛嬌があるように見えるのでは、と勝手に思っていたりする。

顔立ちだって、とても綺麗だ。冷たい印象を与えはするが、そこまで恐怖を抱かせるものかは疑問だ。

……もしかしたら、化身であることが原因だったりするのかもしれないな。

きらきらと輝いたたくさんの瞳の前に立たされ、どうにも落ち着かない。それにしてもおかしな言葉を聞いた。

「感謝、ですか？」

「そうですよ！　サワジマ様が屋敷を訪れるまでの閣下は……あれはまるで」

「おい」

四人の中でも一際若い騎士がこぼした言葉だ。それを別の騎士が小さく咎《とが》めた。すると、慌てた様子で口をつぐむ。どうやら失言をしたのだとすぐにわかった。

その流れで全員が一気に黙りこんで、少しだけ気まずい空気が流れる。俺がそうした訳ではないのだが、これは責任を取るべきだろうか。少し考えてから口を開く。

「皆さんは、公爵を尊敬しているんですね」

彼らが語る口調の中に、セルデアへの悪意は一つもなかった。その証拠に、そう口にすると騎士たち全員が左胸に手を当ててわずかに頭を下げた。それを見て、自分のことのように嬉しいと感じるのは恋ゆえかもしれない。

とりあえず、場は少し和んだようで一安心だ。

「それにしても、こんなところに来るなんて……少し驚きました。俺はともかく公爵が来てもいいのですか？」

「よくはありませんが……どうしてもサワジマ様の好物を食べさせたいとおっしゃったので。あ、安心してください。あの露店もちゃんと下調べをしております。それにここの露店はパーラのおすすめですから」

「パーラちゃんが……」

ここにはいない可愛らしい笑顔が思い出される。彼女は公爵領に留守番なので、王都にはいない。確か孤児で生きるためならなんでもしてきたと言っていた。たぶん、彼女はこういう場所で生きてきたのだろう。

そう考えると、危ない雰囲気を気にしている自分の器の小ささを実感して、恥ずかしくなった。

「しかし、あれが好物だとは意外でしたとパーラも言っていましたね」

「ん？　それってどういう」

「サワジマ」

不穏な言葉に思わず聞き返すが、名前を呼ばれたためそちらへ目線を向けた。そして、凍りつく。

俺を呼んだのはセルデアだ。その隣には当たり前だがネドニアがいる。問題なのは二人の手にあるものだ。

それは太めの串に刺されたままの丸焼きだった。しかし、串焼きにされたそれはイカではないとはっきりとわかった。

絶対にイカではないそれは、数十本の足が腹の部分から生えている。体格的には伊勢海老程あり、少し丸まった姿も似ている。ただ俺の頬を引きつらせたのはその顔だ。

目も鼻もなく、ただ開いた口だけがある。口は丸く開いたままで、百本程細かな歯がびっしりと生えていた。

はっきりいって、ドン引きだ。

「貴方が言っていたイカの丸焼きだ。ただこの世界ではイカではなく『リアンプ』と呼ぶものらしいが」

違う。そいつはリアンプとしか呼ばない生き物だ。

よくよく考えれば俺が説明したのは、足を多く持った海の生き物というだけだった。しまった、もっとしっかり伝えていればと後悔しても後の祭りだ。

「悪い、セルデア。それ、イカじゃない」

「なっ」

「俺が伝えた情報が少なかったのが本当に悪かった。本当のイカは白くて、いや正確には死んだら白くなるんだったか。今度しっかり伝えるよ、とにかくそれはイカじゃない」

「そ、そうだったのか」

セルデアはリアンプを睨《にら》みつけている。それは親の仇を見るような目付きではあるが、怒っているのか落ちこんでいるのかは判別しづらい。とりあえず、俺はリアンプの丸焼きをネドニアの手からもらい受ける。

「でも俺の世界にはない食べ物だ。ありがとう」

俺のためにわざわざここまで連れてきてくれたのだ。いらないと突っぱねるのはセルデアだけでなく、騎士たちにも失礼だ。

串に刺されたリアンプと向き合う。何で味付けされているかは知らないが綺麗に焼けており、小さく湯気が立ち上っている。

しかし、その姿はあまりにも不気味だ。

これを貴族たちが知らないのも、こういうところでしか売っていない理由もなんとなくだが理解できた。

「あ、食べる時は足をもぎ取って、腹部から噛りつくとよいそうです」

「……あ、はい」

ネドニアに言われて頷く。足をもぎ取るとは簡単に言ってくれるものだ。

震える手でその足をもぎ取る。カニの足を取るのと大して変わらないはずなのだが、見知らぬ生き物だとこうも気持ち悪く感じるものなのだから不思議だ。

そうして、言われた通りに食べたその味の美味さについては語らない。ただ、まるで果実のような甘さと貝のような触感があったということだけは伝えておこう。

ちなみにセルデアも食べていたが、どこか美味しそうにしていたのは俺の気のせいだろうか。

■■■■

無事別宅に戻り、停車した馬車から降りながらも先ほどのイカとは別物の食べ物、リアンプを思い出す。その際思わず、眉を顰《ひそ》めてしまう。

「サワジマ？」

「……り、リアンプは、あんまりだったな」

「そうか？　私は」

その存在には、セルデアが途中で言葉を切ったことで気付いた。別宅前には数人の人影が見えている。なんだ？

目を凝《こ》らすと彼らが着ている衣服に見覚えがあり、思わず足を止めてしまう。

真っ白な衣服に、背には黒い丸が一つ書かれている。あれは神官たちの服だ。

俺とセルデアに気付いた彼らは、足早にこちらへ近づいてくる。そして、側《そば》に来ると一番先頭で歩いていた初老の男性が地面に膝を突いた。

「偉大なる神の化身、サリダート公爵閣下。急な訪問をお許しください」

「……教会の人間がなんの用だ」

「この度はサリダート公爵ではなく、そちらの方にご用があり参りました」

そちらの方と口にした瞬間、初老の神官が目線を向けたのはこっちだ。まさかの俺に？

セルデアは、こちらを一瞥《いちべつ》してから一歩前に出る。それは庇《かば》うような立ち位置だった。神官たちを見る目はどこか険しい。その表情の恐ろしさは通常よりも三割増しといったところだろうか。まあ、セルデアの気持ちはわからなくもない。

この世界の教会は、化身である教皇をトップに据え、離れた神々が再び地上に戻ってくることを祈り、信仰している。基本的には祭事を担う組織であり、権威はほぼないと言っていい。

なぜなら、この世界では化身という『神と繋がっている証拠』があるので、神に感謝したい時に教会を通す必要などないからだ。

俺たちの世界の教会とは違い、この世界の教会は基本的に王族の指示に従う。ただ教皇については少々立ち位置が違うのだが……まあ極論になるが、王族の手下みたいな感覚でいいはずだ。

「ほう、用か。まずは私が聞こう」

「……わかりました。私どもは、送還の儀式のことで参ったのです」

「送還……」

「はい。神子様の召喚に巻きこまれました、お名前は……確か」

「サワジマだ」

いや、名前すら伝わっていないのか。

俺が答えるよりも早くセルデアが答えてくれるので、黙ってただ突っ立っているだけだ。

「儀式の準備のため、サワジマ様には今から神殿へ来ていただきたいのです。送還の儀式には必要なことでして」

その言葉で、彼らの用事が理解できた。確かに俺が神子であった時にも、送還の儀式を行うために協力させられた。唾液とか髪とか、いろいろと必要だったはずだ。

なるほど。確かに明日になれば公爵領に戻る訳だし、それらを手に入れるなら今日しかチャンスはないだろう。

戻る気はないのでどうでもいいことではあるが、ここで協力する気はないと突っぱねる訳にもいかない。

それがセルデアにもわかっているのだろう。唇を閉ざして、黙りこんだ。

セルデアの腕に軽く触れる。すると、その目線がこちらに向くので、黙って頷いた。

何をするかわかっているしな。大丈夫だ、行くよ。そういう気持ちをこめた視線を送る。それがしっかりと伝わったのかはわからないが、セルデアは小さく頷いた。

「……そういうことならば、私も共に行こう」

「え」

「彼は我が家の客人だ。私が供をしても構わないだろう」

驚いた。セルデアがそこまで言い出すとは思いもしなかった。

教会相手といっても、今の俺はただの一般人だ。早く帰ってほしいと思われているだろうが、害を与えられることはないだろう。そこまで慎重にならなくていいはずだ。たぶん、用が済めばすぐに追い出される。

……なんだろうか。セルデアが急に過保護になったような気がするのは俺の気のせいか。いや、神子だと知っているからこそ、だろうか。

驚いたのは俺だけではない。初老の神官も驚きの表情の後、なぜか顔を曇らせた。そこに広がるのは恐怖だ。少しうろたえながら頭を下げる。

「も、申し訳ありません。それは……ご遠慮いただけますでしょうか」

「なぜだ」

「……公爵閣下は、先代神子様の件で神殿の立ち入りを一時禁止されております。お忘れでしょうか？」

「……」

セルデアは力強く拳を握り締めると、目を伏せる。先代神子の件、っていうのは間違いなく俺への暴言事件か。当の本人は気にしていないのに、ここまで大事になるとは。なんとも複雑な気分だ。

しかし、禁止されているならば仕方ない。セルデアを慰めるように、軽く背を叩いてから、前に出る。

「なら、俺一人で行きます。どこへ行けばいいでしょうか？」

「おお、感謝いたします。あちらに馬車を用意しておりますので、どうぞご一緒に」

あからさまにほっと安堵したような顔を見せた初老の神官は、案内するように外門のほうを手で示す。俺はとりあえず頷いてから、セルデアのほうへ振り返った。

セルデアは、どこか落ちこんでいる様子だ。唇は一文字で結ばれ、瞳は不安げに揺れている。たぶん、他人から見れば鬼気迫る表情にも見えるだろうが。

「すぐに帰ってくるからさ、大丈夫だ」

「……サワジマ」

「ん？」

「帰ったら、今度こそ本物のイカを食べに行こう」

あれ程苦労して間違いだったというのに懲りていないのか、この男。しかし、それはなんとも彼らしい。

「――ああ、約束だ。セルデア」


馬車に乗りこんで連れてこられたのは王都の端に位置する神殿だ。ここは王都の中では王城に次ぐ大きな建物であり、暮らしている神官たちも多い。昔、一度だけここを訪れたことがある。

案内されるまま奥へと進む。王城程ではないが、なかなかに広い。

中の道もかなり複雑で、曲がったり進んだりすれば、今どこまで進んだかもさっぱりわからない。

今日を合わせてここに来るのは二度目なのだ、覚えられるはずがない。

この神殿がここまで複雑な内装をしているのには理由がある。それはここにいる教皇が原因だ。

四人目の化身であるメルディ・サリオ・シューカ。

彼だけは化身の中でも特別な位置にいる存在だ。現在メルディは、この神殿の最奥で眠っている。

神殿の作りは無防備な彼を守るためだ。

メルディは刻《とき》の神の血筋だ。眷属もおらず、使える力も二つだけ。それは、不老と魂の停止。

彼は永遠に歳をとらない。実際、今何歳なのか俺も知らない。聞いた話だと初めて生まれた神と人間の子と言われているが、真実なのかは知らない。

彼は永遠を生きることができるために、この国の生き字引として教皇の地位にいるのだ。

つまり、メルディは初代教皇であり現教皇なのだ。だからこそ、メルディの言葉は王族に次ぐ発言力がある。時にはそれ以上の力もあるそうだ。

しかし、どんな力があろうと化身である限り瘴気《しょうき》からは逃げられない。神子不在時に神堕ちするかもしれない。

そのため、神子がいない間は魂を停止させている。つまり、この神殿で眠り続けている。神子は力をうまく使えるようになると、まずはメルディを起こしに行く。力を使い、メルディの魂を動かすのだ。

本来、それが最初の神子の仕事だ。しかし、ユヅ君は神子の力が使えない。俺も会いに行っていないので、今も眠り姫のように寝ていることだろう。まあ、寝るのが大好きなヤツなので問題ないはずだ。

「着きました、こちらです。お入りください」

結構歩き続けて、神殿の最奥に近いところまで来た気がする。ここまで案内してくれた初老の神官が扉を指し示す。

どうやらここで必要な準備を行うのだろう。頷いて、扉を開いた。開いた先はわりと広い部屋だ。中に入って見渡すと、室内には調度品などが一切ない。あるのは白いベッドが部屋の中央にぽつんとあるだけ。殺風景にも程がある。

「あの、俺はここから」

振り返って初老の神官に声を掛けようとしたが、入ってきた扉が何も言わずに閉められる。

「は？」

わりと勢いよく閉じられた扉を呆然と見つめていると、小さく鍵がかかる音がした。それは、四か月前を思い出す場面だった。

……待て、今外側から鍵をかけられなかったか？

飛びつくように扉へ近づき、開こうとする。しかし、どれだけ開こうとしても開くことはない。しっかりと鍵をかけられている。

「どういうつもりですか、開けてください！」

拳を振り上げて、扉を叩き続けるが返答はない。すでに近くには誰もいないのか、返ってくるのは静寂だけだった。

なんだ、なんだ。どうしてここに閉じこめられるんだ。

一瞬、俺が神子だとわかったのかとも思ったが、神官が神子にこんな扱いをする訳がない。そうなると王族の指示？　ルーカスが命令したのか？

だとしても理由がない。「逆らったのが生意気だ、死刑！」みたいなことを宣《のたま》う馬鹿な王子でないのは俺がよく知っている。どうにもセルデア相手には感情を抑えきれていないが、しっかりしている。

……酷く、嫌な予感がする。

ここで怒鳴り声をあげても仕方ない。無駄な労力は使わない主義だ。この部屋唯一の家具であるベッドに寝転んで、天井を黙って眺めることにした。


どれくらいの時間が過ぎただろうか。窓すらないこの部屋では時間を把握できるものは何もなくて、わからない。ただ俺の腹が小さく鳴き始めたので、かなりの時間はここにいるのだろう。

すぐに帰るとセルデアには言ったのにな。

セルデアは心配しているだろうか。

そんなことをぼんやりと考えていると、金属音が耳に届く。それが鍵が開いた音だということにすぐに気付いた。

飛び跳ねるように身体を起こすと同時に、扉が開かれる。そして、三人の神官がなだれこむように室内へ飛びこんできた。

「あの、すいません。俺はいつになったら、っぐ！」

質問を投げかけるや否や、三人の神官は何も言わず俺を拘束した。その力は強いもので三人がかりで押さえつけられてしまえば、抵抗などまったくできない。自慢じゃないが、俺の力は元々ミジンコ以下である。

そして、三人の神官は縄か何かで後ろ手に縛り上げると床に転がす。まるで犯罪者の扱いで、さすがにムカついて彼らを睨《にら》みつける。その時に、気付いた。

あれ。真ん中に立っている神官は、確か……

「――ありがとうございます。皆は部屋から出ていてください、二人で話がしたいので」

聞いた覚えのある声が聞こえて、息を呑む。そして声の人物を見て、凍りついた。

扉付近に立つ男。空のような青色の髪を持ち、その長さは腰まである。野原のような翠《みどり》の瞳は重たげな目蓋《まぶた》によって、かすかに隠れている。衣服は神官たちと同じように真っ白な服だ。

しかし、何より目立つのは背に生えた透明のような薄羽。

聞き覚えのある声、見知った顔。

……なんで起きているんだよ。

彼こそが教皇、メルディ・サリオ・シューカ。その人だった。

俺が呆然とメルディの顔を見ている間に、三人の神官たちは部屋の外へと去っていく。扉が閉まり、部屋の中で二人きりとなった。

「久しぶり、イクマ」

こちらを見つめながら慈愛に満ちた微笑みを浮かべる。今郁馬と呼んだ。つまり、俺が先代神子だと気付いているのだ。

軽い深呼吸をする。そうして、息を整えてから口を開いた。

「――あんた、誰だ」

俺には視《み》えている。メルディの身体から染み出るような黒い靄《もや》、それは今まで見たことのないくらいに濃い瘴気《しょうき》。

一瞬、メルディに瘴気《しょうき》が溜まったのかと思ったがすぐに違うとわかる。何かがメルディの中にいるのだ。

その言葉に一瞬目を丸くしていたが、それはすぐに表情を崩して笑った。

「……かははは、やっぱり化け物だなお前」

それはメルディがしなさそうな悪意に満ちた笑みだった。

「なんで……メルディの身体を使っている」

「なんでって、空いてたからさぁ。魂の停止は瘴気《しょうき》には侵されないが、身体に入る隙を与えるんだぜ？　知らなかったかぁ？」

当たり前だ、知るはずもない。化身の身体を乗っ取ろうとするような馬鹿なんて普通はいないもんだ。

メルディの身体を乗っ取った存在——正体不明野郎は、青く長い髪をくるくると指先に巻きつけて、上機嫌そうだった。

テラスで感じた気持ち悪さと似たものを感じる。悪寒がさっきから止まらない。背中は冷や汗でびっしょりだ。

「ただの巻き添えかと思えば、お前があの小さな化け物神子だったとはねえ。昨夜、影を消された時はすごく驚いたよぉ」

コイツの言う昨夜の影。そして、感じたことのあるこの嫌悪感。間違いなく、意思のあった瘴気《しょうき》はコイツだと確信する。

訳がわからない。瘴気《しょうき》を操っているのか？　自然発生という話はどこにいった。俺の神子時代を知っているということは、いつから存在していたんだ。

いろいろと気になることがある。しかし、今一番聞きたいことは一つだけだ。

縛られ床に転がったまま、メルディの姿を借りた存在を睨《にら》みつける。

「俺をここに閉じこめて、どうするつもりだ」

その言葉を聞いて、目の前のコイツは楽しそうに笑う。それは質問を待ってましたと言わんばかりの表情だ。

「別に？　どうもしないよぉ。お前にはすべてが終わるまでここにいてもらうだけさ」

「終わる？」

「そうさ、お前には邪魔をしてほしくないんだ。本当にあと少し、あとちょっとで堕ちてくれるのに。その度にお前が余計なことをしてくれるからさぁ」

「堕ちる……って」

意味を考えて、思い当たる人物がいた。その姿が頭に浮かび全身の肌が粟立つ。

――セルデア。

一瞬、暗闇に突き落とされたような感覚がした。俺の顔色が変わったことに気付いた正体不明のそれは、口角を吊り上げてニタァと歪《いびつ》に笑う。それはどこまでも嫌悪感しかないものだ。

「そうさぁ、セルデアだ！　オレはアイツの神堕ちを心から願っているんだよぉ。それこそ恋心を抱く乙女のような純粋な気持ちでね。アイツが神堕ちしたらどうなると思う!?　国も世界もぐちゃぐちゃだ！　それを思うとああもう、堪《たま》らない」

「……そんな簡単にいくと思ってるのか」

「うん、思ってるよ？　逆にまともな神子もいない化身たちが、アレの神堕ちに勝てると思ってるのかよ？　ああそれとも、アイツは神堕ちしないって？　かははは、信じてるねえ」

大きく笑い続ける。そのまま笑い続けていたと思えば突如溜め息をついたりと、芝居がかった様子が鼻につく。

なんともムカつく相手だ。あの顔を一発くらいは殴りたいもんだ。身体の持ち主であるメルディには悪いが、俺の弱パンチだから許してもらいたい。

会話を続けながら手を揺らし、拘束を緩められないかと試す。ここで手が使えるようになったら、メルディの身体からアイツを追い出せる。

「とにかく、すべてが終わるまではここにいてもらうよ。そんな化け物みたいな力を好きに使われたら困る。ああ、ここの神官たちに何を言っても無駄だから。お前は、新しい神子の力が使えなくなった原因だと言ってあるからね」

「……あんた、一体なんなんだ」

間違いなく、正体不明野郎は瘴気《しょうき》を操っていた。まるで自分の一部のように扱っているのは、昨夜のことを見る限り間違いないだろう。

もしかして、ユヅ君の力が使えないのも、コイツのせいか？　目的がセルデアの神堕ちならばその可能性が一番高い。

なら、そんなこともできてしまうコイツはなんだ。

その質問に小首を傾《かし》げ、艶やかに唇で弧を描いた。

「オレは神さ。この地上に残った唯一の、ね」

胸を張り、誇らしげにそう語る。なんとも胡散臭い。悪いが自分から神ですと言われて、そうなんですかと信じられるような信仰心は持っていないのだ。

睨《にら》みつけ続ける俺に向かい、ひらりと手を振る。

「じゃあね、イクマ」

正体不明野郎は俺の様子に満足したのだろう。楽しそうに扉を開いて、部屋から出ていった。

結局のところ、床に寝転んでいるだけで何もできなかった。はあと深い溜め息が漏れる。

このままここにいるのは絶対にまずい。俺がセルデアの側《そば》にいない状態のまま時間が過ぎれば、いずれアイツの目的は叶うことになる。

どうにかして逃げ出さないと。でも、どうやって？　ああくそ、悩んでいる時間さえ惜しい。

気持ちばかりが焦っていく。そうしていると、突如扉が開いた。

いきなり開いた扉に、びくりと肩が震える。しかし、そこから入ってきたのは先ほどの正体不明野郎ではなかった。

俺を拘束した神官たちの内一人だけが入ってきたのだ。そのまま後ろへ回りこむ。どうやら、拘束を解《ほど》こうとしているのだとわかった。

数秒もしない内に手は自由になる。その神官はこちらを一瞥《いちべつ》もせず、足早に部屋から出ていこうとしていた。

俺は、素早くその神官の腕を掴む。

「イド、待ってくれ」

その瞬間、神官――イドの表情が驚きに満ちた。

そうだ、さっき俺を拘束した三人の神官の一人はイドだった。

イドは神子時代の側付《そばつ》き神官で、再召喚された時も案内してくれていた。まさかまた会えるとは思ってもいなかった。これはチャンスだ。最後のチャンスといってもいいかもしれない。

「な、なぜ、私の名前を」

「イド。きっと今の俺だとわからないだろうが」

出し惜しみをしている場合じゃない。できるだけ早く、ここを出なくちゃいけない。こうなったら全部バレてもいい。

掴んでいる掌に浄化の力をこめる。化身ではないイドにはなんの意味もない。それでも強く祈れば、手元から白い霧が現れて広がっていく。

「なっ……!?」

こうして力を示せるのは、歴代神子でも俺だけだ。神子であることを示すには、これ以上ない確かな証拠だった。

「……覚えてるか？」

難点をあげるとすれば、皆がわかる証拠ではないということだ。それこそ神子時代に俺に関わった人たちにしかわからない。知らない人間に見せても、ただの見世物だ。

しかし、イドは見たことがある。こうして力を使うのを間近で見ていた。今はそれに縋《すが》るしかない。

「――俺だ。四年前、ここに召喚され帰った先代神子……イクマは俺なんだ」

その言葉に、イドは目を見開いたまま停止していた。

急すぎる話だ。証拠といっても、化身ではないイドには信じるより疑う要素のほうが大きいはずだ。いや、むしろ疑うしかないと言ってもいい。しかし、どう考えてもこの神殿から協力者なしでの脱出は無理だ。

必ずイドに助けてもらわなければならない。だからこそ、必死だ。

「いろいろ説明はあるが……イド、まずは聞いてくれ。俺はここから出たいんだ」

「……」

「信じきれないのはわかる。でも……俺がここから出ないとまずいことが起きるんだっ！」

絶対にイドから目を逸らさない。ここで疑われたら終わりだ。

不信感が増すような言い訳は間違いなく逆効果だ。しっかり、いつものように淡々と冷静に伝えなくてはいけない……のだが。先ほどから心臓が一向に落ち着いてくれない。

もし、もし……セルデアが神堕ちしてしまえば。そう思うと焦る気持ちが強くなる。それが声にも現れて震えていた。

「俺には助けたいヤツがいるんだ。だから、だから」

もっと神子らしく、荘厳なオーラでも感じとれるように話さなければ、というのは頭の隅にある。しかし、制御が効かない。段々と必死さに満ちて、感情的になっていく。

「……頼む、イド」

気付いた時には弱弱しい声が出ていた。イドを掴む手の力も緩んでいき、縋《すが》りつくように添えられているだけになっている。

ああ、情けない。怖いんだ。セルデアが化身たちに殺される者に成り果てる。欲望だけに従う存在になり、俺を忘れてしまうかもしれない。

そして、そうなった時に俺はどちらを選ぶのか。考えたくない。

その答えが、すべてが、怖い。

何も言えなくなり、重い沈黙が流れる。イドは一度も口を開かずに、ただ黙って話を聞いていた。表情にも大きな変化はないまま、長く感じる時間だけが過ぎていく。

突如、イドはそっと俺の手を振り解《ほど》くと何も言わずに立ち上がる。

そして、そのまま背を向けた。

「イド！」

叫ぶ声は室内に響き渡るだけで、目の前の扉は静かに閉められる。そして、続いて鍵のかかる音が聞こえた。

「くそ……っ」

駄目だったのか。思わず出た悪態と共に床を殴りつける。拳がジンと痺れて、痛みも感じる。奥歯をぐっと噛みしめ、扉を睨《にら》みつけた。

いや、まだだ。どうにかして、ここから出てやる。セルデアを、アイツを神堕ちさせてたまるものか。心には大きな火が灯った。

その後、いろいろ試して脱出を図った。扉の破壊や、無理やり抉《こ》じ開けるなどはあまりにも俺が非力で無理だった。

食事を運んできた神官にいろいろな話を持ちかけて、助けてもらおうともしたが無視されるだけ。腹が痛いなど叫んで隙を狙うも、足も遅いのですぐに拘束された。

そして、脱出ができないまま一週間くらいが過ぎた。窓もなく、時刻を知る術《すべ》もないので、正確な時間はわからない。ただ単純に眠った回数から考えた大体の感覚だ。

それにしても、あの正体不明野郎が何をしたいのかわからない。あれ以来一度も顔を見せてはいないが、てっきりここで餓死させるつもりなのだと思っていた。しかし、食事は出るし体調管理もされている。

どういうつもりだ？　唯一、力を使える神子である俺を殺せば簡単な話だというのに。

「……だめだ。限界だ」

今日も必死に脱出を図ったが、体力の限界だ。襲いくる眠気に耐えきれなくなり、ベッドに寝転ぶ。無理をして体を壊したら意味がない。生きてセルデアの側《そば》に帰らなくてはならないのだから。

とりあえず、休息を取ろうと目蓋《まぶた》をそっと閉じた。すると、自分が思う以上に疲れていたらしい。夢さえ見ることもなく、糸が切れるように意識は途切れた。

ふと、意識が戻ってくる。どれくらい寝たかわからない。目覚めた思考はまだまだ鈍く、半分夢の中をさまよっていた。その時、誰かが身体を揺らしているように感じる。

「……さ、ま」

「んー……？」

「起きてください、イクマ様」

呼ばれ慣れていない下の名前が聞こえ、飛び起きる。ベッドから起き上がると、そこには黒いローブに身を包んだイドがいた。イド？　なんでここに……？

イドは起きると同時に、顔を綻《ほころ》ばせた。そして、まだ意識がしっかりしていない俺に向かって、何かを差し出してくる。

それは衣服だ。イドが着ているものと同じ黒いローブ。それを両手で受け取りながらも、理解が遅れる。

ただ呆然と、見上げることしかできない。そんな俺にイドはただ微笑んだ。

そして、続いた言葉はさらに予想外のものだった。

「――お待たせしました。ここから脱出しましょう」

■■■■

「そういう理由です、あの時は申し訳ございませんでした！」

イドが聞こえやすいように大声で叫ぶ。それでも風切り音と馬の足音が混ざり、少々聞き取り辛い。

俺は今、イドが操る馬に相乗りしながら全速力で夜の森を駆けている。進む道はかなりの獣道であり、少し足を踏み外せばそこは断崖絶壁だ。落ちれば間違いなく助からないだろう。

馬の速度はかなりのもので、激しい揺れによって口を開く余裕が俺にはなかった。

部屋に訪れたイドと共に、拍子抜けする程あっさりと神殿を抜け出すことに成功した。現在は馬で目的に向かって駆け続けている。

あの時イドは、すぐに俺を信じてくれていたらしい。しかし、答えなかったのは他の神官が扉のすぐ外にいたからだ。万が一にでも聞かれていた場合を考え、あのような態度をとったのだと言った。

そして、イドはすぐに俺を神殿から脱出させようと手を回してくれた。見張りの交代、馬の手配。さらにセルデアとも連絡をとってくれたという。

再召喚の場にもいたイドは、一連の流れを知っている。王族たちは信用できない。ならば、前科があることから迷いはしたが俺を守れるのはこの国では公爵であり、化身のセルデアしかいないと判断したらしい。

セルデアは、すぐに手を貸してくれたという。直接神殿に来ると言っていたらしいが、セルデアが来れば俺を隠してしまう可能性もある。

いろいろな危険性を考え、イドが俺を連れ出して、神殿の西側にある森に行くこととなった。そこに辿り着けばセルデアが待っているらしい。

両腕をしっかりイドの腰に回し、必死に縋《すが》り付きながら馬の振動に耐える。かなり尻が痛い。

「なんで！　信じてくれた！」

聞こえやすいように声を張り上げながら、辛うじて単語だけを口にして問いかける。てっきり信じてもらえなかったと思っていた。

我ながら、情けない有様だったと自覚もしている。歳も全然違う。幼い頃の可愛さだってどこにも残っていない。

応えるようにイドの身体が震えた。それは笑ったせいだからだとわかった。

「信じますよ、イクマ様の瞳はあの時のように輝いてましたから！」

あの時のように？　それは神子時代の話をしているのだろうか。

「イクマ様の瞳は、いつも沢山の色に輝いていましたから。そして、それは今も変わらずに！」

俺には、それが理解できずに首を傾《かし》げた。確かに、子供だった神子時代は輝いていただろう。何もかもが楽しく、美しく見えていた歳だ。

しかし、今の俺にはそういう気持ちは消え去ったのだ。目だって死んでいるといったほうがいい。それなのに、イドがそう見えたというのなら……それはきっと。

「見えてきました、あちらです！」

思考に意識が奪われていたが、その声で我に返る。前方を見ると、小さな灯が見える。俺は、その灯りを掲げて立っている人影を見た。

せっかくの美しい銀色の髪は乱れて、顔色はどことなく悪い。紫水晶の瞳が確かに俺の目と合う。その表情が徐々に緩んでいくのが遠目でもわかる。

安堵したように、喜びを噛みしめるように。

――セルデアが笑うのだ。

それが俺にとって、どんなに美しいものに見えるのか、俺以外にはわからないだろう。夜空に浮かぶ星より輝きに満ちてるなんて、クサすぎる思考だって浮かんでしまう。

ああもう、素直になろう。すごく、嬉しい。もうずっと会いたかった、誰よりも。

それにしても、なんだその顔色は。まさか心配で休息もとっていないとかいうんじゃないだろうな。

責任感の強い男だ。俺でなくとも、そうなってしまっただろう。しかし、そんなことをされると俺には特別のように感じ、嬉しくなってしまうと知っているのだろうか。

頬が熱くなる。心臓もうるさい。

セルデアの後ろには数頭の馬と騎士たちの姿も見える。公爵領の騎士たちだ。見覚えのある顔が見える。ネドニアもいる。

「っ、セルデア！」

全身から湧き出てあふれるような愛しさに任せ、声を大きく張り上げ、呼ぶ。そうすると、セルデアの顔はさらに嬉しそうに綻《ほころ》んで――なぜか次の瞬間凍りついた。

「イクマ様！」

続いて、聞こえるのはイドの声だ。その時、気配がした。特有の気持ち悪さ、覚えのある感覚だ。弾かれるように目線を横に向けた。

「あ……」

大きく口を開いた狼がこちらに飛びかかってくるのが、不思議とゆっくりと見えた。反応はそれだけで、見ることしかできない。

狼の動きは速く、脇目も振らずに俺の肩に噛みついた。

「あぐっ！」

強い痛みに声を上げて、思わずイドから手を離してしまう。飛びかかってきた狼の勢いは強く、そのまま押し出すように俺を馬から突き飛ばした。

ぐらりと体勢が崩れて落馬する。そして、このまま落ちる先がどこなのか、なぜか冷静に理解していた。こっちにあるのは――崖だ。

落ちれば命はないだろう。懸命に腕を伸ばしたが、判断が遅かった。手は空を掻き、身体はふわりと宙に投げ出された。

そこからは、すべてがゆっくりと見えた。どう考えてもまずい状況なのに、落ち着いて考えられる。

噛みついてきた狼の目は虚ろで、瘴気《しょうき》に覆われている。それはメルディを視《み》た時と状態がよく似ていた。

そこでようやく気付くことができた。これは正体不明野郎だ。

魂の停止で身体を乗っ取れるのなら、すでに死んだものなら操れる可能性に今さらになって気付く。

……そうか、やられた。

ヤツの思惑がすべてわかったように思えた。アイツが俺を殺さなかったのはこのためだ。やけに簡単に逃げられたことも、全部そうだ。セルデアのほうへ目を動かす。

セルデアはこちらに向かって駆け出し、こちらに向かって手を伸ばしていた。その表情といったらかなり怖い。気の弱い人間なら漏らしてしまいそうな顔だ。

セルデアの目の前で、俺が死ぬ。

そりゃもう、神堕ちさせるには最高の状況だろう。

セルデアにとって、俺がどれ程の価値があるかわからない。それでも嫌われていないと知っている。だからこそ、不安定な彼にとっては十分すぎる衝撃だ。

アイツに嵌《は》められた。

――だから、もう見るな。セルデア。

「っ、サワジマッ!!」

声も出せない、何も言えない。何かを言って、アイツの精神を少しでも壊したくない。

頼むよ。見るなよ、セルデア。

俺が死ぬなんて考えるな。ましてや、お前が罪悪感を覚える必要もない。

急に元の世界に帰ったって思ってくれたらいい。当初の予定通りに金銭を持って、逃げ出したって思ってもいい。

むしろ、今俺が先代神子だって伝えたほうがいいのだろうか。全部バレて嫌ってくれていい、好きになってくれなくていいから。

だから、見るな。

しかし、当たり前だが願いは叶わない。どうしたらいいか、もうわからなくて。だからせめて笑うことにした。

なんでもないことだと気にするなと伝えるために、ただ口角を吊り上げる。

それが最後だ。

宙に投げ出された身体は重力に従って落ちていく。肩に噛みついて離れない骸《むくろ》の狼と共に。

崖の下へ、下へ。

一人で、暗い闇の中を落ちていった。

幕間　悪役公爵は恋をする。　後

賭けをしようと笑うそれを警戒しながら、辺りを見渡す。突如、どこからか指を鳴らす音が聞こえてきた。

その後すぐに、私が床に落とした本が崩れ落ちていく。それは腐敗したようにボロボロになり、最後には砂のような残骸しか残っていなかった。

「賭けるのは、化け物神子の命さ」

「……私は賭けをするなどと言っていないが？」

「いやぁ残念ながら強制参加だ。内容は簡単、神子の命を守りきったらお前の勝ち。いろいろ考えてたんだけど、今回はオレが諦めてやるぜ。ただし……」

次は手を叩く音だ。パンッという音が聞こえてくると同時に吐き気に襲われる。

強烈な吐き気に口元を押さえるが、それはすぐに消えていく。次になぜか、喉元が異様に熱い。どうにも気分の悪さは抜けず咳きこんでしまう。

「神子の命が危ないということに関して、お前は誰にも言えないよ」

「っ、どういうことだ！」

「そのままの意味さ。お前は誰にも、神子が浄化の力のせいで死ぬと伝えられない。言葉にするのはもちろん、文字も駄目。それらをしようとしてもできないようにしてあげたぜ」

「何を、言っている……」

「かははは、大丈夫大丈夫。意味はすぐにわかるさ。あの化け物神子の命を守れたらいいね」

それが最後だった。気配そのものがスッと消えた。それは不思議な感覚だった。今まで濁った空気のようなものが辺りを漂《ただよ》っていたのが、一瞬にして清涼な空気に変わったように感じた。

その後、繰り返し声をかけたが返事が戻ってくることはなかった。完璧にその存在が消えたのだと自覚した瞬間、疲労感が全身を包む。

正体不明の声。あれはなんだったのだろう。本能はあれを警戒していた。話している最中、体中を駆け巡っていたのは危機感だ。

そして、意味のわからない賭け。馬鹿なと鼻で笑い飛ばした。

しかし、後にその意味をしっかりと理解することになる。すべてがあの声の言う通りになったからだ。

私が神子の命に関して、誰かに忠告しようとすると喉が熱くなり声に出せなくなった。文字で伝えようとしても指先一本も動かせなくなる。

浄化を続けさせてはいけない、神子の命が削られる。

それだけのことをどうやっても伝えられなくなっていた。

どうにかしようと、いろいろと手を尽くした。殿下にも声をかけたが、結局最後には声が出せなくなり、訝《いぶか》しげな表情をされるだけで終わる。

何も変わらない。伝えられない。

私は焦り始めていた。神子を救うための術《すべ》がまったく見つからないからだ。

今も神子は、浄化を続けている。すぐに衰弱する、とはならないはずだ。確証があるとはいえないが本には数年間と書いてあった。しかし、甘く考えてはいけない。すぐにでもやめさせるべきなのだ。

とはいえ、ここで私が無理やりにでも神子の浄化をやめさせたとしても駄目だ。私だけが捕らわれてしまい、神子は浄化し続けるだろう。

それでは駄目だ。神子が、あの人が、死んでしまう。

――なら、元の世界に戻してしまえばどうだろうか。それも、神子が帰ると言ったならば誰も止めることはできない。

神子の意思ならば優先される。誰も拒否できない。

しかし、神子はこの世界にいることを嫌だと感じていない様子だった。望みは薄い。

いろいろと手を尽くしていると、三日が過ぎていた。そろそろ神子に会いに行かなくてはいけない。

そうして、私が神子に会うために王城内を歩いている時だ。前方からは男の使用人がこちらに向かって歩いてきていた。

「っひ……！」

顔を見るなり、表情を強張らせて顔を伏せた。

それはよくある光景の一つだ。私の冷たく恐ろしく見える容姿は、何よりも恐ろしく見えるらしい。特に心を動かされることなく通り過ぎてから、ふと気付いた。

これを利用できないだろうか。

私の顔が、悪行に手を染めた貴族に見えるというのならば、そのように噂されるというのならば。

本当にそうなればいいのではないか。

神子の前で、卑劣で礼儀も知らぬ悪役となればいい。この世界にいたくないと思わせる程に、私が悪になればいいのだ。悪役となって、神子を追い出せばいい。

それを考えついたと同時に気付く。

しかし、それは神子に二度と笑いかけてもらえなくなるということだ。ずっと、欲しかったものを与えてくれた彼に嫌われ、蔑まれるということなのだ。そして、最後には二度と会えなくなる。

一切の怯えもなく、優しさに満ちた双眸《そうぼう》が柔らかく細められる。出会った際のその笑顔を思い出し、胸の奥に激痛が走った。

痛い。心が砕けそうだ、苦しい。

「嫌だ」

それは意識もせずに、ぽつりと唇から声が漏れ出ていた。

嫌だ嫌だ、絶対に嫌だ。そう本能は叫んでいる。嫌われたいのではない、彼に愛してほしいのだ。笑って、触って、抱きしめて、側《そば》にいてほしい。

ぐるぐると全身に回る欲は、純粋な愛と呼ぶには汚らわしく、泥のように纏《まと》わりついてる。

これが、化身の愛だ。重く惨めな程に固執して、求める。欲しい、欲しいと騒ぎ出すのがわかる。触れて自分だけのものにしたい。他人に触れられたくない。あの瞳に映るのは自分だけでいい。好かれたい、愛してほしい。愛している。だから、だから。

――黙れ。

私はガリッと音がする程に強く、下唇に歯を立てた。

刺すような痛みがじわりと広がり、自分に言い聞かせるように衝動を抑えこむ。同時に血の味が口内に広がっていく。

……それでいい。嫌われることにも、人として見られないことにも慣れている。あの人がそれだけで、生きられるというならば。

無理やりに足を動かし、向かうのは神子の自室だ。早足で向かえば、すぐに部屋へと辿り着く。扉を軽く叩いた後、相手の返事も持たずに開いた。

それが、悪役公爵の恋の終わり、そして始まりだった。

■■■■

それは、四年程過ぎた時だ。例外的な神子召喚が行われることとなる。

その神子召喚に巻き添えとして召喚された男、サワジマと名乗った彼はとても不思議な人間だった。

私がサワジマを預かったのは、完全に善意だけだったという訳ではなかった。

新たな神子召喚は先代神子の再召喚という名目で行われたものだ。失敗の可能性は高かったが、成功する可能性もあった。だからこそ、また会えるかもしれないという諦めの悪い衝動が出た。

ずっと会いたかった。声を聞きたかった。

あの日から私があの人に会えるのは、いつだって目蓋《まぶた》を閉じた時だけだったから。

しかし、成功したからといって私に知らされることはないだろうとわかっていた。だからこそ事情をよく知るサワジマを招き入れたのだ。

そうして屋敷に来た彼は、驚いたことに私に怯えない、恐れない。むしろ、いつも私を真っ直ぐに見る。それは、先代神子以来のことだった。

淡々としており、いつもどこか冷めた目をしていた。それでも無表情という訳ではない。

屋敷の使用人たちには笑顔を見せて、愛想も悪くはない。ただそれは明らかに作られたものだとよくわかるもので、基本的には冷めた目を浮かべていた。

彼と多くの時間を過ごすようになり、その目が少しずつ柔らかくなっていき、作られた笑顔が消えていく。

そんなサワジマが、稀に笑うのだ。瞳を美しく輝かせて、心の底から楽しげに笑う。それを見ると胸の奥がいつも騒《ざわ》めく。

なぜかいつも面影が重なっていた。私を恨み、呪ってさえいるかもしれない、たった一人の想い人、先代神子。彼が私に笑いかけてくれているようで、心が甘く痛む。

不思議と惹かれていった。それは、もしかしたら化身の恋は絶対ではないのではと思う程に。

「っ、サワジマッ!!」

私は、確かに見た。

崖へ落ちていく中でも、彼は私をしっかりと見ていた。その目は恐怖に震える訳でもなく、助けを乞うものでもなかった。ただ穏やかに笑ったのだ。

そして、それはあの人によく似ていた。

ただ微笑んだまま、一人暗い崖下へと消えていく。

「サワジマ！　サワジマ!!」

崖に向かって駆け出す。まだ間に合うはずだ。助かるはずだ。そうやって自分へ必死に言い聞かす。そうしなければ足元から崩れ落ちそうだった。この喪失感はなんだ。この焦燥感はなんだ。

脇目も振らず、サワジマが落ちていった崖付近の土を力強く踏みつけた。これで間に合う、間に合うはずだ。そのまま崖を飛び降りようとするが、それはネドニアによって引き留められる。

「閣下！　おやめください！　ここから飛び降りては無事ではすみません！」

「離せ、ネドニア！　サワジマが!!」

私の行動を読んでいたのか、すぐにしがみつくように腕を掴み、引き止めようとする。振り払うように身体を動かすが、他の騎士も駆け寄ってきて押しとどめる。

どうしてこうなった。私は、叶わぬ愛を求めた化身だ。神堕ちする前にいずれ自分を殺してすべてを終える予定だった。しかし、サワジマは違う。

騎士たちに押さえつけられながらも、目は崖下へと向けられていた。深すぎて見えるのは暗闇のみだ。

彼には幸せになる必要があった。それがどうして、あんな目にあわされなければならないのか。

怒っていい、泣いていい。それなのに――

「――なぜ、笑った。なぜ笑える！」

暗闇に向かってただ叫ぶ。激情が全身を包みこみ、それが高まっていく。その時だった。

――嫌だ。

ピシッと何かが罅《ひび》割れる。

――もう沢山だ。どうして、私だけが大切なものを犠牲にしなければならないのか。

次の瞬間、心臓が大きく跳ねた。瞳が見開き、固まる。そして腹の底でぐるりと、何かが蠢《うごめ》いていた。

それは一気に喉までこみ上げてきそうで、自分の口元を押さえる。

「閣下！」

異変に気付いたのかネドニアが叫ぶ。すぐ側《そば》で呼びかけられているはずなのに、遠くに聞こえる。

そこでようやく気付くことができた。

ああ、そうか。もう限界なのだ。

「つぐ……お、お前たち、離れろっ」

崖に向かう私を押しとどめようとしていた騎士たちを振り払い、後退《あとずさ》る。覚束ない足取りのまま、息が上がる。全身が熱い。まるで火の中にでも飛びこんだような熱さだ。

この症状が神堕ち間近のものだということを、すぐに理解した。

——もういい。全部いい。鬱陶しい。欲しかったものが消えた。見えるすべてがいらないものだ。

なぜか、そんな言葉がこみ上げてくる。それがずっと奥底にしまっていた自分自身の負の感情だと理解はしていた。

駄目だ、落ち着け。違う、しっかりとやり遂げたはずだ。だからこそ、サワジマは大丈夫だ。生きているはずだ。そう思わなければならない。

しかし、本音は間に合ったのかわからない。少しでも遅かったのならば彼は助かっていないだろう。その場合、崖下にあるのは無残な死体だけだ。それを想像すると、さらに気分も悪くなる。

——憎い。壊したい。見たくない。

膨れ上がる感情は止まらない。すべてが負に呑まれていく。

熱い、熱い。

まともな思考ができなくなる。

自分の喉元を掻きむしるように爪を立てて、正気を保とうと努力する。

耐えればいい、大丈夫だ。耐えたらきっと、きっと。来てくれる。すぐに来てくれる。駄目だ、思考が纏《まと》まらない。

来てくれると望んでいるのは誰だ。あの人か、それともサワジマか？　何を馬鹿な。どちらを待っても無駄なはずだろう？　なぜなら……

――もう……どちらもいないだろう？

それが頭の奥で聞こえた瞬間、ぷつりと何かが切れた音がした。

第四章　元神子は朝日を見たようです。

俺は、歩いていた。

見える限り暗闇の場所をゆっくりと歩いている。一人ではない。誰かがしっかりと俺の手を握りしめて、引っ張ってくれていた。

なぜか頭に霧がかかったように、いろいろと思い出せない。どうして、ここを歩いているんだったか。

「大丈夫だよ、もう帰れるんだよぉ」

無理に明るく話すのは、誰だろうか。ああ、そうか。やっと思い出した。コイツは俺の大切な人だ。

本当に辺りは真っ暗で、少しの先もよく見えない。しかし、なぜか俺の身体と大切なコイツの身体は不思議とはっきり見えていた。

「聞いてくれよ、オレは勝った！　賭けに勝ったんだよ！」

相変わらず、嘘が下手だな。

昔からコイツはそうだった。嘘が下手で悪いこともできない、不器用な神。頭が悪いとも思う。神に対して、無礼だろうか。いや、そういえば直接言ったこともあったから問題ないか。

出会って恋をして、共に過ごして生きた。

人間と神の終わりはあっという間だ。当たり前だが、俺は人間で年老いて死ぬ。他の神々はそれを理解して愛を育み、終わりを覚悟する。

しかし、コイツはそれすらしっかり理解していなかったのだ。神ゆえに、幸せが永遠に続くと思っていた。

俺が寿命で死ぬとわかってからは大変だった。泣いて縋《すが》り付いて、嫌だ嫌だと喚いて、置いていかないでと懇願されて。

……本当に情けないヤツ。けれど、とても優しいヤツなのだ。誰かを恨んだり、罰するなんてできない。植物でさえ命を奪えない。誰よりも優しい神様。愛しいと強く思った。

あまりにも泣き喚くから、置いていきたくないに決まってるだろって怒鳴ってやったっけ。

そうだった、俺は死んだはずだ。

それなのにどうして、コイツに手を引かれているんだろう。

「かははは、夜の神に勝ったんだ！　だからさあ、一緒に帰ろう！　大丈夫だよぉ、オレが死から守ってあげる！」

本当に、嘘が下手だ。

掴まれていない指の先が、ぼろりと崩れた。痛みはなく、ただ土くれのように崩れて落ちていく。

コイツは負けたのだ。本当は、冥界から連れ戻すという賭けに負けていた。それなのに諦められなくて、無理をして俺の魂だけを攫ってきたのだろう。

どうしようもないヤツだ。おかげで魂は崩れていく。

夜の神の許可がない魂は、冥界から離れたら崩れて消える。そうなると輪廻《りんね》さえ許されない。

やっぱりコイツは頭が悪い。手を振り払って離せと言うべきだ、わかっていた。馬鹿な真似をしやがってと怒るべきだ。

しかし、言えなかった。

「大丈夫。オレは——がいればいい。だから、だからさぁ……あれ？」

ついに握っていた手も崩れ始めて、手が離れてしまう。そこで初めてコイツは振り返って、その表情が絶望に染まった。

離せ、なんて言える訳がない。怒れるはずがない。だって、コイツの手足は傷だらけで身体はボロボロだ。

夜の神が提示した賭けの内容は、相当意地の悪いものだったのだろう。身体を傷つけながらも、必死に俺を取り返そうとしたのだ。

それでもコイツは負けた。たぶん、最初から勝つことができない賭けだったはずだ。コイツは馬鹿だから、気付かず騙されたんだ。

「う、嘘だ……嫌だ……嫌だ嫌だ！　待ってよ、待ってくれ。なんで崩れるんだよ！　ああ、なんで、なんで！」

小さな子供のように泣き喚いて、崩れた箇所を直そうと撫でる。しかし、それは逆効果でさらに音もなく崩れ落ちていく。

そうすると触れることもできなくなって、コイツは崩れ落ちた魂を必死に掻き集めていた。泣きながら地面に這いつくばって、懸命に拾い続ける。

なぜか、この先の自分の末路がわかっていた。俺の魂はこのまま粉々になり、二度と転生できない。それに絶望したコイツは神をやめてしまうのだ。

誰より優しかった神はすべてを呪い、恨み、憎しむ。

そのまま世界に呪いをまき散らす瘴気《しょうき》となりさまよい、果てには神々を侵す毒となった。そして神々は地上を捨てるのだ。

そんなコイツが悲しくて、苦しくて、見捨てられなくて。粉々になり、行き場をなくした俺の魂は、いろいろな人間の魂に混ざりこむことになる。

この世界にはいられないから、他の世界の人間に混ざり、散らばっていく。そんな俺を哀れに思った天の神が、魂に力をくれた。

いつか、それを目印に俺の魂が混ざった人間がこの世界へ召喚されるはずだから。その時は俺が、コイツを。

そこまで考えて、眉を顰《ひそ》めた。

——おかしい、なんだこの記憶は。

そう気付いた時には、辺りの様子が変わる。真っ暗だったはずの世界に、上から光が差してくるのだ。

すると、先ほどまでいた知らない男は消えていた。代わりにいるのは少年が一人、その顔には見覚えがあった。

――若い頃の俺だ。

ちょうど神子として過ごした年齢に近いように思える。目が合うと若い俺は、眉根を下げて笑った。

「頼むよ、アイツをもう終わらせてあげて」

それは、とても苦しそうな笑い方だった。

■■■■

びくんと身体が震えて、目を開く。そこに陽光が差しこんできて、すぐに眇《すが》める。眩しい。

視線の先に広がるのは緑だ。木々の葉が風で揺れて擦れ、かすかな音を響かせる。土の匂いを感じて、身じろいだ。

「って、ぇ」

それだけで、貫くような激痛が全身を襲う。目線を肩に向けると、そこから血が滲《にじ》んでいる。傷跡を見て、なぜここにいるのかをすぐに思い出すことができた。

そうだ、俺は……アイツに嵌《は》められて、崖から突き落とされたはずだ。慌てて全身を動かしながら確認する。黒のローブは所々が破れ、土まみれだ。

しかし、手足に擦り傷はあるもののどこも折れていない。痛むのは狼に噛まれた肩だけだ。

狼の死骸は見える場所にはなかった。もしかしたら俺とは違う場所に落下していったのかもしれない。

それにしても……どういうことだ。あんな高さから落ちて無事なはずがない。

立ち上がろうと土に手を突いた時だった。土がまるでクッションのように沈んだのだ。

「は？」

土ではありえない感触だった。立ち上がるのも難しい程に弾力がある。そんな土の有様に混乱する。こんな土がこの世界には存在するのか？　いや、まさか。そんな話は聞いたことがない。

しばらく悩んで、思い当たることが一つだけあった。確かセルデアは土と毒を操れたはずだ。

もしかしたら……セルデアが助けてくれた、のか。

ふと見上げるが、高すぎて上を確認することはできない。ここから登るのも、当たり前だが無理だ。

助かったのはいいが、結局ここがどこかわからないので遭難状態だ。日が出ているところを見ると、長い間気を失っていたのだろう。

「……さっきの夢」

先ほどの夢が頭を掠《かす》める。夢だというのに、やけにはっきりと覚えている。あれはただの夢ではないと、なぜか確信があった。

つまり、あの正体不明野郎は、本当に神で瘴気《しょうき》の大元だ。この世界に瘴気《しょうき》が広がったのも、神が地上から去ったのも、アイツが原因だということだ。

そして神子たちには、アイツの恋人の魂が混ざっている。だからここへ召喚される。

……自分の考えながら、なんだか不安になる。なんで確信をもってそう思えるんだ？　俺の魂にも混ざっているから、だろうか。

いや、もういい。それを考えても仕方がない。とにかく、どうにかして上へ戻らないといけない。一か八か、辺りを歩き回って上へ行けそうな道を探してみるか？

とりあえず、痛みに眉を顰《ひそ》めながらゆっくりと立ち上がる。

「っ、……！」

今、何か聞こえた。辺りを見渡してみる。しかし、そこには人影はない。あれ、もしかして気のせいだったのだろうか。

「サワジマ様!!」

今度ははっきり聞こえた。それは上のほうからだった。正確な位置としては俺の真上ではなく、右上のほうのようだ。

そちらに目を向けると、確かにそこには人影を捉えることができた。ただ遠目なため顔までは、はっきりと見えない。

「違うっつてんだろ！　反対だ！　もっと下！」

しかし、すぐに辺りへ響き渡る大声。その乱暴な物言いと、ふわりと上空で舞ったスカートが見える。それで、そこにいるのが誰なのかがすぐにわかった。わかった瞬間、慌てて声を上げた。

「え？　ちょ、ちょっと、危ないって！　パーラちゃん！」

まさかのパーラちゃんである。しかも、どうやら身体に縄を巻きつけて、ゆっくりと崖沿いに下りてきているのだ。かなり危険だ。

しかし、パーラちゃんはこちらに向かって大きく手を振って、余裕そうだった。本当にあの子は逞《たくま》しいな。

俺が見守る中、少し時間が経過してからパーラちゃんは地面に下り立つ。するとすぐさま駆け寄ってきて、両腕を広げた。

「よかった、サワジマ様！　私、無事だって信じていました……っ、でも心配で、不安で！」

俺の身体を遠慮なく抱きしめるものだから、肩の傷が痛む。彼女の声が震えて、泣き声に変わっていくのがわかる。

だからこそ、何も言わずにそっと抱きしめ返した。

パーラちゃんは、なぜ自分がここにいるかをゆっくりと教えてくれた。元々セルデアは俺を領地へ匿うために、騎士たちと共に世話役としてパーラちゃんも呼びつけていたらしい。

騎士たちの連絡で俺が崖から落ちたことを知ったパーラちゃんは、動ける騎士と共に日が昇り次第、崖下の探索を始めてくれたのだ。俺が必ず生きていると信じて。

その際、体重も軽く身軽なパーラちゃんが崖を下りると自ら立候補したというのである。なんとも彼女らしい。

「旦那様なら絶対、サワジマ様を守ってくださると信じていましたから」

「……ありがとう。どうしようか途方に暮れていたから助かったよ。あの、俺といた、ええと神官はいた？」

「ああ、あの泣き虫神官様ですか？　今も崖上で泣き続けて動きません。まったく、絶対に生きてるから手伝ってください、って言っても全然聞いてくれないんですよ？」

「あー……」

パーラちゃんは頬を膨らませて、苛立ちを露わにしている。

イドには悪いことをした。いや、別に喜んで崖から落ちた訳じゃないんだが、目の前で神子が死んだとなったら、神官である彼にはかなりの衝撃だろう。

しかし、これでどうにか上には戻れそうだ。それに、騎士たちがいるのも助かった。俺一人ではもし上がれたとしても、森の中では本格的に迷ってしまうだろう。ほっと安堵の息をついた時だ。

それは、聞こえた。

『――グルルゥウ！』

この世の生き物の声とは思えない、低い唸り声。その大きな声は、空気を震わす。

それが聞こえた瞬間、パーラちゃんは小さな悲鳴と共に耳を塞いで屈《かが》みこんだ。聞いているだけで恐怖を募らせるような唸り声は、しばらく聞こえ続けて、突如ぴたりと止んだ。

その間、パーラちゃんの身体は震えていた。あんなに強気な彼女が恐怖で震えている。

しかし俺は、不思議とその唸り声が怖くなかった。

「……パーラちゃん」

屈《かが》みこんだパーラちゃんと目を合わせるように、膝を折る。

「……セルデアは？」

今までの話に、セルデアが無事でいるという言葉は一度も出てきていない。嫌な予感はずっとしていた。

パーラちゃんは、その言葉を聞くと顔をくしゃりと歪めた。そして、瞳が潤んでいく。ついには大粒の涙がこぼれ落ちた。

何も言わずに、ただぽろぽろとこぼれていく涙。それがすべての答えなのだと、気付いてしまう自分がとても嫌だった。

結局俺は、止められなかったのだ。


「ああ！　ああ！　本当に生きておられた、ああなんという奇跡！　よかった、本当に、本当によかったです……っうぅ」


「心配かけたよな。ごめん、イド」

崖上に戻ってくると、それを見るなりイドが勢いよく駆け寄ってきて目の前で号泣し始めた。その様子は、俺が死んだら罪悪感で死んでしまいそうな程のものだった。彼が生きていて本当によかった。落ち着かせるように彼の肩を叩く。

崖の上には、一緒に戻ってきたパーラちゃんと数人の騎士、そしてネドニアが立っている。そこには一緒に出かけた騎士たちもいるとすぐに気付く。どの騎士も鎧は土で薄汚れており、沈痛な面持ちで俯《うつむ》いていた。漂《ただよ》う空気が重苦しい。

そして、そこにはセルデアの姿はどこにもなかった。

「セルデアは、どこにいる？」

思った以上に普段と変わらない声が出た。そんな俺の質問に、最初は誰も口を開かなかった。長い沈黙が続いて、誰も話さないかと思った時だ。一際鎧の汚れが酷いネドニアが、こちらに近づいてきた。

そして、差し出してきたのは細長い望遠鏡だ。

「こちらを。そちらの岩の上から見るのがいいかと思います」

そういって指さした先には大岩があった。俺の身長くらいはあるだろうか。ここの上とは簡単に言ってくれるよな。俺に運動神経はまったくない。

それでも登らないという選択肢はなかった。ネドニアも手伝ってくれるつもりらしく、側《そば》に付き添ってくれる。岩はそこまで登りにくい訳ではなく、少し頑張れば俺でも登ることができた。

不安定な岩場の上で、足を震わせる。それでもどうにか真っ直ぐ立ち上がる。

そして、借りた望遠鏡で遠くを見た。

背の高い木々も多く、すべてが見える訳ではなかった。ただそこに巨大な何かが蠢《うごめ》いている。

それは陽光を反射するような銀色の鱗《うろこ》だった。

そこには白い角を生やした頭があり、開いた口からは鋭い牙、鋭い瞳は紫水晶のような色をしていた。

その頭は一つではない、俺が見る限り二つの頭が蠢《うごめ》いて空に向かって伸びている。

そこにいるのは、とても美しい多頭の竜だった。

「……」

「見えましたか。あれが閣下です」

ネドニアは、淡々と真実を告げた。

俺は神堕ちに関して、詳しくは知らない。知っているのは、化身が瘴気《しょうき》に侵された成れの果てだということ。そして、神堕ちすれば二度と元には戻らないということだ。

最後は神子と化身たちに殺される害悪的存在。

それが、まさか。神堕ちしたら最後、人ですらいられないなんて誰が思う。

「見えづらいかと思いますが、三つの頭を持つ竜の姿をしております」

ネドニアに言われ気付くことができた。確かに頭がもう一つあるが……あれは。眉を顰《ひそ》めて、目を凝《こ》らす。

「閣下は我らを遠ざけて最後に言われました。〝今すぐに私を殺す準備をしてこい〟と。残りの化身方に従い、我ら騎士団も討伐に参加しろと命令されました」

「……」

「……見えたと思いますが、活発に動いてるのは二つの頭だけです。最後の頭が身体の主導権を持っているようですが、不思議と目を閉じて眠っているかのように動きません。おかげで我らはサワジマ様を救うことも、討伐準備をすることもできました」

俺は、何も言葉にできなかった。

本当にどこまでも呆れるヤツだ。神堕ちしても、俺の心配をしてくれたのだろうか。もし、俺が生きていたら死んでしまわないようにと考えたのだろうか。

悪役公爵が、勇者に討伐されるようなラスボスになってしまっているなんて、笑えないにも程がある。

『――グォオオォォ！』

俺が見つめていると、動いている一つの頭が空に向かって鳴き声を上げた。空気を震わせ、ここら一帯に響き渡る。それにはイドとパーラちゃんが小さく悲鳴を上げた。

その鳴き声はとても大きく、地の底から響くように低く恐ろしいものだ。しかし、どうしてだろうか。俺には悲しい泣き声のように聞こえ、唇を小さく噛んだ。

ふと、その唸り声に混ざり、馬の足音が聞こえてくるのに気付いた。ここにいる全員がそれに気付いたのか、目線はそちらへ向いている。その音は段々と大きくなり、こちらに近づいてくるのがわかった。

少しして、馬に乗った数人の騎士たちがその姿を現す。先頭にいるのは見知った顔だった。

「お前たち、ここで何をしている」

ナイヤは俺たちを見るなりに眉間に皺を刻んだ。先導しているところをみると、彼らは王国騎士団なのだろう。

こちらの騎士たちは敬礼をしているが、まず大岩から下りなくてはいけない。登りより下りのほうがかなり怖い。慌てて付き添ってくれた騎士たちには少々申し訳ない。

その間に、ナイヤは馬から降りていた。そして、鋭い目付きで俺たちを睨《にら》みつける。

「騎士たちは王国に招集されているぞ。討伐が始まる」

「……討伐が？」

早すぎる。まともに力が使える神子が今はいないとわかっているのに、討伐を急ぐ必要がどこにあるのか。公爵領にいる騎士たちだって、今こちらに向かっているところのはずだ。王国騎士団だけではどう考えても無謀だろう。

「早すぎませんか？　何をそんなに急いでいるんですか」

感情を抑えこんで、声を出す。すると、ナイヤは少し不機嫌そうに唇を曲げた。

「……何も知らないのに口を挟まないでもらいたいな。動かない中央の頭は力を溜めているんだ、今すぐ攻撃しないと国が滅ぶ」

「は？　何を馬鹿な……誰がそんなことを言っているんですか」

あれは、寝ているのだ。正確にはセルデアの最後に振り絞った理性だ。もしあれが暴れていたらこの森はこんなに無事ではなかったし、王都だって半壊していてもおかしくない。

それを今すぐ起こそうとしているのだ。明らかに自殺行為だ。

しかし、ナイヤはどこか誇らしげにそれを口にする。

「――教皇猊下《げいか》だ」

「……」

「猊下《げいか》がお目覚めになられた。そして、今王城にて討伐の会議をしておられる」

それを聞いた瞬間、頭が真っ白になった。そして少しして、じわりとこみ上げてくるものがある。

ああ、そうだよな。あの元神様は俺たちに負けてほしいのだ。滅んでほしいのだ。本当にうまくやったものだ。セルデアの目の前で俺を殺し、元々不安定だったセルデアを神堕ちさせて、最後は破滅の道へ進むように教皇の身体で先導する。

沸々と湧き上がるものを感じて、奥歯を噛みしめた。

「なあ」

先ほどから全身を焼き尽くすような感情がある。これは怒りだ。力強く、一歩を踏み出す。そのままナイヤに向かってゆっくりと近づいていく。

「今すぐ俺を、メルディのところに連れていけ」

思った以上に低く冷たくなった声は、辺りによく響いた。俺の言葉を全員が聞き、そのせいで明らかに場が静まり返った。

ナイヤは驚き、口を小さく開いたまま固まる。しかし、すぐに我に返ったのか、目尻を吊り上げた。

「……いくら客人とはいえ立場を弁《わきま》えろ。猊下《げいか》の名前をどこで知ったかしらないがその口振りは」

「――ナイヤ」

最後までナイヤの言葉を聞く気にはなれなくて、被せるようにして名前を呼んだ。悪いが俺は本気で怒っていた。ここまで腹立つのは久々だ。

当たり前だ。ここまでされて黙っている程お人好しではない。やられたことはやり返すべきだ。

もちろん、合法的な手段で。

それに、あのふざけた元神もそうだが一番腹が立つのはセルデアだ。神堕ちしても、自分の思うがままに暴れず、俺のために目を閉じた。

——なんでだよ。なんで、お前のためのものが何もないんだよ。

恋も、地位も、私生活も、全部他者を優先している馬鹿野郎。その結果がこんな風に化け物になって終わるなんて、ありえない。認められない。大体、まだ告白していないのだ。伝えられないまま逃げられるなんて、堪《たま》ったものではない。

「……お前には聞いてなかったな」

ナイヤを八つ当たり気味に睨《にら》みつけた。そして次に口にしたのは、再召喚され初めて声に出した言葉と同じだ。

「——なあ、俺を見て何かに気付かないか？」

おもむろに両手を伸ばして、ナイヤの両手を掴む。ナイヤは質問が気になったのか、されるがままになっていた。それは俺にとって好都合だった。

そして祈る。綺麗になるように、何よりも強く願う。すると白い霧があふれ、全身が白く発光し始める。

木漏れ日が降り注ぐ中で、淡い光を放つ姿は他人から見ればさぞかし幻想的にも見えるだろう。

俺とナイヤ以外の息を呑む音や、感嘆の声がやけによく聞こえた。

これで俺がどういう存在か、嫌でも化身のナイヤにはわかる。

ナイヤは、目を見開いて凍りついた。そして、身体が震え始める。恐れ怯えるように震えながら、突如足元から崩れ落ちるようにして地面に両膝を突いた。口も開けたままで、こちらを見上げる。口はかすかに動き、言葉ではない声を漏らす。「あ、う」と言った呻《うめ》き声に近いものだ。

しかし、今重要なのはたった一つだ。

「ナイヤ。先代神子として、化身のお前に頼む。メルディのところに俺を連れていってくれ」

この場にいる人間で、それを拒否できる者は一人もいなかった。

■■■■

どこまでも白が主張するような内装、見慣れた調度品と飾り。それらを一瞥《いちべつ》しただけで、ただ足早に廊下を進む。

そんな俺の前にはナイヤがおり、先頭で突き進んでいる。後ろには、イドとパーラちゃんが付き従うように歩いていた。

俺たちが今いるのは王城内だ。目的は一つ、メルディに会うためだ。

たまにすれ違う人たちはぎょっとした顔でこちらを見ていた。それは当たり前の反応だ。俺の衣服はボロボロ、さらには土に汚れて傷だらけ。王城にふさわしい姿ではないのは誰よりも理解している。

それでも、足を止めることはない。風を切るように早足で進む。ある程度歩き続けると、突き当たりに両開きの大きな扉が見えてくる。

そこには、鎧を着た騎士たちが扉を守るように立っていた。

「だ、団長？」

「ま、待て！　団長はともかくお前らは、何者だ！」

戸惑う彼らの反応は正しい。ちなみに、イドもパーラちゃんも衣服は汚れたままだ。

一応、二人にはついてこなくてもいいと伝えた。しかし、イドは俺の側付《そばつ》きだからと言い、それに対抗するようにパーラちゃんが「私だってそうです！」という流れでこうなった。仲がいいのか、悪いのか。

とにかく、騎士たちは自分たちの仕事をしているだけだ。しかし、今の俺にとってそれはどうでもいい。時間が限られているのだ。

「ナイヤ」

「承知いたしました」

名前を呼ぶとナイヤはすぐさまに扉に向かい、そのノブを掴んだ。そして、部下である騎士たちを無視して自ら扉を開く。彼らは逆らうことはなく、ただ呆然としていた。

開かれた扉を当たり前のように通り抜け、室内に足を踏み入れる。

中に入ると、室内にいた全員の視線がこちらに釘付けとなっていた。

部屋の中心には、豪華な飾りつきの木製の丸いテーブル。それを囲むように椅子が置かれ、見知った顔と見知らぬ顔で席はすべて埋まっている。彼らの顔を一瞥《いちべつ》しながらも目的の人物を探す。

……いた。

教皇――正確には元神に身体を乗っ取られたメルディだ。

俺と目線が合うと、彼は驚愕していた。どうやら、コイツは俺を死んだと思っていたらしい。まあ、俺自身も死んだと思っていたから気持ちはわかる。

脇目も振らずに、真っ直ぐそちらへ向かって歩き出す。

「止まれ。どういうつもりだ」

しかし、それを遮るように誰よりも早く、席から立ち上がったのはルーカスだ。

「君はここをどこだと思っている、今すぐ出ていくんだ」

前に立ち塞がるルーカスは、眉間に皺を寄せ苛立っているようだった。セルデアの神堕ちをもう知っているのだから当たり前か。化身の神堕ちは、国の存続に関わる出来事だ。余裕がないのも当然だろう。

しかし、俺にとって今対峙すべきなのはルーカスではない。黙って見つめると、ルーカスの肩が小さくびくりと震えた。その隙にルーカスを避けて、前へ進む。

「待て！　いい加減にしないと」

「……殿下。申し訳ありませんが、おやめください」

肩を掴んで止めようとしたルーカスを遮ったのは、ナイヤだ。それ以上そちらを見ることはせずに、俺はメルディのほうへと向かう。ただ背後から声だけは聞こえてくる。

「ナイヤ。お前がついているというのになぜ彼をここに入れた。今は国の危機を解決するための会議中だと知っているだろう」

「……はい。だからこそ、殿下をお止めしました。私は……私たちは、今彼を見るべきなのです」

「……ナイヤ？」

その会話を聞き流しながら、メルディの近くに辿り着く。アイツはすでに席を立っており、少しでも俺から距離を取ろうとしているのか、部屋の隅にいた。

その目線が部屋の入り口に向いたりもしているが、そこにはパーラちゃんとイドがいる。簡単にここからは逃げ出せないはずだ。

「どうも。元気にしてたか？」

「……生きていたとはね」

「詰めが甘いんだよ。俺が死んだことをしっかり確認すればよかったのにな」

ふと、夢の内容を思い出す。頭が悪いのだと、この元神様の恋人は言っていたな。なんともいえない感情が心を一瞬包むが、緩く頭を振る。

そして、大きく息を吸いこんだ。

「メルディ・サリオ・シューカ!!」

俺のすべてを振り絞ったような大声が、室内全体に響き渡る。それに反応するかのように、メルディの身体がびくんと大きく跳ね上がった。

よし、思った以上に悪くない反応だ。これなら問題ないかもしれない。

「俺が来たらすぐ起きるって約束したろ！　起きろ、寝坊助！　いつまでもサボっているな！」

声を張り上げる度に、メルディの身体が震える。それに驚いているのはメルディ本人だ。いや、正確には中にいる元神だ。自分で動かしていないのに身体が震えているから、驚いているのだろう。それを確認してから、床を蹴りつけて走り出す。別にこれくらいでメルディが起きることはないのはわかっていた。

それでいい、少しだけ隙を作れたらいいのだ。

メルディに向かって飛びかかり、その胸倉を乱暴に掴み上げた。部屋の隅にいたメルディを壁に押しつける形になる。背中を壁に強く打ちつけて、その衝撃はこちらにも伝わる。しかし、目を逸らすことはしない。

「さあ。そこから出ていけ」

片手でメルディの首を掴む。後はいつもと同じだ。綺麗になるように祈りを捧げる。しかし、今回はいつも以上に力が入る。

なぜなら、合法的にやり返せるからだ。

ざまあみろ。欠片《かけら》も残さず消してやるという強い気持ちをこめて力を通す。

そうすれば先ほどと同じだ。辺りには白い霧が漂《ただよ》い、俺の身体は白く発光し始めた。

「ぐあっ！　くそ……この、っ、化け物が！」

悲痛な呻《うめ》き声と悪態を投げつけられるが、鼻で笑い飛ばす。化け物で結構だ。こうして追い出せるなら、その罵《のの》りを喜んで受け入れてやる。

一切容赦をせず、祈りを捧げ続ける。すると、メルディの身体が痙攣《けいれん》し始め、一際大きな叫び声を上げた。

次の瞬間、だらんと腕が下がり、全身の力が抜けていくのが見てわかる。その様子を見てやりきったと、喜べるのは一瞬だけだ。

「げ。うわ、待てって！　ぐ……ぐぐ」

そのままこちらに倒れてくるものだから、何もできずに下敷きになった。いや、支えようとはしたがこれでも疲労感が酷いのだ。俺がひ弱な訳ではない、たぶん。

そのままメルディともつれて、床へ転がった。

「イクマ様！」

そんな哀れな俺を心配して、ナイヤが駆け寄ってきた。助けてくれと声をかける前に俺の上にいた身体が小さく身じろぐ。

目の前で目蓋《まぶた》が震え、ゆっくりと開いていく。

「ん……あれ。おはよう」

身体がゆっくりと動き、重たげな瞳がゆっくりとこちらを覗きこんでくる。そして、緩慢な動作のまま首を傾《かし》げた。

「……もしかして、イクマ？」

「お前、よく俺だとわかるな」

「まあ、私がわからないはずがないからね。それに起こしてくれたし。あ……相変わらず可愛いね」

ゆったりとした拍子で話すのがメルディらしい。しかし三十代の男を捕まえて、可愛いとはどういうことだ。そういう褒め言葉は女性に向けてほしいものだ。

メルディは褒め言葉を口にしたというのに表情は一切変化しない、無表情だ。

俺を押し倒した状態で、じっと見つめ続けて目を逸らさない。まったく上から動こうとしない。

「……悪いがどいてくれるか？」

「え？　なんで……？」

「なんでって。そこにいられると重いし、俺が動けないだろ」

「あー……そっか。うん、いいよ。仕方ないね」

どこか気だるそうな態度で頷くと、メルディはゆっくりと動く。コイツは実に相変わらずだ。

本当のメルディは根っからの面倒くさがりで、筋金入りのマイペースだ。瘴気《しょうき》を溜めこまないように魂を停止させて寝ていると言っているが、たぶん自分が寝たいだけではないかと思っている。

メルディがどいてくれたので、ようやく立ち上がれる。

立ち上がり改めて辺りを見ると、ほぼ全員が呆気にとられていた。

なんとも言えない雰囲気が漂《ただよ》う。しかし、それでも立ち止まる訳にはいかない。真っ直ぐ木製のテーブルに近づき、メルディが座っていた椅子を掴んで腰を下ろした。

「改めて挨拶をさせていただきます。先代神子、澤島郁馬です」

テーブルに手を突き、背筋を伸ばして椅子に座る他の面々を見渡す。誰も口を開かない。今の状況に思考が追いついていないようだ。

「俺が本当に先代神子かお疑いになる方もいるかと思いますが……」

「なんで？　いないよ。私が保証するから。彼は神子で、イクマだ」

「……」

コイツは本当に。

背後から聞こえる声に振り返る。メルディは、いつの間にか後ろに立っており、無表情のままそう言い放つ。

……相変わらず空気を読むということができない男だ。いや、正確には読めるが面倒だから読まない、が正しいのか。

俺の視線を受けると、不思議そうに小首を傾《かし》げる。「おかしなことでも言った？」とばかりに。

その顔を見ると何かを言う気がなくなり、前へ向き直った。

まあいい。先ほどの光景を目にして違うというヤツは出てこないと思っている。それに教皇が俺の味方についてくれるならば、偽物だと簡単に反論できる者はいないだろう。

「つまり、この度の会議について俺は口出しをする権利があります。化身であるセルデアは神堕ちしました。そして、この度討伐することに関してですが」

一度、深呼吸をする。それは心臓を落ち着かせるためだ。

「……俺は、一切参加しません」

その言葉で、静まり返っていた室内が一気に騒がしくなる。口々に独り言のような疑問や、隣の席の者と会話を交わし始めた。

当たり前の反応だろう。せっかくセルデアを殺せる見込みができたというのに、神子である俺が参加しないと言うのだから。

「なぜッ！」

バンッとテーブルに掌を叩きつける音が響く。叩いたのは、ルーカスだ。彼の顔色は真っ青に変わっており、縋《すが》りつくような目をこちらに向けた。

「ぼ、僕のせいなのか。ぼ、僕が君に気付かなかったから、君を深く傷つけたから、だからっ！」

「いえ。まったく違います、殿下」

ルーカスの言葉を、遠慮なく途中で断ち切る。彼に気付いてもらえなかったことに傷つかなかったといえば嘘になるだろう。それなりに仲も良かったし、いい友人だと思っていたからだ。

しかし、怒りや失望はない。気付かないのは普通であり、俺自身もしっかりと伝える努力をしなかった。さらには、それをいいように利用したのはこちらのほうだ。

「ならばどうして！　イクマ、僕はずっと、君を、君を！」

「落ち着いてください、殿下。討伐には参加しないと言っただけですよ」

「なっ……」

ルーカスが何かを言い出す前に、さらにそれを遮る。

そういえば、召喚された時に俺が好きだとか言っていたような気がする。しかし、それにしてはルーカスに瘴気《しょうき》はあまり溜まっていない。

それだけで判断するのもどうかとは思うが、化身の愛とは到底思えない。

ルーカスを制して、俺に注目を集める。やりたいことはもう決めていた。

「俺が、セルデアを神堕ちから元に戻します」

「なっ！　イクマ様！」

「それは随分とすごいことを言うね、イクマ」

「何を言ってるんだ、イクマ。神堕ちしたら最後、神子にだって戻せない。セルデアはもう救えないんだ……」

この場にいる化身たちが口々に反応を示す。

しかし、何の考えもなしに言った訳ではないのだ。あの姿になったセルデアを視《み》た時に、瘴気《しょうき》の有様を確認した。

どす黒い瘴気《しょうき》が、全身にこびりつき蝕《むしば》んでいた。その有様は見たことがない程に酷い。しかし、侵されていたのは二本の頭のみだ。動かない三本目の頭だけは完璧には瘴気《しょうき》に侵されていなかったのだ。

——そう。まだ間に合うはずだ。

しかし、あのセルデアを相手にするのに俺一人だけでは無理がある。その話を聞いてもらうためにも、俺はここで、誰よりも強い神子だと信頼してもらわなくてはならない。

「……皆さんは、俺が歴代神子でもっとも力のある神子だと知っていますね」

ここにいる全員が押し黙る。知らないはずがない。なぜならこの世界では、俺がいなくなって四年しか経っていないからだ。

昔は瞳を輝かせ、この異世界のすべてのものを楽しく愛おしく思っていた。しかし、元の世界に戻ったことで、そんな感情は失ったと思っていた。

ここにあるのはただの抜け殻で、淡々と生きる道を選ぶ乾いた男だと。

今ようやくわかった。ここへ戻って、確かに取り戻したのだ。

昔のように誰もを愛して楽しくとはいかない。それでも俺を大切に思ってくれる人たちをしっかりと愛せる。愛したい。

全員をこちらへ注目させるためにテーブルを軽く叩いた。トンという木製の音は、思った以上に大きく室内に響き渡った。

「俺は、どの神子もできなかった偉業をやり遂げます。そのためにこの世界に戻ってきたのです、協力してください」

■■■■

見事に晴れきった空には雲一つない。おかげで日差しは痛い程だ。その美しい空を金色の鳥が悠々と飛んでいる。そして、鳥は俺の遥か頭上を飛び続けていたが、ゆっくりと地上へと滑空してきた。

美しい曲線を描きながらも滑空してきた鳥は、俺の肩にそっと止まる。

「合図だね。殿下は準備ができたみたいだ」

それを伝えてきたのは隣に立っているメルディだ。今この場にはメルディと俺しかいない。肩に止まった鳥は、ルーカスの操る眷属だ。あちらの準備完了を知らせてくれた。

ここは神殿近くの森の奥、神堕ちしたセルデアがいる場所だ。このまま真っ直ぐ突き進めば、そこには三つ頭の竜がいる。

その方向をただ見つめる俺へ、起伏のない声が投げかけられる。

「……神堕ちはね。人をやめて神に近づく現象なんだよ。姿は神によって変化する。セルデアは元々夜の神の血筋だ。夜の神の本性は竜。特徴がよく出てるね」

「夜の、神か……」

メルディの言葉が小さく心臓を軋《きし》ませた。そうか、セルデアは夜の神の血筋だったのか。だからこそ、あの元神はセルデアを狙ったのかもしれない。

いや、今の俺にとっては関係のない話だ。

今からセルデアを助けに行く。あの男を元に戻して、いろいろと言ってやるんだ。

「メルディ、お前もついてくるのか？」

「まあ……私は基本的に攻撃手段を持ち合わせていない化身だからね。今はどこにいても役立たないし、どうせならイクマといるよ」

当たり前のようについてきた隣の男へ疑いの目を向ける。楽をしたいだけなのではとも思ったが、ついてきてくれるというのならば気にすることはないだろう。

ここからセルデアのもとに行くが、そこまではわりと距離がある。

馬で駆けていけばすぐなのだが、ここから先は馬が怯えてしまって進んでくれず、自分の足で近づかなくてはいけない。

中央の頭に瘴気《しょうき》が完璧に回りきるまでどれくらいの時間があるかわからない。ただ、長くはないのは確かだ。だからこそ早く瘴気《しょうき》を浄化する必要がある。そのためにも俺が触れることができるとしたら、中央の頭しかない。

そして、そこに近づくのに問題なのが二つの頭だ。あれは、届く範囲のすべてのものを破壊し続けている。右側の頭は毒を、左側の頭は土を扱えるようだ。

真ん中に近づくということは、その頭たちの届く範囲に入るということになる。悪いが俺の運動神経はかなり悪い。ただがむしゃらに突っこめば、あっさり食われるのは間違いない。

「見て、動くよ」

隣にいたメルディが、前方を指さした。

太い木々が小枝のように容易《たやす》く折れていく音が、辺りに響き渡る。続いて響くのは、威嚇するような大きな唸り声。

そして、巨大な頭が銀色の鱗《うろこ》を晒《さら》して蠢《うごめ》き始める。右側の頭が、何かを見つけたように長い首をもたげる。それと同じくして左側の頭が違う方向へと動き始めた。

そう、各頭を引きつける誰かがいるなら話は別だ。毒を扱う首をルーカスが率いる騎士団たち、土を扱う首をナイヤが率いる騎士団たちで引きつける。

俺はただ真っ直ぐに走っていくだけだ。走っていくだけ、といっても両方の頭がいつこちらを向いてもおかしくない場所を走るのだ。危険がないとはいえない。

人が多いとこちらに意識が向く可能性がある。だから、メルディと二人きりで動くしかない。

二つの首が別れるようにゆっくりと反対方向へと動いていく。それを黙って見守る。

まだだ、まだ早い。もっと離れてからだ。

そして首が大きく離れていくのを確認してから、大きく息を吸った。

「メルディ、走るぞッ！」

「うん」

メルディから返答が来た瞬間に、地面を蹴りつけた。あとは真っ直ぐに全速力だ。三十代になってこんなに走らされるはめになるとは思いもしなかった。

ただ走る。足を動かす。

駆け抜けるのは森の中だ。走りやすいとはお世辞でも言えない道だ。木々の太い根っこを避け、草を蹴って走り抜ける。

まだまだ遠いというのに、息はすでに上がっている。額には汗が滲《にじ》んで、雫《しずく》が滴っていた。

「イクマ、大丈夫？」

「だ、大丈夫、だから、っ」

メルディは、表情を変えずに先を走っている。俺を気遣う余裕があるところをみると、かなり余力がありそうだ。こちらは話すだけでも息が乱れて辛いというのに。

『グオオォォ!!』

その時、どちらかの首が咆哮を上げた。その声はかなり大きく、とっさに耳を塞ぐ。そして次の瞬間、地面が揺れ出した。

土を扱う首か！　それだけで今どちらの首が鳴いたのかを理解した。揺れは強く、まともに立っていられない程だ。

「イクマ！」

珍しいメルディの叫び声に、後ろを振り返る。

俺の後ろに生えていた細木が嫌な音を立てて、こちらへ倒れてくる。細木といっても、それが俺の上に倒れてきたら無事では済まない。

ここはやばい。このままだと下敷きになる。その恐怖が全身に広がって、反応が遅れる。

細木は根元辺りから折れて、地面へ倒れこんだ。

辺りに土埃が舞う。間一髪だ。メルディが腕を強く引っ張ってくれたおかげで避けることができた。

「……気をつけてね」

「わ、悪い。助かった、メルディ」

俺とメルディのすぐ側《そば》に、細木は倒れていた。

メルディに抱きしめられる状態の俺は、それを見ながら背筋が冷たくなる。

……あと数メートル程近かったら下敷きだった。安堵の息が自然と漏れる。しかし、刺すような痛みを感じて思わず呻《うめ》いた。

「つたた……」

「血が出てる。傷が開いたかな」

目線を肩に向けると巻かれた包帯に血が滲《にじ》んでいるのがわかった。骸《むくろ》の狼に噛まれたところだ。ここは軽い応急手当を済ませただけだったから、先ほど腕を引かれた時に傷が開いたのかもしれない。

まあ、走る分には特に問題はないのでよかったといえるだろう。

「……」

「メルディ？　どうした、ってうお！」

メルディはその傷痕を見ながら黙ってしまう。首を傾《かし》げていると、突如俺の足に腕を回すと、そのまま横抱きにされた。

突然のことに思わず声が出る。そんなふうに混乱する俺を気にすることなく、メルディは歩き出す。

「な、なんだ、どういうつもりだ？」

「このままいくよ。イクマは遅いし、すぐ疲れるから」

「うるさい。お前も年をとったらこうなるんだよ」

「大丈夫。私は年をとらないから」

遠慮のない言い草に口を曲げるが、メルディの言っていることは正しい。時間がないのだ。

この年齢になって、抱きかかえられたままというのは、なんとも恥ずかしいが今は甘んじて受けるべきだ。

しかし、失礼な言い草だ。誰でも歳をとればこうなるんだよ。

渋々両腕をしっかりとメルディの首へ回した。振り落とされては意味がない。すると、メルディは無表情のままこちらを見つめてから、かすかにその口元を緩めた。

またしても珍しい。久しぶりの笑みだ。

「走るから。しっかり掴まっててね」

黙って頷くと、メルディは走り始めた。中央の頭までここからならまだかかる。今度こそ、間に合わないといけないのだから。

俺はセルデアの影を見て、ただ前方を睨《にら》みつけた。


俺を抱えながらもメルディの足は一度も止まらず、駆け続ける。ほぼ無表情なので、辛いのかどうかも察することができない。しかし、今はメルディに頼るのが一番速いとわかっているので止めることもできない。

かなり走り続けただろう。木々がなくなり、開けた場所に出た。

どうやらこの辺りは二つの頭が暴れたのだろう。木々は倒れたり、根こそぎなくなったりしている。その場所で、メルディが足を止めた。

「イクマ」

俺にも足を止めた原因が見えていた。

進むべき方向にいるのは、蛇の群れだ。大きいのから小さいのまで、種類もいろいろな蛇が前方に固まっている。

あれは、間違いなくセルデアの力だ。地を這うもの、つまり蛇を眷属として扱える。あれは間違いなく、それで集められたものだろう。

いろいろな蛇がいる。毒蛇も、もちろんいるだろう。ここを無理して通るのは難しい。

しかし、遠回りしたとしてその道にもいる可能性は高い。どうにか抜けたとしても、あれらが追ってこないとはいえない。浄化の邪魔をされても困るのだ。

その時、メルディが俺をそっと地面に下ろしてくれる。

「ここで分かれよう、イクマ」

「……」

「私が囮《おとり》になるよ。あの蛇たちを引きつける」

そう、それが一番手っ取り早い。しかし、そうなると本当にここからは一人だ。メルディだって蛇たちから逃げきれるとは限らないのだ。それを考えるとすぐに答えられなくて、黙ってしまう。

しかし、メルディは俺の手をそっと握る。

「イクマ、私は楽しみにしているよ」

「え」

「偉業。私に見せてくれる？」

表情は変わらない。ただ重たげな目蓋《まぶた》の奥にある翠《みどり》色の瞳が、俺のすべてを見通すように澄んでいた。

「……任せろ、メルディ。ちゃんと見せてやるから」

その言葉を聞いて、メルディはまたかすかに笑った。そこからはためらいがなかった。何かを言う訳でもなく、すぐに地面を蹴って走り出す。

そして、手前にいた蛇たちを勢いよく蹴りつける。蹴り上げられた蛇たちは宙を舞い、地面に落ちていく。

すると、残りの蛇たちは一気にメルディのほうへ集まろうと動き始めた。

その統率の取れた動きといったら、見てるこっちがゾッとする程だ。

メルディは相変わらず平然としており、そのまま群れから逃げるように左手前側へと走り出した。蛇たちも一匹残らず、メルディを追ってそちらに向かう。まだ木々が残る森のほうまでいくと、メルディと蛇たちの姿は見えなくなっていた。

それを見届けてから、改めて前方に走り出した。振り返らずに、ただ真っ直ぐ走り続ける。息を切らして、汗を頬に垂らしながらも、足は止めない。

一人でどれくらい進んだ時だろう。一羽の鳥がこちらへ向かってくるのが見えた。そして、それを視《み》た瞬間、眉を顰《ひそ》めた。

『やあ、化け物神子』

その小鳥は、どこまでも真っ黒な瘴気《しょうき》に侵されていたからだ。

小鳥のあちらこちらはかなりボロボロであり、それが死骸なのだとすぐにわかった。

やっぱり来たか。すべての瘴気《しょうき》の元凶。

『こんなところまでやってくるなんてねぇ。いやはや、物好きにも程があるよぉ？』

その声は、小鳥の口を借りているせいか発音が少し歪《いびつ》だった。

俺がしたことはメルディの身体からコイツを追い出しただけだ。また戻ってくるだろうとは思ったが……小鳥とは。考えたなコイツ。俺に浄化されないため、たやすく捕まえられない生き物にしたのだろう。

しかし、構うことはしない。足を止めずに走り続ける。どうせ、こんな小鳥じゃ邪魔はできない。そんなことは元神様も気付いているはずだ。

『本当にアイツを救えると思ってるの？　無駄になるよ、お前はただ食われて終わる。楽しみだなぁ！』

「……」

『無視かい？　ったく、つまんないなあ。そうだ、どうせだしいいことを教えてあげるよ』

瘴気《しょうき》を纏《まと》った小鳥は俺の周りを飛び回っている。まさしく、よく囀《さえず》るというものだ。答える気にもならないので、無視だ。今構っている余裕がない。主に体力的な問題で。

『神子の力は無限じゃないって知ってた？　力は神子の生命力を使うのさ。浄化したあとは疲れたなあって感じることが多かっただろう？　あれは、文字通りお前の命を削ってるのさ。普通の神子なら問題ないんだよぉ。でも化け物神子のお前はそうじゃない、わかる？』

「……」

『他の神子より過剰に生命力を使っているのさぁ！　まあ、今のお前ならある程度は力を使っても問題ないと思うよ、生命力は時間が経てば元に戻る。でもねぇ』

わざとらしい嫌味な言い方をする。その間も無視して走り続け、ついに前方にその姿を捉えることになる。

「っは……見えた」

改めて間近で目にする巨大な銀色の竜。その鱗《うろこ》は陽光に照らされ輝き、まるで自ら光を発しているように見える。神に近づくという言葉にふさわしく、美しく神々しい。

中央の頭は、その長く大きな首でとぐろを巻いていた。目蓋《まぶた》はしっかりと閉じられており、動いていない。他の二つの頭と比べると信じられない程に静かに眠っていた。

やっと、着いた。

走り続けた疲労は限界に近い。肩で息をしながら、必死に呼吸を整える。汗は止まらない。走り続けた身体はかなり熱い。あと少し、あと少しだ。

しかし、走るのはもう無理だった。走る速度はどんどんと落ちて、ついには歩き出す。

疲れたからといって止まる訳にはいかない。足を止めている時間さえもったいない。

セルデアに触れて浄化するだけだ。これで全部終わる。そうすれば――

『――死ぬよ、お前』

そこで、初めて足を止めた。そして、飛んでいる小鳥に目を向ける。

『ただの浄化じゃない。神堕ちしている化身を戻すんだ。どれだけの力を使うことになるかわかっているのか？　今のお前でも、それだけ使えば生命力を使い果たす。間違いなく衰弱して、死ぬ』

「……」

いつものような、小馬鹿にした口調ではなかった。ただ真実だけを告げているというのは、すぐにわかった。

死。それは誰にも襲いくるものだが、俺にとってはまだ遠いと思っているものだ。

『ほら、怖いだろう。死にたくないだろ？　死にたくないって思うだろう。だって死ぬなんて知らなかったもんなぁ！　だから』

「――いや、知ってたよ」

『は……？』

はあと深い溜め息の後に、再び歩き出す。まったく何を言い出すかと思ったら、くだらない話すぎて驚いてしまった。

こっちはいい歳なのにかなり走って全身がくたくたなのだ。余計な話をさせないでほしいもんだ。

歩いて、少しずつセルデアに近づいていく。しかし、気に入らないのか元神の入った小鳥は眼前を飛び回る。

『嘘をつくな！　知っているはずがない！　誰もお前に言えなかった！　セルデアにだって言えないようにしたのに！　誰もお前に言えるはずがないのに！』

セルデアに言えないようにした、その言葉には一瞬息を止めた。

つまり、セルデアは知っていたのだ。俺が力を使い続ければ、死ぬ可能性があるということを。

そうか。これで全部わかった気がした。

なぜ、幼い俺にあんな態度を取ったのか、この世界から出て行けと傷つけるような言葉ばかりを言い続けたのか。彼らしくない言動の理由は、すべて俺を思ってのことだったからか。

苦笑が漏れる。そして、小鳥に向かって肩を竦めた。

「……あのな、自分の身体だ。子供の頃ならまだしも、この歳ならヤバそうってくらいなんとなくわかるだろう」

浄化を使う度に異常な疲労感。しかもそれは回数を重ねる程に辛く、意識さえ持っていかれそうになる。セルデアを浄化する度に疑問に思っていた。

そして、このまま浄化を使い続ければ、まずいかもしれないという危機感はすでに持っていた。ただの浄化でそこまで疲労を感じさせるのだ。神堕ちしたセルデアを戻すのが、簡単なことだとは思っていない。

合わせて考えれば、セルデアを元に戻すことができたとしても死ぬのでは、くらいは考える。

『お前、まさか、最初から死ぬ気で⁉』

「いや、全然違う。普通に死にたくないし、生きるよ」

淡々と切り返す。何を馬鹿なことを言ってくれるのか。俺には悲劇のヒロイン枠がふさわしいと思っているのだろうか。

そういうもののヒロインは、大体は利他的で優しく、思いやりのある十代で、見目麗しい少女。そういう人物であるからこそ物語は美しく完結するのだ。

ここにいるのは酸いも甘いも噛み分ける三十代の男だ。そんなものはふさわしくない。

俺はどちらかというと利己的で、淡泊で、欲張りなのだ。

「俺は、セルデアと生きたいんだ。死ぬための努力なんて非効率的すぎるだろ？」

『……っ！』

「まだ道はある。神子の浄化の力は、互いの好感度で作用が変わる。つまり、俺とセルデアが愛し合う仲なら力の使用はかなり抑えられるはずだ」

それだけが生き残る唯一の道なのだ。ただ、それも問題がないとはいえない。

セルデアには永遠の想い人がいる。それが誰かは知らない。しかし、今からそれに勝つ必要があるのだ。

「俺が今からするのは、命をかけた愛の告白だ」

『……かははは。なんだ……それ』

元神は笑った。しかし、今までのような勢いはなくどこか弱々しい。

セルデアとの距離はかなり近くなっていた。ここまでくると、なおさらその巨大さを実感する。

俺くらいは簡単に一呑みにされるだろう。

ゆっくりと、近づく。手が届く距離に、声が届く距離に。

「お前こそ、俺をもう止めなくていいのか。ちゃんと視《み》えてるぞ」

『……化け物め』

忌々《いまいま》しそうな声に口元が緩んだ。小鳥を包む瘴気《しょうき》は先ほどより薄くなっていた。瘴気《しょうき》の元凶であるこの元神にしては異常な薄さだ。それは、コイツの力が弱まっている証だった。

ずっと疑問だった。長年、それこそ遥か昔から存在していたコイツが、なぜ今さらこうしてセルデアを煽り、周りを騙し、世界を壊そうとしているのかということだ。

たぶん、元神の瘴気《しょうき》が弱まってきているのだ。よく考えてみればそうだ。自然発生するものではないのならば浄化し続けていれば、いずれは消えるものだ。歴代の神子たちがそうして繰り返したものは、しっかりと実を結んだ。

コイツはそれに気付き、ギリギリになって焦ったはずだ。このままでは何も起こらず、自分はただ消えていく存在になる、と。

セルデアを神堕ちさせる。これがコイツがこの世界に残す最後の呪いだ。これが叶わなければ、コイツはただ無意味に消えていくだけだろう。

そう、この世界から瘴気《しょうき》は消える。それは、どの神子にもできなかった偉業だ。

「黙って見ておくんだな」

話していると、ついに中央の頭の前に辿り着いた。手を伸ばせば、触れる距離だった。そっと手を伸ばす。

触れた鱗《うろこ》は思った以上に冷たくて、熱くなった俺の身体には気持ちがよかった。

「――セルデア」

自分が思うより柔らかい声が自然と出た。こんな声が出せるものかと自分自身に驚く程だ。

セルデアに俺の声が聞こえているかわからない。

しかし、声に反応したのか、閉じていた目蓋《まぶた》がゆっくりと開いていくのが見えた。眠っていた中央の頭がついに目を覚ます。

その巨体が蠢《うごめ》く。さらに頭は大きく動いて、その首をもたげる。そして、その頭を俺の近くまで下ろしてきた。

感情が一切読めない紫水晶の瞳が、見下ろしてくる。

「俺だ。わかるよな、サワジマだ。お前に言いたいことがあって」

言えたのはそこまでだった。

セルデアが勢いよくこちらへ頭を振り下ろしたからだ。それはかなりの勢いで、こちらを目掛け振り下ろされる。

やばい、潰される！

火事場の馬鹿力というヤツだろうか、反射的に横に跳んで直撃は免れる。ただそれだけだ。巨大な頭が振り落とされた風圧と衝撃で、地面を転がるように身体が飛ばされる。

「ぐ、っ！」

身体を地面に打ちつけて、どうにか止まる。運が悪いことに一番強く当たったのは肩で、あまりの痛みに一瞬意識が遠のいた。

『グォオオオ!!』

叫ぶのは中央の頭だ。全身がズキズキと痛む。体力をほぼ使い果たして、ここに来たっていうのに酷い仕打ちだ。それでも必死に地面へ両手を突いて、顔を上げる。その両手も情けないくらい震えていた。

その際に視《み》えたものに、思わず舌打ちをする。中央の首も瘴気《しょうき》に浸食され始めているのだ。本当に、時間がもうない。

全身が痛い。本当なら指一本だって動かしたくない。体力だって限界だ。ここで気を失いたい。でも、駄目だ。

がくがくと震える両足に力をこめて、立ち上がる。

「……セルデア」

『グォオオオオ！』

咆哮が空気を震わせて響き渡る。こちらの言葉は一切届いていない。その姿はまるで、ただの怪物だった。

けれど、ここで言葉を止める訳にはいかない。

再度ゆっくりと歩き出す。距離を縮めていく。俺には言いたいことがあった。

「聞いてくれ、セルデア」

掌を伸ばす。浸食してくる瘴気《しょうき》が苦しいのか、すでに理性は消え去ったのか。セルデアは空に向かって咆哮を上げ続けている。

足も痛い。腕も痛い。それでも止まることはできなかった。

最後の力を振り絞り、手が届く首に飛びつき両腕を広げたまま抱きついた。

「――俺の名前は、サワジマ。澤島郁馬。先代神子のイクマだ」

それを口にした瞬間だった。

中央の頭の動きがぴたりと止まる。先ほどまで暴れ続けていたのがまるで嘘のようだ。

先ほどの咆哮は止まり、辺りは静けさを取り戻していた。今だとわかった。これが最後のチャンスだ。

「ずっと言えなかった。いや、最初から言う気はなかったんだ」

銀色の鱗《うろこ》を抱きしめながら、浄化を始める。少しずつ祈りを始める。白い霧が手に集まり、強く願いをこめる。

「まず、言っとくが俺は呪ったりしないからな。子供の頃にお前から言われた言葉は正直ムカついたが、もういいんだ。全部わかったから」

『……』

すべてを綺麗にするように、セルデアを侵す瘴気《しょうき》が何一つ残らないように。

ただ乞い願う。

銀色の鱗《うろこ》の輝きに添うように、俺の白く淡い発光が重なる。

力を使っていくにつれて、疲労感と共に全身の力が少しずつ抜けていくのがわかる。元神様の言う通りならば、これが生命力を奪われている証なのだろう。

「なあ、セルデア。あの時には見えなかった、お前のいろいろな顔を見たよ。泣いた顔も、笑った顔も、照れる顔も見た」

まずは足の力が抜けていく。立っていられなくなり、地面に両膝を突く。それでも手を離す訳にはいかない。銀色の鱗《うろこ》に縋《すが》りつくように身体を預けながら、ずるずると地面へ座りこむ。

「っ、お、思い知らされたよ、子供の俺はお前自身を何も見てなかったんだって。だから、ちゃんと言わなきゃな」

次には手の力が抜けていく。しっかりと掴まっていられなくなり、片腕は上げていられなくなった。

それでも歯を食いしばって必死にしがみつく。

「……ありがとう、セルデア。子供の俺を守ってくれて、それから、ッ」

今度は意識が朦朧《もうろう》としてくる。その感覚は疲労が限界の時に襲いくる睡魔に似ていた。しかし、このまま睡魔に身を任せれば二度と起きられなくなるとわかっていた。

まだ浄化はやめない。駄目だ。瘴気《しょうき》が残っているとわかる。もっともっと、最後までやり遂げる。

そして、今まで一番言いたかった言葉を声にする。

「それから――愛しています、セルデア」

夜の庭園で、セルデアが口にした言葉を思い返して、真似る。言い慣れてない言葉がなんともくすぐったい、思わず笑ってしまう。ただどんなことがあろうが浄化はやめない。やめるものか。

――そして、ついにどこにも力が入らなくなった。

意識だけは失うまいと、目蓋《まぶた》に力をこめるがそれも難しい。縋《すが》りつくこともできなくなり、ふらりと体勢は崩れた。

そのまま抵抗もできずに、地面に倒れこむ。仰向けに倒れ、狭まる視界に見えるのは元神が入った小鳥が雲一つない青空を優雅に飛んでいる姿だ。

そこへ、中央の頭がこちらに近づいてくるのが見えた。先ほどのような勢いはなく、ゆっくりと俺のほうへ頭を下げてくる。もう避けることはできない。このまま食べられるかもしれないと、他人事のように考えた。

しかし、それは俺の勘違いだったとすぐにわかった。

「は、はは……ったく、泣くなよぉ」

理性もなかったはずの紫水晶の瞳からあふれるものがあった。静かに、銀色の鱗《うろこ》に流れ落ちていく。きらきらと輝く雫《しずく》。

それは間違いなく涙だ。

竜も泣くものなんだなと、朦朧《もうろう》とした意識の中でそう思った。

その瞳は、確かに俺を見つめていた。そして、見たことのある温かさが宿っているのが見え、もういいのだと理解した。

中央の頭が鼻先をこちらに擦り寄せる。壊れ物にでも触れるようにそっと優しく、俺の身体に擦り寄る。それをなぜだか、抱きしめられているように感じた。

その心地よさに目を閉じて、俺からも擦り寄る。

大丈夫だ。お前の中に残る瘴気《しょうき》は、全部俺が綺麗にしてやるから。

考えられたのはそこまでだった。すっと、なんの前兆もなく意識が落ちた。

そのまま闇の中に落ちていき、そこで俺の記憶は終わった。

■■■■

全身が死ぬ程痛い。

意識が戻った時に、まず感じたのはそれだった。全身の至るところが軋《きし》むように痛む。動かせないのではなく、動かしたくない。それは筋肉痛によく似ていた。

それでも、目蓋《まぶた》は動かせる。ゆっくりと開き、見覚えのない天井をぼんやりと眺めた。そこでようやく、自分は生きているのだという事実を噛みしめる。

室内は全体的に薄暗い。どうやらすでに日は落ちているようだった。

しかし、ここはどこだろう。辺りを見渡したいのだが、痛いので首さえ動かしたくない。

「あ……起きた？」

その時、視界に入りこんできたのはメルディだった。いつもと変わらない無表情だ。ここから見る限りは傷もなく、あのあと無事だったのだとわかり安堵する。

それを声にしようと口を開いた瞬間、うまく声が出せず咳きこんでしまう。なんとか出た声も掠《かす》れて、ほぼ言葉になっていない。

「声は出さなくていいよ。かなり衰弱してる。今は何もせずに休んで。ここは神殿だから、私の許可なく誰も入ってこないよ」

なるほど。神殿ならば見慣れないはずだ。確かに俺が療養するならば、今は神殿が一番安全といえるかもしれない。しかし、ここで黙って大人しくしている訳にはいかない。あれからどうなったのだろう。それが今は何より知りたい。

俺がどういう顔をしていたのかはわからないが、メルディはすべてをわかったように頷いた。

「安心して、水を替えに行っただけだからもう戻ってくるよ」

「誰が？」と問いかけようとしても声はうまく出ない。その時、大きめの金属音が聞こえる。それは、どうやら何かが床に落ちたような音だった。

メルディはそちらに目線を向けているようだが、痛みが襲うのでそちらを向きたくない。

しかし、なぜかメルディはそのまま黙って立ち上がった。そして視界からいなくなってしまった。ここから立ち去っていく足音だけが辺りに響いている。

「……無理をさせたら、許さないから」

それは俺宛の言葉ではないことはすぐにわかった。メルディ以外にもう一人いる。耳を澄ましていると、メルディのものであろう足音は遠ざかっていった。続いて、扉の閉まる音が聞こえる。たぶんだが、メルディが出ていったのだろう。しかし、この部屋にはもう一人誰かがいるはずだ。その誰かは一向に動かず、視界にも入ってこない。

何も聞こえない静けさだけが続いていく。もしかして、誰もいないのではないかと思った時だった。

視界に人影が入ってくる。

寝ているベッドの近くには大きめの窓があり、カーテンは開いたままになっていた。そこから差しこむ月光が、その人影を薄く照らす。

人影がもつ銀色の髪はその光を吸収して輝きを増しているようだった。鼻筋の通った美しい顔立ち、紫水晶の瞳はどんな宝石よりも輝いて見えた。

——セルデアだ。

その姿は、竜ではなく人間の姿だった。

「……」

セルデアは黙りこみ、俯《うつむ》いたままベッドの横で立ち尽くしていた。

一度もこちらと目を合わせようとはしない。無事生きているということは、セルデアと俺は両想いということになるよな。

そして、どのくらいの時間そうしていただろう。

セルデアは片膝を突いて頭を深く下げた。

「申し訳ありません、イクマ様。私の仕出かしたことは何より罪深い。一度目は貴方に心ない言葉をぶつけた。二度目は、死の寸前まで陥れた。私は……私は……」

言葉の最後は苦しそうに小さく掠《かす》れていった。そして、俯《うつむ》いたまま肩は震えている。その姿は何かに怯えているようにも感じた。

俺としては、全部自分の中ではしっかりと終わった話だ。謝られるようなものではない。すべてが悪意からではなかったことを、俺はもう知っている。

だが、それをしっかりと伝えたいのに声が掠《かす》れて言葉にならない。なんの慰めも口にできないのだ。そうなると、できることは少ない。

だから、手を伸ばす。もちろん、まだ痛みはある。しかし、死ぬ程のものじゃない。

腕を伸ばして、その銀色の髪に指先を伸ばした。そのままゆっくりと撫でる。

すると、セルデアの震えがぴたりと止まる。恐る恐るゆっくりと顔を上げていく。そこで初めて、俺と目が合った。

一瞬、どういう顔をするべきかと迷った。しかし、やっぱり自然とこみ上げてくる感情は嬉しさだった。こうしてセルデアと向かい合えるということが、何よりも嬉しかった。

その気持ちを抑えることなどできない。

俺は、自分の感情に従ってただ微笑んだ。

「っ！」

セルデアは、目を大きく見開き固まった。しかし、それはすぐに解けて眉を顰《ひそ》める。その表情は必死に何かに耐えているようで、唇はきつく結ばれていた。そして、紫水晶の瞳が潤んでいくのが見える。

そのまま、俺の手に縋《すが》りつくように顔を寄せたので、その後の表情はよく見えない。ただ指先がかすかに濡れているのがわかった。

どうせ声は出せないのだ。セルデアが落ち着くまでずっとそうしていた。

月灯りに照らされながら、たった一つの宝物を見つけたように恭《うやうや》しく俺に触れるセルデアを、ただずっと見守っていた。

■■■■

それからは多くの後処理に追われることとなった。とはいっても俺の場合は体力が回復せず、しばらくは動けないままだった。

その間は、セルデアやメルディが動いてくれて周りの対処をしてくれていた。

まず、セルデアの神堕ちによる死亡者は出なかった。これには一番安心した。もちろん、怪我人は多く出たがセルデアが深い森から動かなかったことが幸いして、実害はほぼゼロといっていい。

次に、俺が先代神子であることは発表しないようにしてもらった。先代神子だと知っているのは、一部の人間だけだ。実際の力を見たヤツは多くないので口止めは簡単だった。

それらが収まった頃には、俺もようやく動くことができるようになった。そして今日神殿にて、とある話し合いが行われようとしていた。

「いや、だからもう歩けるって」

「いけません。何かが起こってからでは遅いのです」

ベッドに座る俺の正面に立ち、両腕を広げながら睨《にら》みつけているのはセルデアだった。実際は睨《にら》みつけている訳ではなく、真剣な面持ちというだけのことなのだが、これについてはいつものことだ。

実はセルデアも、現在は俺と同じく神殿に押しこまれている。

前代未聞の神堕ちから戻ってきた化身だ。また神堕ちしないか、何か異常は起こらないかという意見が色んなところから出たためにしばらく神殿預かりとなっている。

ちなみに神殿の出禁はメルディにより、すでに解除されている。

「お、俺がいくのは神殿内だろう？　なら大丈夫だって」

「いけません。まだ体調は万全でないと聞いております、どうぞ」

「ぐ、ぐぐ」

こんなやりとりをセルデアと数十分も続けている。

俺も話し合いの場に参加することになったのだが、そこに行くまで自分が抱えていくとセルデアが言い出した。理由は衰弱した俺を歩かせる訳にはいかないという言い分だ。

確かに声も出せない程に衰弱しきった姿を見せたので、心配する気持ちはわかる。しかし、もう歩けるのだ。そう訴えているのだが、セルデアは頑として首を縦には振らない。自分が抱えるとだけ、言い続けてくる。

過保護すぎる。甘やかしすぎだ。

両者譲らずに睨《にら》み合っていると、ノックもなしに扉が開かれる。現れたのはメルディだ。

「……何やってるの。二人とも遅い」

「セルデアに言えよ。もう一人で歩けるって言ってるのに」

「いいえ。昨日もベッドから下りる際に転びそうになっていました」

「いや、あれは違う。あれは慣れていないベッドだったから」

俺とセルデアが再度同じことを繰り返していると、メルディはどこか眠たそうに欠伸《あくび》をする。そして心の底から興味なさそうに俺たち二人を一瞥《いちべつ》し、セルデアを指さした。

「……面倒だからセルデアに賛成。イクマを運んで」

「承知いたしました」

「メルディ、お前っ。裏切り者め」

悲痛な抗議に耳を貸すことなく、メルディはただ黙って頷いた。なぜ頷くのかわからないが、俺が睨《にら》みつけてもその表情に変化なし。しかし、時間がないのも確かだ。渋々諦め、両腕をセルデアに伸ばす。

「失礼します、イクマ様」

そしてセルデアは口元を緩ませながら、俺を横抱きにして軽々と持ち上げた。その時の幸せに満ちた表情といったら、今まで断っていたことに罪悪感を覚える程だ。

好きだという感情を一切隠そうとしていない。嬉しくて堪《たま》らないとばかり鼻先を、俺の頬に擦り寄せる。それは竜の時の仕草を思い出させるものだった。

そのまま、俺たち三人は部屋を出て、歩いて向かうのはある一室だ。

その一室には多くの椅子が置かれ、部屋の隅には白色のカーテンが設置されていた。それは円状に設《しつら》えられており、俺はその中へと運ばれる。

中にはクッションのようなものがあり、セルデアはそこに俺を抱えたまま座る。下ろせというべきなのだが、幸せそうな姿に何も言えなくなってしまった。惚れた弱みというやつだろうか。

俺たちが入ると、カーテンはそっと閉じられる。中にいるのは俺とセルデアだけだ。カーテンの外にはメルディに、イドもおり、後は見知らぬ数人の神官たちがいた。中から外は見えるが、外から中は見えない。いわゆる、マジックミラーのようなカーテンだ。

これは歴代化身の一人が作り、残したものらしい。なんとも便利だ。

カーテン外の神官たちが慌ただしく走り回り、貴族たちも現れる。それはセルデアの討伐会議にいた面々で多くはなかった。そして、しばらくしてメルディが金の鈴を持ち鳴らす。それに合わせて、辺りは静まり返った。

「……ルーカス殿下。中へ」

その声が終わると同時に扉が開かれ、現れたのはルーカスだった。

そう、今日行われる話し合いとは、今回の騒動でのルーカスの処遇についてのものだった。

本当のところは処遇といっても、俺から望むものは何もない。このことをメルディにも話したが先代神子だという事実を黙っていたのは俺自身だ。ルーカスが気付かないのは当たり前の話で、それに関しては何も恨んでいない。

しかし、問う罪はそこではないとメルディは語った。先代神子としてのイクマだからではなく、サワジマという俺に対して起こした罪があるのだと。

その中心人物としてこの場にいる訳だが、ルーカスと俺を会わせるつもりは一切ないらしい。

そのためのこの場所だ。カーテンの外からは何も見えない。

開かれた扉からやってきたルーカスの表情は暗い。彼の心情を表すように耳の羽は垂れ下がっていた。

「ルーカス殿下、この場に招集された理由はおわかりでしょうか？」

「……はい、理解しています」

「神子、召喚儀式に関することの罪を問うのは教皇たる私、メルディ・サリオ・シューカの役目。これに関しては身分に関係なく裁けるものとし、その不変の権限を与えたのは初代国王です」

普段のマイペースな姿はどこにいったのか、その凛とした声はメルディが教皇であることを思い出させるには十分なものだった。

ただ相変わらず無表情ではある。

「殿下。罪の自覚はございますか？」

「私が、イクマを神子だと気付かなかったから……だから、私は――」

「違います、殿下」

メルディはルーカスの言葉を表情一つ変えずにばっさり切り捨てる。

ルーカスは、メルディの言葉に面食らった顔で固まった。予想外の否定をされたからだろう。

「理解しておられないようですね。神子召喚の重みを。別世界から人を連れてくるということ自体の罪を」

そこにいるのは、いつもどこかぼんやりとしているメルディではなかった。声にはわずかだが怒りが滲《にじ》んでいた。

背中から生える薄羽を二、三度震わせ、この場にいる全員をぐるりと見渡す。

「……問いましょう。貴方の子や親が二度と戻らないと知ったらどう思うでしょうか。心から愛する恋人が失踪したら？」

それは明らかにルーカスにだけ伝えているものではなかった。この場にいる全員に問いかけている。それらを知り、ただの傍観者であったはずの神官や貴族たちは口を閉ざす。

空気は重く張り詰めて、怖い程の沈黙が辺りを包んだ。聞いている俺にもその迫力は痛い程に伝わってきている。

「初代国王は神子召喚を行うことに最後の最後まで苦しみ、悩みました。しかし、そうしなければ国だけでなく最終的に世界は滅びる。だからこその、苦渋の選択であったのです」

「……っあ」

「殿下。貴方は、そうして呼び出した人間に礼を尽くさなかった。神子である前に人です。そして、神子でなくても人なのです。誰かの想い人でもあり、子でもある。貴方がしたことはすべて重い罪だとご理解してください」

ルーカスはメルディの言葉を聞いて、拳を強く握りしめたまま俯《うつむ》いた。握っている拳は震えており、それは怒りからのものではないことはすぐにわかった。俺を抱えていたセルデアの腕にも少し力が入る。

俺としては当たり前の話ではあるが、この世界の人たちには神子召喚というものが身近にありすぎて、それがどういうものかという価値観がズレてしまったのだろうと思う。

誰一人、口を開かない。重苦しいまでの空気が流れる中で、ふうとメルディが突如大きく息を吐いた。

「という訳だから……殿下の処罰はしばらく謹慎、王位継承も延期。許可が出るまで神殿の立ち入りも禁止。ちなみにイクマには私の許可なく会わせない。現神子のユヅルも、神殿預かりというところかな……」

「つ、め、メルディ様？」

「……あ。ナイヤは、本人から騎士団長を辞めるという話がきているから、それを許可するよ。そして、ナイヤも神殿関係は殿下と同じ扱い」

教皇という立場の仮面は、一気に全力で投げ捨てられる。いつもの空気を読むことをしないメルディへと戻っていた。話し方も普段通りのゆったりしたもので、重たげな目蓋《まぶた》のまま立っている。

「他にもいろいろあるけど、今回の場で話すことではないからね」

「僕は、その処罰で……許されるのですか？」

「許すかどうか、それを決めるのは私じゃない。重い罰を与えるということはその罪が広く知られることとなる。そうなれば静かに暮らしたいという彼の求めるものと違ってしまうでしょ？」

メルディの目線がこちらに向けられる。メルディからはこちらが見えないと知りながらも俺は小さく頷いた。

ルーカスはこの国の次期国王だ。仮に彼が王位剥奪などの大きな処分を受けるとなれば、確かにその罪は国全体に明らかにされなければならないだろう。

俺が神堕ちを止めた先代神子だと公表されていればあり得た話かもしれないが、世間的には神子召喚の巻き添えになった男だ。ちょっと扱いを間違ったから王位剥奪なんてのは、どう考えてもやりすぎと思うのが普通だ。

これでいい。元々ルーカスに恨みなんてものはない。せいぜい考えても箪笥《たんす》の角に小指をぶつけたらいいのにという程度のものだ。

メルディの目線を追い、ルーカスもこちらへ目を向けた。見えはしないが、そこに誰がいるかは予想がついたのだろう。

今にも泣き出しそうな顔をこちらに向けて、口を開いた。声にはなっていない。何かの合図だろうかと、目を凝《こ》らすがその視界は突然真っ暗になった。

「あまり見つめないでください」

耳元で囁《ささや》かれる懇願に、それがセルデアの手だとわかった。俺の目元を覆い隠したようだ。

「セルデア？」

「……申し訳ありません、まだこの感情に慣れていなくて。ただ貴方が誰かを見つめ続けていると、堪《たま》らなく嫌な気持ちになります」

なんとも優しい嫉妬をされたものだ。ルーカスが俺に何を伝えたかったのか、それは少しだけ気になったが抵抗はしなかった。

セルデアが、他者ではなく自分の望みを優先する。それがどうにも嬉しくてそのまま身を任せた。

そのまま話し合いは進んでいき、ルーカスの処遇は決まったようだった。

処遇も決まり、あとは部屋に帰るだけとなったが、まだここから去る訳にはいかなかった。この室内から全員が立ち去るのを静かに待ち続ける。

全員がいなくなり、しばらくして室内に入ってきた人影が見える。人影がカーテンの前で足を止めた。

そこで、ようやくカーテンを開く。そこに立っていたのはユヅ君だ。

実はメルディに相談して、今日ここに来るよう手を回していた。その際、俺のことはある程度説明してもらっている。セルデアに抱えられたままでは格好がつかないので、自分で立ち上がる。セルデアも何も言わなかった。

立っているユヅ君の表情は硬い。彼の隣にはメルディがおり、ただ黙って俺たちを見ていた。

「……久しぶり。いろいろあるんだが、その、まずは謝らせてほしい。悪意があって黙っていた訳じゃないいんだ、悪かった」

頭を深々と下げる。メルディから俺が先代神子だということはすでに聞いているはずだ。

今日ここに来てもらったのは、時間軸のズレの説明と、あるお願いのためだ。

しかし、ユヅ君は謝る姿を見るなり、びくりと肩を震わせた。そして、慌てた様子で近寄る。

「澤島さん！　そ、そんな、謝ることなんて……やめて、ください。俺……俺っ」

頭を左右に振りながら、ユヅ君の表情が段々と暗くなっていく。そのはっきりとした変化に驚く。

まさか、何か対応をまずったのだろうか。

ユヅ君は、ついには俯《うつむ》き固まってしまった。

「俺、知っていたんです……」

「し、知ってた？」

「澤島さんがルーカスたちによく思われてないって……わざと王城から追い出されたんだって」

俯《うつむ》いたまま、ユヅ君は自身の服を強く握りしめた。その姿はどこか怯えているようにも感じた。

ユヅ君は早い段階で、俺が冷遇されていることには気付いていたそうだ。まあ、当たり前といえば当たり前だ。俺の名前を口にすれば露骨に話題を逸らされ、会いたいと言えばやんわり拒否される。

ユヅ君自身とは違い、厄介者扱いされているとすぐにわかった。しかし、ユヅ君はそれをわざと見ないふりをしたのだという。

「俺、最初は神子って言われて浮かれてたんです。なのに実際は全然力が使えなくて」

声を引いて呑みこむように言葉を続けた。

話を纏《まと》めると、見ないふりをしたのは自分には浄化ができないと気付いたからだった。何もできないからといってルーカスたちは責めるようなことを決して言わなかった。

しかし、神子として期待されていることもユヅ君は理解していた。

俺への対応を知り、神子でない人間は冷たくされるのかもしれない……そんな恐怖が思考を埋めつくしたらしい。そして、それは段々ルーカスたちに好かれようと考えることになる。

そうしている内に何も言わず、笑っているのが一番だと気付いた。だから俺がどうなったのか聞かなくなり、何も理解してない風に装うことを続けていた。

「俺が、よくないって……言わなきゃ駄目だったのに。だからごめんなさい。謝るのは俺のほうなんです……」

そう言い俯《うつむ》いたままの姿を見て、彼が本当にまだ十代なんだと改めて理解した。しっかりしているようだが、まだ子供だ。

見知らぬ場所で一人きり。幼い俺は脳天気で馬鹿だったが、ユヅ君は頭の回りもよく思慮深い。それが逆に悪い方向に働いただけだ。

どう返すべきだろうか。ここでまったく悪くないと言いきるのは、違う気がした。しかし、人間なら誰しも自分を優先するものだ。俺だってそうだ。

それに、しっかりと伝えたのは素晴らしいことだと思うから。

だから、俺から伝えるのはこれだけでいい。ユヅ君の頭をそっと撫でた。

「……ちゃんと伝えてくれて、ありがとう」

「……っ！」

俯《うつむ》いたまま動かないユヅ君の頭をしばらくは撫で続けた。何も言わず動かない。その気持ちが落ち着くまで、その手は止めなかった。

「これが、大切な話だ。これから先どうするか決めるのはユヅ君だ」

「……」

ユヅ君が落ち着いたのを見計らい、この世界と元の世界の時間軸のズレについて説明した。こちらでの一年はあちらでの五年にあたること。そのせいで俺がどう生きてきたかということ。

あとは神子の力についても説明した。どうやら神堕ちしたセルデアが戻った時辺りから、ユヅ君もちゃんと瘴気《しょうき》などが見えるようになったらしいのだ。やはり原因は元神様だったのだろうと予想がつく。

浄化は生命力を消費するらしいが、通常は余剰分を使用しているだけだ。かなり無茶な使用をしない限りは、ユヅ君には問題ないと伝えた。

彼は、真剣に話を聞いていた。

「あと、俺はもう神子としての力はほぼないんだ」

「え……」

「たぶん無理をしすぎた代償だと思う」

辛うじて視《み》ることはできそうだが、浄化の力は使えなくなった。メルディ曰く、戻る可能性はあるがいつ戻るか定かではないということだ。

その時点で、この世界が求める先代神子は完璧に死んだ。俺が神子だと証明するものはなくなったのだ。だからこそ、先代神子がいるとわざわざ知らしめる必要もないと感じている。

元々、もう俺は神子ではない。浄化の力も、セルデアを救うためだから使った。この世界のすべてを愛していた神子は、ずっと前に死んでいる。

それこそ、再召喚の際に神子だと名乗り出なかった時点で、今を生きている神子はユヅ君だけだと思うからだ。

「ユヅ君。だからこそ君にお願いした神堕ちの浄化の件、君の負担になるなら断ってくれていいって伝えた話だけど」

俺が先代神子として発表されないなら、誰がセルデアの神堕ちを止めたのかという話になる。そこをユヅ君ということにしてもらえないか、というお願いをしていたのだ。

ユヅ君は、大きく頷く。

「大丈夫です！　いろいろ考えたけど……俺は神子をするって、したいって思っているので」

「……ありがとう」

その言葉には強い意志があった。彼なりにも、何かがふっ切れたのか、悪いものは感じられなかった。

ユヅ君は公に力を示すことができなかった。よからぬ噂もあっただろうが、神堕ちの浄化の件は神子としての立場を堅固なものにすることができるはずだ。

しかし、それと同時に彼が悩む可能性もあったのだが、そんな心配は杞憂になりそうだと表情を見て思えた。

「帰ることも、しっかり考えます。俺も最後はどちらの世界を選ぶか」

「わかった。俺でよかったら、いつでも相談に乗るから言ってほしい」

泣いても笑ってもすぐには戻れない。まだ考える時間は十分にある。残された月日で、ユヅ君がどういう決断をするかは彼次第だ。

俺が手を差し出すと、少し驚いたような顔をした。そして、ユヅ君からも手を伸ばされてしっかりと握手をする。そして、笑う。

その笑顔は幼かった頃の俺を思い出させ、二度と戻らない光を見たようで、思わず目を細めた。

そうして、いろいろなことが終わり胸の奥で引っかかっていたことが消え、楽になる。結局、また抱えられながら帰ることになったのだが、その間セルデアは一言も話すことはなかった。

正確には、俺とユヅ君の会話が始まった時から黙りこんでいる。その表情は眉間に皺を寄せ、人を射殺す程に鋭い目付きだ。そのせいで横を通り過ぎていく神官たちは、皆小さく悲鳴を上げていた。

ただ俺にはわかる。セルデアは、何かを思い悩んでいるようだった。

そしてそれは俺も同じだった。

――俺を抱えるセルデアの腕を、ただ黙って見つめていた。

■■■■

多くのことが変化していき、セルデアの神堕ちから三週間が過ぎていた。

俺といえば、何も変わらない。今日も神殿の豪華な部屋にて、ベッドの上でぼんやりと座っている。もう身体の調子はよくなっており、元気そのものだ。

しかし、まだ万全ではないと半ば強制的にここへ押しこまれている。なので、かなり暇だ。

その時、扉を叩くノック音が聞こえる。

「どうぞ」

返答と同時に扉が開かれる。現れたのはセルデアだ。

セルデアは毎日こうして俺に会いに来る。ここに押しこまれている俺は毎日暇である。しかし、領地の管理もあるセルデアは俺と違い、かなり忙しい身だと思っている。それなのに毎日欠かさず会いに来る。

セルデアの顔を見られるのは素直に嬉しい。しかし――

「失礼します、イクマ様」

セルデアは入るなり一礼してから、こちらへと近づいてきた。

――これだ。

俺が先代神子だとわかってから、この態度が変わらないのだ。初めの頃は、俺たちの間にはいろいろあったからだと目を瞑っていた。しかし三週間過ぎてもこれだと、距離が空いたようで寂しさもある。

今日こそ、それに対して文句でも言ってやろうと思ったが、目線はあるものに奪われる。

「……それ。結局消えないんだな」

ベッド付近まで近づいたセルデアの手に目が向く。この前から気付いてはいた。しかし、相談したメルディには時間と共に消える可能性もあると言われ、気にしないようにはしていたものだ。

セルデアの右腕、手の甲から広がるように一部分だけだが銀色の鱗《うろこ》が生えていた。それは竜の鱗《うろこ》だ。

人の姿に戻ったセルデアだが、その部分だけ鱗《うろこ》は消えずに残っていた。浄化が甘かったのか、神堕ちの代償なのか。それはわからないが、それを見る度に心臓が小さく痛む。

「ああ、これですか。私は気にしていません。自分への戒めにもなります」

セルデアは、腕に視線を落としなんでもないように振る舞っている。本音はどうなのかはわからないが、悲観しているようには見えなかった。

それにしても、やはり相変わらずの態度といえる。改めて確認はしていないが、俺が生きているということはセルデアと俺は両想いのはずだ。

なんとなくこちらから言い出すのも気恥ずかしく、黙っていたが実際本当に間違いないのだろうか。そこまで考えるといろいろと気になるものだ。

「……なあ、セルデア」

「はい」

「結局のところ、お前が最初に恋をしていた相手は誰だったんだ？」

「つごほ、げほ！」

まさしく美しき悪役とばかりに姿勢よく立っていたセルデアだが、俺の質問と共に咳きこむ。その焦りようには不満が小さく膨らむ。

何をそこまで焦る必要があるというのか。もしかして、知っている人物だったりするのだろうか。

呪いのような化身の愛だ。奇跡的に俺が勝てたとはいえ、もしかしたら向こう側に未練があるのかもしれない。そこまで考えると、焦りを感じた。

「もしかして、俺の知っている人間か」

「……そうなります」

「だとしたら、パーラちゃん」

「違います」

この世界で俺とセルデアが共通して知っている女性といえば彼女なのだが、すぐさま否定された。

そうなると、男だろうか。男となると、いろいろ頭に浮かんでくる。誰だ、誰がセルデアの初恋だ。

思い悩んでいるのを見て、セルデアは溜め息を吐いた。そして、俺をじっと眺めながら口を開く。

それはどこか観念したといった様子だった。

「……貴方です」

「あなた？　アナタ……貴方？　え、もしかして俺か？」

「……はい。貴方です、イクマ様」

言われた言葉をうまく嚙み砕けなくて、しばらく思考が停止する。

セルデアが昔から、俺が好き？　つまり神子時代から好きだったということになる。

いや、鈍いとかじゃないだろう。最初は嫌われていたから、いや違う。正確には俺のために嫌われようとしていただけだから……ええと。

思ってもいない言葉に混乱している俺の頬を、セルデアがそっと触れた。

「私は、貴方がイクマ様だと知らない時、サワジマという男にもきっと恋をしていた。だから、きっと私は貴方しか愛せない哀れな化身なのだと思います」

「……セルデア」

「だから、貴方であるならばどんな姿になろうとも恋に落ちます。歳を取っても、容姿がどんなに変わっても、性別が変わっても」

セルデアは少しだけ眉根を垂らして苦しそうな顔のまま、唇だけは弧を描いていた。

「――きっと何度でも、貴方にならば恋をします」

これが化身の愛なのだ、と思い知らされた。

重く、執拗で、呪いのような一途さ。しかし、きっとそれは何よりも――純粋な想いなのだ。

しかし、最初から好きだったと真正面から告白されるとさすがに頬に熱が集まる。これでも恋愛初心者なのだ。気の利いた言葉も浮かばなくて、口も開けなくなった。

そうして、少しの間を空けてからだった。突如、セルデアがそっと床に両膝を突いた。

その突然の行動に目を見開く。なんだなんだ、急にどうしたんだ。

困惑をする俺とは違い、セルデアには戸惑いなどない。ベッドに腰掛けるこちらを真っ直ぐ見上げ、手を重ねる。

「まずは、謝罪からさせてください。申し訳ありません、イクマ様。今から私が行うことはこの国では重罪となることです」

「は？　ま、待て、なんだよ急に」

「猊下《げいか》がこれを知れば、決して私をお許しになりません。しかし、私はどのような罰を与えられようとも……もう、あのような思いはしたくない」

重罪や謝罪という物騒な言葉が並び、戸惑うしかない。何を言い出すつもりかわからないが、止めたほうがいいのではないかと迷う。

セルデアの鋭い瞳が俺を射る。しかし、セルデアの手はかすかに震えていた。それに気付き、開いた唇を静かに閉じた。

セルデアは意を決したかのように、息を吸う。その音がやけによく聞こえた。

「イクマ様。元の世界に帰らないでください」

「……うん？」

「貴方が帰りたいと願っているのは知っています。元の世界に残した大切な者たちもいるはずだと理解しています。ですが、お願いします」

セルデアの指先に力が入る。ぎゅっと握る。それは、まるで振り解《ほど》かれないため、必死にしがみついているようだった。

「……私の側《そば》にいてください」

そこまで聞き、そういえば元の世界に戻るという話になっていたと今さらながらに思い出した。実際のところは、間違いだから送り返すという話になったのだが……当初は帰りたいと思わせようとして否定をしなかった。

本当はもう元の世界に帰る気はなかった。しかし、セルデアには何も伝えていなかったのだ。

こちらを窺《うかが》うセルデアの表情には見覚えがあった。それは、ユヅ君と元の世界に戻る話をした後に見せたものと似ている。

もしかして、あの話を聞いてからずっと考えていたのだろうか。

セルデアの気持ちを考えると、眉尻が下がる。まったく、俺たちは肝心なところを何も話し合っていないじゃないか。

「セルデア」

「……はい」

「俺は……お前の真っ直ぐで誇り高いところ、鋭い目も角も、大きく笑うと見える牙も」

俺に縋《すが》りつくような掌を、今度はこちらから握り返す。指先を絡めて、離さないという意志をこめてしっかりと繋いだ。

改めて、全部伝えよう。少しだけ照れるが、言葉は止めない。

「全部、すべてを含めて愛しいって。好きだって思うよ」

「っ、イクマ様……？」

「だから、ずっと側《そば》にいさせてくれ。もう、元の世界には帰らない」

そう言いきってから、笑う。目の前の男が何よりも愛おしくて、自然と口元が緩む。

両親に申し訳ないとは思っている。愛してもらっていると思っているが、二人が俺のことで顔を曇らせることも少なくなかった。

だから、ちゃんと幸せになったのだと思ってくれたなら嬉しい。ガキの頃は異世界に行ってたんだって沢山話したので、信じてくれればいいと強く思う。

「なあ。愛してるよ、セルデア」

こうして見つめているだけで心臓が馬鹿になるくらいに速く動く。握る手には知らず知らずに力が入り、痛くないかと心配になる程だ。しっかりとセルデア自身に言うのは、二度目だろうか。ベッドからもっともっと、沢山伝えたくて、荒れ狂う感情に支配されるがままに身体を動かす。

身体は離れ、唇をそっとセルデアの頬に押しつけた。

「あ、やば。これが初めてのキスってやつか？　あ、いや、頬じゃなくて唇じゃないと駄目って……んっ」

言い終わる前に、セルデアの顔がすぐに近づいてくる。下から重ねられた唇は荒々しく、余裕がないように感じる。そして、俺の項《うなじ》辺りにセルデアの手が回され固定された。それは絶対に逃がさないとばかりの力が入っている。

啄《ついば》むように繰り返し、ぬるりと舌が口内に入ってくる。それには少しだけ驚いて肩が震えた。

「つは……ぁっ」

水音が室内に響くと、自分がしている口付けがとても淫靡なものに思えて、熱が顔に集まっていく。好きなだけ口内を弄られ、やっと離れていった。

透明な糸を引いて、離れていく唇を俺はただ目で追った。そして、どうにもむず痒い気持ちは抑えられなさそうだ。

「つは……せ、セルデア」

「はい」

「と、とりあえず、その敬語はやめてくれ。せっかく恋人同士だってのに、なんかぞわぞわする」

その気持ちを紛らわすためにも、本来の目的を早口に伝える。動揺しすぎてどもってしまったが、仕方ない。セルデアは少し驚いたかのように、目を丸くしてから笑った。

「わかった、イクマ……私も愛している。ずっとずっと、貴方だけを愛している」

その時浮かべた微笑みは実に悪役っぽい、不敵な笑いだったことは俺の胸に秘めておこう。

■■■■

「ん、っ……はっ」

甘い雰囲気に流されるよう互いに唇を重ね続けていると、ついにベッドの上に押し倒されていた。

覆い被さるセルデアの優しい口付けは、徐々に貪《むさぼ》るような荒々しいものへと変わっていく。

ぢゅっと音が鳴る程舌を吸い上げられ、舌先は甘く噛まれる。その度に俺の身体は小さく跳ねて、反応する。

ねっとりとした唾液の糸が引いて離れていく。それを熱に浮かされた頭は、ぼんやりと眺めていた。セルデアの瞳はしっかり欲情の熱を宿している。

このままだと抱かれる。そうわかっていたが、抵抗する気はなかった。

なぜなら俺も完璧に熱に呑まれていたからだ。下半身が膨らみ、完璧に勃っている。俺も期待して、興奮していた。ここでやめられたら、逆に困ってしまうところだ。

「イクマ」

名前を呼ばれるだけで、心臓が跳ねる。セルデアがゆっくりと衣服を脱いでいく。

今はまだ日が高い。この時間帯にヤるのかと思うと恥ずかしさも増していく。それでも俺は目を逸らすことはしなかった。

セルデアの指先が俺の衣服にかかり、ボタンを外していく。抵抗するはずもなく、されるがままだ。ついには肌が外気に晒《さら》され、反射的に身体が震えた。

「すごく綺麗だ」

「や、やめろって」

セルデアとは違い、俺の身体がかなり貧相なのは理解している。ガリガリとは言わないが、何もしていないので引き締まった身体とは程遠い。それなのに、セルデアは心から言っているのだとわかる。

セルデアの形のいい唇が俺の肌に触れる。ちゅっとかすかな音を立てながら口付け、舌を這わせる。心臓が壊れそうだ。

「ん、っあ」

その唇が胸の突起に近づくと、声が漏れる。それをどう受け取ったのか、セルデアはそこを執拗に弄《もてあそ》び始めた。

舌先で押し潰し、指先で転がす。

「っん、ん……っ」

それだけで身体が小さく跳ねる。ぞわぞわとした感覚が身体を駆け上っていく。目線をセルデアに向けると赤い舌が、俺の身体を味わっているように見えて頬が熱くなった。龍の姿を見たからだろうか、美味しく食べられているようだ。

ふと、セルデアと目線が合う。すると、見せつけるかのように唇を大きく開き、その鋭い歯先で甘く噛む。

「ひっ、ん!」

ぞくりと背筋が震えた。情けない声も出てしまう。今の一瞬、ものすごく敏感になったと自覚して恥ずかしくなる。噛まれて気持ちいいと感じた、なんなら噛まれることを望んでいたようにも思える。

やばい、変な性癖が目を覚ましそうだ。

そんな様子を見て、セルデアが笑う。

喉を鳴らして、抑えめに笑っている姿は俺とは違いまだ余裕がありそうで、腹が立つ。

セルデアの肩を両手でぐいっと押しのける。

「イクマ?」

「俺もさせろ。振り回されてばかりでなんかムカつく」

戸惑ったセルデアは、素直に起き上がる。俺も身体を起こすと、ベッドの上で膝立ちのセルデアに近づいた。

「っそれは、やらなくてもっ」

「いいから。俺だって気持ちよくさせたいんだよ」

四つん這いになった俺の目の前にあるのはセルデアの性器だ。そりゃもう俺よりもかなり立派だ。しっかりと反り勃っており、自分との差に少しだけ心が折れた。それでもめげずに手を伸ばす。素晴らしいテクがある訳ではないが、弱いところくらいはわかる。

幹を両手で包み、ゆっくりと擦り上げる。先端からあふれる透明な汁をすくって、全体に広げれば粘着質な音が辺りに響いていく。

「つう、っ」

すると、セルデアの呻《うめ》き声が聞こえてきた。目線を上に向けると、眉間に皺を寄せている顔が見える。その様子がとてもやらしいことをしていると自覚させる。そして俺も気持ちよくしているんだとわかり、興奮してくる。

もっともっと気持ちよくさせたい。

そう考えている内に、俺はセルデアの性器を咥《くわ》えた。

「つ、イクマ……ッ！」

咥《くわ》えこんだはいいが、すぐさま後悔する。なんだこれ、結構苦い。それでも口を離すという選択肢は頭になかった。

「つあ、それは……っ」

セルデアの興奮しきった声が聞こえてきているからだ。それは俺の全身をぞくぞくと震わせる。舌腹をしっかり幹に這わせて、軽く吸い上げる。それが正しいのかわからない。上手いとも思っていない。それでも、セルデアの息が荒くなっていくのがわかって、俺まで気持ちよくなる。

やってやったと勝ち誇っているのも束の間、ぬるりと尻の穴に触れるものを感じた。なんだと思う前に、浅くだが何かが入ってくる。

「んっ、あ、何して」

思わず口を離して振り返ると、セルデアの腕が高く上げていた俺の尻に伸ばされていた。入ってきたのが指先だと気付いて、セルデアを軽く睨《にら》みつける。

しかし、視線を気にする様子もなく、先ほど入れただろう指先を唾液で湿らせている。

「……痛かっただろうか？　弛緩する毒を混ぜたから問題ないはずだが」

「はっ？　何、やって、んあっ！」

「大丈夫だ、害にはならないので安心してほしい」

「馬鹿、待て、んんっ」

つぷりと指先が入り、思わず身体が跳ねる。そうすると、咥《くわ》えていられなくてされるがままだ。むしろそのまま身体を前へ運ばれる。同時に腰を下ろしたセルデアの膝の上に乗り上げてしまう状態だ。

そうなると、指先どころか指が一本入ってくる。

「あっ、あっあ」

しかもセルデアの言う通りあるのは違和感のみで、痛みはほぼ感じられなかった。さっきの優位な立場はすぐに消え去る。自分の中に侵入してくる冷えた指が、頭さえもおかしくしていく。

「つあ！　んん、セルデアっ！」

「ああ、貴方は本当にすべてが美しいな」

指がどんどんと増えていき、その度に違和感も増えていく。問題なのは違和感だけではなく、快楽もじわりじわりと迫っていることだ。

ぐちゅぐちゅと聞こえる音さえ、興奮を煽る。ぞくぞくとゆっくりと落とされていく気持ちよさに声がとまらない。

熱に頭がやられて、ふと気付けば先ほどと同じようにセルデアに組み敷かれていた。

「っはぁ、ほ、本当にヤるのか」

執拗な愛撫に俺の息はもう上がっていた。

セルデアもほぼ裸で、全身に汗が滲《にじ》んでいる。ぐっと足を開かれて、熱を押し当てられるのは尻の穴だ。男同士ならばそこに挿れられることはしっかり理解していた。

「嫌なのか？」

「い、嫌じゃない。ただ俺、その、そういうことしたことなくてだな」

自分で三十代童貞であることをバラすはめになるとは。ちょっぴり死にたい気分になる。しかし、元の世界では置いていかれた時間の流れについていくので精一杯で、そんな余裕はなかったのだ。

「私は、貴方が欲しい」

「っ！　お、お前っ」

そんなことを恥ずかしげもなく言うものだから、なぜかこちらのほうが恥ずかしくなってくる。

この男はこういうところがあるよな。先ほどの告白といい、想いといい。わりと真っ直ぐに来るものだから、こちらの身になってほしいものだ。

それでも初めてということもあり、恐怖のほうが勝る。だからこそ、俺にはあと一歩踏み出せるものが必要だった。

俺は、腕で目元を隠してセルデアを見ないようにする。これを言うにあたって、恥ずかしくて顔を見られないからだ。

「その、……でくれない、か」

「……？　聞こえなかった、もう一度頼む」

「だからっ、噛んでくれって言ったんだよ！」

やけくそ気味に声を張り上げる。すると、見えなくともセルデアが一瞬息を呑んだのがわかった。

「その、一番最初に暴走した時。あの時首を噛まれて媚毒を入れられたから……それがあったら、いろいろとマシだろうから、頼むよ」

かなり恥ずかしい。死にそうだ。最初だから痛みに泣く可能性もある。しかし、どうせなら二人で気持ちよくなりたいのだ。

弛緩する毒では駄目だ。媚毒はかなり強かったし、あれならばそこまで痛みを感じなくてすむだろうと思う。

しばらく返答を待っていたが、何も返ってこない。少し心配になって、腕を動かしてそちらを窺《うかが》う。

そこには、俯《うつむ》いたまま固まったセルデアの姿があった。

「……セルデア？」

何かあったのかと不安になり、問いかけるとセルデアの顔がゆっくりとこちらを見る。その表情は頬を赤く染め上げ、瞳は熱を帯びていた。目付きも険しい。ただそれは恐ろしいだけではなく、食われると感じてしまうほど鋭利な捕食者の目付きだった。

「貴方は……その、ごく稀に無意識で見せる隙をどうにかしてくれ。私がどうにかなる前に」

「は？　何言って、あ……っ」

俺が何か言う前に、セルデアが顔を隠していた手首を掴む。そして、そこへ大きく口を開いて噛みついた。その際も、目線はこちらから逸らさない。セルデアの鋭く伸びた歯が、俺の皮膚に食いこむ。

すぐにわかった。見せつけているのだ。誰が、噛みついているのか。望んで毒を強請《ねだ》った俺を煽るように。

そして、ゆっくりと歯が食いこむ。

「あっ、ぐ！」

その瞬間、背筋が粟立つ。それは嫌悪感からではない。今から捕食されるというのに、俺は興奮していた。熱が全身を巡る。皮膚に歯が食いこみ、痛みがあるというのにそれすら興奮を煽るものとなる。やばい、俺は変態だ。

ゆっくりと媚毒が打ちこまれていき、呼吸が乱れる。そんな呼吸が荒くなる様子を、セルデアは黙って観察していた。

触れるといったら指先で撫でるだけ。段々と回っていく毒はそれすら快楽と捉えて、身体がびくりと跳ねる。

するとと次は、すでに熱く勃起した熱を穴に擦りつけ、揺らす。それは今の俺にはじれったくて、頭を振った。

「もう、セルデア、いいから……っ」

駄目だ、じれったい。両腕を広げて、セルデアを待つ。ふと、これをコイツとするのは二度目だなと他人事のように考えた。しかし、そうして考えられるのもそこまでだった。

「……ああ。私の、私だけの愛しい人」

脳内に直接注ぎこむような甘い言葉と同時に、ずるりと硬い熱が押しこまれていく。いくら丹念に解《ほぐ》されているからといっても痛む、そう思っていた。

「あっ、ああ……あぁっ！」

自然と声が出た。腰から駆け上がってくる快楽は凄まじいものがあった。

全身が敏感になっているからこそなのだろうが、声を抑えきれない。

痛みはまったくなかった。あるのは快感だけ。

それでも声を上げるのは恥ずかしくて、手の甲を口に押し当てて塞ぐ。

しかし、それはすぐにセルデアに外される。

「もっと、声を聞かせてほしい」

「ば、かっ……あ、だめ、動かすな、っあ、あぁっ！」

セルデアの懇願は熱っぽく甘い。ゆっくりと挿入されていたのに、突如奥まで貫かれる。

ぐちゅとした水音がやけに大きく響いて、羞恥心を煽る。ここにきてようやく、自分がやらかしたと気付いた。

痛みを避けるために、快楽を選んだがそれもかなり辛いとわかったのだ。気持ちよくて、頭が回らない。このままでは何を言い出すか、自分でもわからない程だ。

「あっ、あっ。はやく、だめっ、やだ、あっん！」

セルデアに足をしっかりと抱えられて、肉がぶつかり合う音と共に抽挿《ちゅうそう》が激しくなる。そうなると声を出したほうが快楽はマシになる。開いた口からは唾液がこぼれ、口内で舌は震える。

わりと強く揺さぶられているのか、ベッドが軋《きし》む音も大きい。

ここは神殿なので、まずいのではという思考も一瞬浮かぶが、セルデアに与えられる快楽にすぐに掻き消された。

「っふ……イクマ。舌を突き出して」

きもちいい。すでにされるがままになっている俺の頭は半分溶けていた。だからこそ、セルデアに言われるがままに口を開いた。そして、突き出した舌をセルデアが唇で挟む。

「んうっ、んぅっ」

がりっと舌先を噛まれて、全身に電気が走るように甘い痺れが巡る。痛さはまったくない。しかし、セルデアに噛まれたということはさらに媚毒を注ぎこまれたということだ。これ以上はまずい。

完全に理性が飛んでしまう。

しかし、セルデアは噛んだ舌を嬲《なぶ》るように舌先を絡める。それだけであまりの気持ちよさにすべてが溶けそうだ。

俺の表情もすでに蕩《とろ》けているのだろう。唇を離したセルデアは、俺を見下ろして口角を吊り上げた。それは彼の容姿にふさわしい獰猛《どうもう》な笑みだった。

「次はどこを噛んでみようか。ここは、どうだろう？」

「っ……ひ！」

そう言ってセルデアが握りしめたのは俺の性器だ。その先端を親指で大きく擦り上げる。それだけで抱えられた俺の足は空を蹴る。

そこを噛む？　何言ってる？　まだ辛うじて残った理性がそう訴えてくるが、身体は違う。ぞくぞくと全身を包む震え。それは期待からくるものだった。

「っは、大丈夫だ。今日はしないさ」

今日はってなんだ。

握りしめた俺の性器を抽挿《ちゅうそう》に合わせて擦り上げ始める。すると、すでに限界寸前だった俺は、頭を左右に振った。

「や、やだっ。い、イく。出るからぁ、っ！」

「っ、く。一回出しておこう」

「あっ、セルデア、っ、あ、ああっ！」

本当にすぐだった。セルデアに奥まで突かれる動きと合わせて、擦り上げられるともう耐えられなかった。先端から白い精液が飛び出して、腹部に散らばる。セルデアの色気が含まれた呻《うめ》き声と共に俺は弓なりに身体を曲げた。

頭がすべて真っ白になっていく。

「っはぁは、ぁ」

息が整うまでに時間がかかる。一度出すと、熱はマシになっていく。今まで快楽に溶けていた脳もまともな思考ができるようになってくるのだ。

そして、ふと中に入りこんだセルデアの熱がまったく衰えていないことに気付く。そういえば腹の中で吐き出された覚えもない。俺は恐る恐るセルデアを見上げた。

「……大丈夫だ。貴方の限界はしっかりと見定める」

つまりそれは俺の限界までヤるつもりということだ。一気に背筋が寒くなる。

俺はそこで、コイツも心の奥が悪役のようになることがあるのだなと、意味もなくそう思った。

■■■■

誰かに腕を引っ張られる。それに気付いて、意識が浮上する。いつも通り目覚めの思考は鈍い。

なんだ、俺の身体に何かが巻かれている。それは柔らかく心地いい。

……そうだ、これはベッドのシーツだ。その心地よさに、せっかく浮上した意識は再度眠りの中に消えていく。それを幾度か繰り返し、いい加減眠ることもできなくなり思考が段々とハッキリしてくる。

目を開くと、見えるのは肌色。それが俺のものでないと認識してから、目が覚めた。

「……セルデア？」

なぜかセルデアの腕の中に抱かれている。

いや、昨日盛りのついた犬のようにヤッていたので、セルデアに抱きしめられているのは不思議ではない。しかし、どうにも状況がおかしい。

ベッドで座っているセルデアの太腿辺りに乗せられて横抱きにされていた。

さらにはいつの間にかシーツで全身は包まれ、手も足も動かしにくい状態だ。

……どうしてこうなっている。

おかしいのはそれだけではない。セルデアの様子もどこか変だ。

先ほど名前を呼んだ時、確かに反応があった。目も開いているし、こちらを見ている。しかしどこかその瞳が虚ろだ。もしかして、寝ぼけてるのか。

「お、おはよう。悪い、俺ちょっと喉が渇いてって……え」

散々泣かされたので、声はガサガサで酷い有様だ。水分を求めて、セルデアから離れようとしたが抱きかかえている腕に力が入り、動くことを許してくれない。

そして、薄く微笑むといつの間にか水が入ったコップを手にしており、唇へ押しつけてくる。

「いや、自分で飲むって……」

そう言ってみるが、反応がない。ただ黙ってコップを押しつけてくるので、根負けして唇を開いた。そうするとゆっくりと飲ませてくれて、かすかにこぼれた水も綺麗に拭ってくれる。どうしたというのだろう。

「せ、セルデア？」

返事がない。さすがに心配になって動こうとするが、昨日の疲労が溜まった身体ではシーツから抜け出すことさえできない。

本気で心配になってきた頃、室内の扉がノックもなしに勢いよく開かれた。

「イクマ。起きてる？　話したいことがあるんだけど」

「ば、馬鹿！　お前っ、ノックしろ！」

遠慮なく踏み入ってきたのは、メルディだ。確かにここはコイツの家みたいなものだが、普通はノックくらいはするだろ。

素っ裸のセルデアとシーツに包まれた俺を、隠すこともできないまま晒《さら》されることになる。

メルディは、いつもと同じ無表情でしばらく黙って眺める。どう考えても事後感が漂《ただよ》っており、言い逃れはできない。

気まずい沈黙がしばらく流れたあと、あっと小さく声をあげた。

「……ごめん。私の朝食はまだだった。ここで食べていい？」

「そこじゃないだろ！　……ああもういい、それより聞いてくれ、メルディ。セルデアの様子がおかしいんだ。助けてくれ」

「……おかしい？」

メルディは小首を傾《かし》げて、こちらに近づく。だというのにセルデアはメルディのほうをまったく見ない。ただ俺だけを見つめて、頬に鼻先を押し当てるように擦り寄る。

擽ったい。抵抗したくともシーツに巻かれたまま抱きしめられており、手は出せない。

「ああ。なるほど。大丈夫、問題ないよ」

「ほ、本当か？　さっきから話しても反応がないんだ」

「ん、例えるのが難しいんだけど、軽めの神堕ちだって考えてくれたほうがわかりやすいかな」

例えとしても、物騒な単語が出てくるものだから背筋が冷える。しかし、メルディはとくに焦った様子もなく、すぐに離れると床へ座りこんだ。そして、自分の部屋のような態度で寝転がる。

遠慮の欠片《かけら》すらない。こういう男だと理解していたが、本当に自由だなと感心さえしてしまう。

「セルデアは一度神堕ちしているからね。ここから私の予想も混じるけれど、神堕ちを経験したせいで神に寄ってしまったんじゃないかな。だから、幸せすぎてその血の本能だけが暴走しているのだと思うよ」

「は……？　幸せすぎて暴走……？」

「そう。セルデアの血筋は夜の神。夜の神は神の中でも執着心が強い。手に入れた魂は絶対に手放さない。その辺りが強く出てるのが現状。だから……」

メルディの言葉を遮るように、ノック音が室内に響き渡る。それに反応して俺とメルディの視線はそちらへ向いた。

「失礼します、イクマ様。猊下《げいか》もこちらに来られていると思いますが、特別な朝食をお持ちしました。入ってもよろしいでしょうか」

聞いたことのある声だ。すぐに気付く、イドだ。そして、聞いた瞬間にはっと我に返った。

今入れるのは絶対にまずい。すでにメルディに見られたとはいえ、どう考えても俺とセルデアがそういう関係だとバレてしまう。

隠したい訳ではないが、何もこんな状態からイドにバラす必要もないだろう。イドには悪いが、ここは断るべきだ。そう考えている時だった。

「いいよ。入っておいで」

「なっ」

部屋の主でもないメルディが寝転がりながら、返答した。彼の態度からして悪意あるものではない。もしかしたら、朝食を食べ忘れたと言っていたし、お腹が空いていたのかもしれない。

しかし、なぜお前が答えるのか。

余りにもあっさり許可を出すものだから、驚きすぎて一瞬思考が停止した。そして、マイペースさに恨みを抱いている間に扉は開く。

「はい、イド、失礼いたしま……」

「い、イド、待っ」

すぐ止めようと声を上げるが、同時に俺を抱いていたセルデアも動いた。右腕をそっと持ち上げると、その人差し指がおもむろに扉を指した。なんだ？

開いた扉には、イドがトレーを持って立っていた。トレーの上にのっているのは、メルディが言っていた朝食だろう。

イドはこちらを見るなり、その瞳を限界まで見開く。驚愕から声を失ったのか、唇を魚のように開閉を繰り返していた。しかし、何か言葉を発する前にそれは起こる。

ぼたり、という物音と共にイドの腕に何かが落ちた。

「ひっ!」

それは蛇だ。それがどこから侵入したのかわからない。

イドの腕に落ちた蛇は、長い舌を一瞬覗かせる。しかも現れた蛇は一匹ではなかった。天井や壁の隙間から大小交じった蛇たちが出現し、俺も言葉を失う。

これはたぶんセルデアが呼んだ眷属たちだろう。森で見た光景そのままだ。

しかし、この場で誰より驚いたのは間違いなくイドだった。

「ひえっ! ひっ、うわぁあ!」

手に持っていたトレーを放り出すと、悲鳴を上げて部屋から飛び出していく。開かれた扉も勢いよく閉じられてしまった。

呆然とイドを見送ったが、すぐに我に返ってメルディに向かって叫ぶ。

「メルディ、イドが!」

「大丈夫だよ、毒蛇はいないから。脅しただけ。今のでわかると思うけど、今のセルデアはイクマを大切に自分のもとに閉じこめておきたいのさ。たぶんしばらくは侵入者も脅して追いだすし、イクマを逃がすこともしない。それでもセルデアの強固な理性が本能と戦っているから、誰かに危害を加えることはないよ」

そんなことを説明しながら、メルディは床を転がって動く。そして動いた先にあるのは、先ほどイドが手放したトレーだ。

トレーは奇跡的にひっくり返ることなく、床に着地していた。メルディはそれに向かって手を伸ばす。

立ち上がることさえもしない。どうやらそのまま朝食を食べようとしているようだ。怠惰の極みといえる。しかし、それならば今目の前で堂々としている侵入者はどうなるのだ。

そんな俺の視線を受けて、メルディは小首を傾《かし》げた。

「ああ、なんで私は例外なのかって？　私は刻《とき》の神の血筋だからね。そういうものなのさ」

「……なんだそれ。それに、しばらくこのままってどれくらい……ん⁉」

俺はメルディが握りしめたものに目を見張る。メルディの手元にあるのは、普段用意されているものではない。串に刺された見たことがある形、漂《ただよ》う匂いにも覚えがある。切れ目が入り、茶色のタレのようなものが塗られている。ずっと食べたいと思いながらも半ば諦めていたもの。

「め、メルディ！　そ、それ、お前が食べようとしているヤツ！　イカじゃないのか！」

「……イカ？　違うよ、これは海《うみ》の現身《うつしみ》。ああ、そうか。イクマが神子をしてた時は獲れなかったんだっけ」

メルディは、口を大きく開きかぶりつく。俺の目の前で咀嚼しながら食べているが、やはり無表情だ。

食べながらぽつぽつと説明してくれる。これは『海の現身』という、ある時期にしか食することを許されない食べ物だそうだ。

なぜ海の現身というか、それは海の神に姿形が似ているという伝承があるからだ。そのために海の現身は通常は食べられない。神を食べるというのは恐れ多いからだ。この世界ではそれが常識らしい。

しかし、一年に一度の収穫祭の日。それも早朝だけ食べることが解禁される。とある海の神の血筋である化身がそう決めたそうだ。

それを聞き、慌ててイカに向かおうと身体を動かす。しかし、セルデアに優しく抱きしめられる。駄目だ、動けない！

「せ、セルデア。イカだ、イカ！」

セルデアは俺の言葉にしっかり反応して頷くが、こちらに降り注ぐのは啄《ついば》むような口付けだ。宥《なだ》めるように頬や目蓋《まぶた》に落とされるだけ。

駄目だ、話が通じていない。ここから離す気はないようだ。

なら、誰かに手元へ運んでもらえばいい。しかし、それができる誰かは今ここに一人しかいない。

「め、メルディ頼む。俺にもその海の現身を食わせてくれ。こっちに持ってきてほしい」

「んー……？」

一足早く食べ終えたメルディは、寝転んだ状態で薄羽を畳むと背をくるりと丸めてしまう。嫌な予感がする。

「ごめん。眠いから、起きたらね」

「いや、待ってくれ。寝るっていつ起きるつもりだお前！」

「んー……」

「メルディ！　ああもう、セルデア！　頼む！　少しだけ！」

メルディの反応は鈍い。むしろほぼないといっていい。大体俺の部屋に来て、朝食を食べてから寝るって、何しに来たんだここに！

それから何度もメルディに声をかけたが、返ってくるのは穏やかな寝息だけだった。

メルディがすぐに目覚める訳でもなく、神の本能とやらに支配されたセルデアが正気に戻ったのは夕方過ぎだ。

つまり結局、俺はイカを食べることができなかった。

そして、俺とセルデアのイカを食べる約束は来年へと持ち越されることとなったのだ。

■■■■

次の日はなぜかとても早く目が覚めた。

よく寝汚《いぎたな》いと言われる俺としては珍しい程に、目がぱっちりと開いたのだ。目覚めた後の思考もどこか冴えており、ベッドから起き上がると誘われるように窓側に近づいた。

窓から夜明けの美しい青空が見えて、日差しが眩しい。なぜか外の空気が吸いたくなって、窓を開ける。

開いた途端、気持ちいい風が室内に吹きこんでくる。その心地よさに瞳を細めて、美味しい空気とやらを味わっていると小さな羽音が聞こえた。

ふと、目線をそちらに向けると小鳥が一羽。窓辺に止まっている。

「どうも。元気か？」

それが元神の入っている小鳥だと、一目でわかった。ただ瘴気《しょうき》はかなり薄れていて、ほとんど消えかかっている。

『本当に化け物め……』

「いや、愛の力が勝つってやつだよ」

『かははは……くだらないねぇ』

元神様の声は、今にも掻き消えそうなくらいに力のないものだった。

瘴気《しょうき》を抱えたセルデアはしっかりと浄化した。元神の様子を視《み》たところ、瘴気《しょうき》はもう店じまいのようだった。結局のところ、俺が勝ったといっていいだろう。

この世界には瘴気《しょうき》がまだ残っている。しかし、もう終わりだ。瘴気《しょうき》はもう発生しない。あとは緩やかに消えていくだけだろう。

だからこそ、神子召喚は終わりだ。ユヅ君が最後の神子となるはずだ。

しかし、疑問があった。

なぜここまで、瘴気《しょうき》の元凶は弱まってしまったのだろうか。夢で知ったことが事実なら、瘴気《しょうき》とは元神の憎悪でできた呪いであり、その気持ちさえあれば瘴気《しょうき》は世に溢れ続けるはずだ。それが疑問でつい口から出た。

「恨みや憎しみはどうしたんだ？」

口にしながらもどうせ無視されるだろうとは思っていた。コイツにとって俺は一番嫌な敵なのだから。

しかし、予想に反して声が返ってきた。

『……もう、わからないんだ。オレは、なんで恨んでいるのか。愛していた人間がいたのに、その声も、顔も、性別も、思い出も、全部全部……思い出せないんだ』

それは、悲愴に満ちた声だった。そうか、少しだけわかった気がした。

長い間恨み続けるのも、その元がないと続かない。コイツは、あまりにも長い時間を一人で生きすぎて、感情や記憶も掠《かす》れ消えていったのだろう。そして、愛した人間がいたという事実しかなくなって、きっと何かを恨むことさえできなくなっていたのだ。

神子たちにはコイツの恋人の魂が混ざっている。忘れていった元神はそれにすら気付けない。

そんな有様でも、必死に恨みや憎しみを他者に向け続けたのは……誰のためなのだろうか。

俺に視《み》えている様子からすると、このままコイツは消えていくのだろう。

何かになれず、何も残らずただ無意味に消えていく。多く呪い、恨み続けた元神は誰にも意識されず、ただ孤独に消えるのだ。

それは当然の仕打ちだと思う。元神は、それだけ多くの人を不幸にしてきたと思うからだ。

そっと、小鳥を両手の中に包みこむ。手が自然と動いた。

両手の中にいる小鳥が暴れることはなかった。たぶん、暴れる力ももうないのだろう。

「嘘が下手で、不器用で、頭が悪くて、情けなくて」

『……なんだ』

小鳥が、顔をゆっくりとこちらに向ける。俺は、ただ伝えるだけだ。

「――けれど、誰より優しい神様」

『……』

「それが俺の知っている、お前の大切な人の言葉だよ」

俺の中にある魂に混ざっているらしい、コイツの想い人の言葉を要約するとこういうことだろう。どうにも乱雑な纏《まと》め方な気がする。それでも、あの時見た夢の中ではこう言っていたと感じた。

小鳥は、しばらく何も言わなかった。

『……そっか。……そっかぁ』

それは、とても嬉しそうな声だった。

語尾は震えており、喜びを噛みしめるように繰り返し同じ言葉を続ける。

そして、昇っていく朝日に照らされながら、ついに小鳥は動かなくなった。どんなに視《み》ても、瘴《しょう》気《き》は綺麗さっぱり消えていた。掌にあるのはただの小鳥の死骸だけだ。

あの元神様が本当に消えてしまったのかはわからない。もしかしたら、隠れているだけで、いつかひょっこり出てくるかもしれない。

それでも、静かに消えていったコイツを見送ったのは俺だけだと思うから。

「おやすみ」

決して声が返ってこない相手に挨拶を残して、そっと小鳥を両手で覆った。もう少し日が昇ったら、セルデアと一緒に小鳥の墓を作りに行こう。

まあ、メルディにも許可をとらないといけないかもしれないのだが。

しっかりとした墓を作ってやろう。

俺は、これからも生きていくこの世界で迎える朝日を、ただ黙って眺めていた。

青い空全体に広がっていくような光の帯は何よりも美しく、そして弔《とむら》うような温かさがあった。

番外編　悪役公爵と元神子のこれから。

「やっと戻ってこれた」

馬車から降り、地面に足をつく。

そして、目の前に広がる光景に懐かしさを感じて、思わず口元が緩んだ。

俺の目線の先にあるのは見たことのある屋敷だ。黒を基調とした大きすぎる建物に、初めて見た時は圧倒された。しかし、今感じるのは嬉しさだ。

初めてここへ訪れた時とはいろいろなことが大きく変化した。もうあの屋敷で迷うことはないし、書庫に行く必要もない。

ここが、これから俺が過ごしていく我が家なのだ。

「イクマ」

呼ぶ声のほうへ視線を向ける。そこには銀色の髪と、紫水晶のような瞳。こちらを鋭く睨《にら》む――ではなく見つめるセルデアがいた。変わることのない悪役顔だが、瞳には優しさが満ちているのがわかる。

目が合うと、セルデアはこちらに向かって手を差し伸べる。俺は迷うことなく、すぐに手を取る。すると、セルデアの手が俺の手をしっかりと握った。

そう、俺たちはついに公爵領の屋敷に帰ってきたのだ。

結局二か月くらいは神殿で軟禁状態になっていた俺とセルデアだったが、ようやく許可を得て、こうして戻ってくることができた。

しかし、セルデアは月一で神殿を訪れることが義務付けられた。それが神殿から出られるための最低条件だった。他にもいろいろと制限はあるが、とにかく二人で帰ってこられたのだ。

屋敷の前にはメイドさんたちがずらりと並んでおり、その中心には初老の男性が立っていた。この屋敷の執事長であるノバさんだ。

そのまま、俺たちに近づくと頭を下げた。

「旦那様、サワジマ様。お帰りを心よりお待ちしておりました」

「長い間、家を空けたな。変わりはなかったか、ノバ」

セルデアの言葉にノバさんは顔を上げるがしばらく返答はなく、ただ黙って見つめている。そこにあるのが悪意でないことは一目瞭然だ。

セルデアを見つめる瞳は、慈愛で満ちていた。そして、唇がかすかに震えているのがわかった。

「……はい。旦那様もよくご無事でお帰りに、っ」

ノバさんはそこまで言うと俯《うつむ》き、指先で目元を拭っている。

「……も、申し訳ありません」

「いい、気にするな。お前には本当に世話をかけた。すまなかったな」

セルデアがノバさんの肩にそっと手を置く。すると目元を手で覆い隠し、肩を小さく震わせていた。

当たり前だが、彼の耳にもセルデアが神堕ちしたことは届いていたはずだ。そして、俺が屋敷にいた時からセルデアを一番心配していたのはノバさんだった。

……平然としていられたはずがない。

ドライな思考をしていると自負する俺も二人のやり取りには、胸の奥が温かくなる。同時に屋敷へ戻ってきたのだという実感が強く湧いてくる。ああ、やっと帰ってきたんだな。

ノバさんが落ち着いてから、屋敷の扉が開かれ俺たちは中へ入っていく。一旦自室へ戻ることとなり、セルデアと別れた。

しかし、その時だった。

「……旦那様。至急お耳に入れたいことがございます」

背後のほうでノバさんの声が聞こえる。その声は、いつもとは違う硬直したような声だったことが引っかかった。

だからこそその時、振り返りセルデアの顔をしっかりと見たのだった。

住めば都とはよく言ったもので、俺にとってこの屋敷は随分と居心地のいい場所だったと再認識した。

神殿内と比べるのもどうかとは思うが、急に扉を開けて入ってくる教皇様もいないし、我が物顔で部屋に居座る教皇様もいない。プライベートが守られるということがいかに大切かを噛みしめる。

とはいっても、屋敷内での俺の立ち位置は変わらず、ただの居候《いそうろう》だ。この屋敷で俺が元神子だと知っているのは、あの場にいたネドニアと数人の騎士たち。後はセルデアとパーラちゃんだけだ。

全員に口止めもしているため、特別何かが変わる訳でもない。

変わる訳でもないのだが。

「ここまで、変わらないのもどうかと思うぞ、セルデア」

その言葉に、セルデアは小首を傾《かし》げた。

現在俺がいるのは屋敷の庭園だ。まだ陽射しが強い空の下、いつもと同じように前方には丸い白テーブルが置かれている。テーブル上には、色とりどりの菓子とティーセット。それを挟んでセルデアと向かい合って座っていた。

そう、これはいつもやっていた交流会だった。

屋敷に帰ってきた当日、すべてを放り投げて眠りについた。次の日、どう過ごそうかと悩む俺を迎えに来たのがセルデアだ。その理由がこれ。約束していた交流会をしようというのだ。

「なぜだ？　私は貴方と約束したのだから行うべきだと思うが」

「なぜって。約束したといっても、別にこんな会を開かなくてももう大丈夫だろう。それに聞きたいことだってもうないだろう？」

これは元々、俺とセルデアの関係をよくするために行ったものだ。今の関係は悪いどころか真逆だ。さらに俺が先代神子であることは知っている訳で、こんな交流会を開かなくても問題ない。

呆れた顔で前を見ると、セルデアは先ほどと同じように首を傾《かし》げる。

「そんなことはない。私は貴方のことならなんでも知りたい。好きな花や、色。何を美しいと感じて、何に優しくしたいと思うのか」

セルデアの口元が柔らかく緩む。その表情は幸福に満ちていた。

「それを少しずつ、知っていきたい。次があるのだと思えるのがいいのだ」

「……」

次があるのだと思える、それはセルデアの心情を察するには十分な言葉だった。

セルデアと俺の関係は、いつだって制限のあるものばかりだった。今ようやく、二人で過ごせる先の未来が広がっている。それがセルデアにとって何よりも嬉しいのだろう。

セルデアの指先が、テーブルに乗せていた俺の手に触れる。指先がそっと撫でるだけの優しい触れ方だ。

くすぐったい気持ちが全身に広がっていく。

「しかし、貴方がそれを望まないならば……そうだな。イクマが寝ずに二日ほど付き合ってくれるならば、ある程度は聞けそうではある」

「これからも交流会は続けよう」

間髪を入れずに即答した。なぜならセルデアの目は本気だったからだ。今のは冗談ではなさそうだ。

交流会をやめようといった瞬間、二日間セルデアの寝室で軟禁される未来しか見えなかった。しかもこれは俺を思っての言葉なのだ。

化身の愛を舐めてはいけない。

今までの経験でそれらを痛いほどに理解しているので、すぐに諦めて、交流会を続けることにした。それに、ちょうど聞きたいことがある。

「それじゃ、いつもと同じ二つでいいか？」

「ああ、構わない」

「今回は俺からだ。なあ、セルデア」

そっとティーカップを掴む。質問を口にする前に喉を潤したかった。温かい紅茶を喉に流しこんでから口を開く。

「……昨日、ノバさんから聞いていた至急の連絡ってなんだ」

「っ！」

その瞬間、はっきりと表情を変えて息を呑んだ。

セルデアは公爵だ。やらなければならないことは多くあるだろう。俺もすべてを把握している訳ではない。だから、ノバさんとああいう会話をするのも珍しくない。普段は、それをわざわざ聞き出すことなんてしない。

しかし、見てしまったのだ。

ノバさんに耳打ちされてた後のセルデアの表情。眉を顰《ひそ》め、唇を小さく噛む。そして一瞬だけ見せた悲痛な色。あんな顔を見ては聞かない訳にはいかない。

セルデアは質問に、すぐには答えなかった。その間、急《せ》かすことはせずに静かに待った。

「……やはり。先に、私から質問してもいいだろうか？」

それは、今までの交流会では一度もなかったことだった。

答えづらい質問の場合、言葉を濁すことは数回あった。それでもこんな風に一切答えずに質問で返してくることはなかった。

俺は、黙って頷く。

「貴方のご両親は？」

「え、両親はどっちも生きてるぞ。元の世界で今も元気にしてるはずだ」

「そうか。ならば、仲は？」

「悪くないな。子供の時から愛されていたと思う」

「ああ。確かに幼い時の貴方はまさしく愛された子だった」

幼い頃の話をされるのはどうにも落ち着かない。無駄に明るい馬鹿だと自覚しているからなおさらだ。

むず痒い思いをしている俺を一瞥《いちべつ》して、セルデアは微笑む。しかし、それもすぐに消えて溜め息を吐いた。

「改めて先ほどの質問に答えよう。特別なことはない。私の両親がこの屋敷に訪れるという内容だ」

「……お前の、両親？」

「そうだ。私の……家族だ」

家族、と口にする前に微妙な間があったことに少し引っかかりを覚えた。先ほどの様子からして嬉しいという訳ではないのが、すぐにわかった。

何より気になるのは、セルデアの表情だ。どこか遠くを見据えた冷ややかな眼差しに、唇は固く閉じられている。美しい容姿も相まって恐ろしい程の迫力を感じさせる。

「一週間後に訪れる。長居はしないはずだが、イクマも夕食会には参加してほしい」

「それは……」

世間的には居候《いそうろう》の俺が参加していいものかとためらう。しかし、先ほどからセルデアの様子がおかしいのもわかっていた。だからこそ、首を縦に振った。

そして、軽い雑談の後に交流会は終わりとなった。俺の中に疑問を強く残して。


「パーラちゃん」

「はーい」

その日の夜、俺の寝支度をするために自室にやってきたパーラちゃんに声をかける。普段と変わらず、テキパキと動いているが最近はやけに上機嫌だ。今はベッドを整えてくれている。俺は邪魔にならないよう、近くの椅子で待機だ。

神殿にいる時もずっと付き添ってくれたパーラちゃん。帰ってからは身の回りのことを率先してやってくれることも多くなった。何がそこまでの意欲を彼女に与えたのかまではわからない。

とにかく、この屋敷でセルデアの次に話しかけやすいのはパーラちゃんだ。だからこそ返答の内容を覚悟しながらも、口を開いた。

「セルデアと両親って何かあるのかな？」

問いかけと同時に、パーラちゃんの手が止まる。

「……あっ、えっと、それは……」

「ああ、ごめん。やっぱり答えなくて大丈夫だから、気にしないでほしい」

固まったままのパーラちゃんに、できる限り優しく声をかける。その反応だけですぐにわかった。

俺も詳しく知りたかった訳ではない。ただ自分の予想が間違いではないという確信が欲しかっただけだ。

そして、今はっきりした。交流会から薄々感じていたが、セルデアは両親と不仲のようだ。さらに、ただの不仲ではないように感じている。

さて、どうするか。眉間に皺を寄せながら考える。俺は、セルデアが好きだ。単純に好きな相手には幸せでいてほしいと願っている。しかし、どうやって動けばいいのかがわからない。

事情さえわかれば、まだどうにかなるんだが。

セルデアに直接聞けばいいのだろうが、両親に愛されていると言った手前、少々聞きづらい。

「あの、サワジマ様」

「あ、え。どうかした？」

考えすぎて、パーラちゃんの接近にまったく気付かなかった。彼女はすぐ側《そば》で俺の顔を心配そうに見つめていた。とっさに口角を吊り上げるが、彼女の顔は曇ったままだ。

まずい。質問した内容だけに、気を遣わせてしまったか。

「よかったら、義父《とう》さんにご相談されてはいかがでしょうか？」

「と、とうさん？」

「し、失礼いたしました！　執事長のノバ様です」

ノバさんってパーラちゃんの父親だったのか！　衝撃の事実に驚き、固まる。まさかの親子だったのか。しかし、確かパーラちゃんは自分を孤児だと言っていたはずだ。

彼女は少しの間、恥ずかしそうに頬を赤らめていたが、すぐに切り替え真剣な表情をこちらに向ける。

「旦那様についてならば、ノバ様が一番詳しいかと思います」

「ノバさんが？」

それは確かに、執事長なのだから詳しいとは思う。ただセルデアの両親のこととなるとどうだろう。つい、そんな不安が顔に出たのかもしれない。

パーラちゃんは、俺の顔をじっと見つめてから意を決したように唇をきゅっと一文字に結ぶ。

「きっと大丈夫です。ノバ様は……旦那様の育ての親も同然ですので」

■■■■

数日経過して、俺は自室で人を待っていた。ちょうど、朝食を終えたところなので、少し眠気が襲ってくる。先ほどまでいたパーラちゃんが用意してくれた飲み物はテーブルに置かれており、後は待つだけだった。ただこうして待っている相手はセルデアではない。

その時、控えめなノック音が響いた。その瞬間、俺は座っていた椅子から立ち上がる。

「どうぞ、入ってきてください」

「失礼いたします」

扉を開けて入ってきたのは燕尾服を着た男性、ノバさんだ。気品のある佇《たたず》まいに、指先まで洗練されたような仕草。さすがといえるだろう。

「忙しい中、わざわざこちらに来てもらってすいません」

「いえ、そんなことはございません。パーラから私に聞きたいことがあると伺ったのですか」

「はい。長くなるかもしれませんので、こちらへどうぞ」

テーブルのほうへ誘うと、快く頷いてくれる。二人とも椅子に座ってから、しばし沈黙が流れる。

俺はともかく、ノバさんまで黙りこむのは珍しかった。こちらが呼び出したことで、何かを察しているのかもしれない。

それなら、無駄に話を延ばすのは意味がないな。

「……今日はノバさんに聞きたいことがあってお呼びしました」

「はい」

「それは、セルデアの両親についてです」

「……」

「セルデアが両親との仲が良好でないのはなんとなく察してはいます。ただ単純に仲が悪いだけで、あんな顔は」

違和感はそこだった。仲が悪いのであれば、嫌悪や憎悪が見えるはずだ。嫌いならば両親の訪問を断ってもいいだろう。しかし、セルデアは断らなかった。

そして、一瞬浮かべたあの表情。それを見て、強く感じたのは悲しさだった。嫌いでも、嬉しいでも、怒りでもない。ただ悲しそうに目を伏せたのだ。

それをどうやって表現すればいいかわからず、言葉に詰まってしまう。しかし、ノバさんはそんな俺へ穏やかに微笑んだ。

「サワジマ様は、旦那様をよく見ておられるのですね」

「え」

その言葉に心臓が大きく脈打つ。もしかして、俺たちの関係がバレていたりするのだろうか。別にバレて困るものではないし、いずれは伝えるべきかとも思っているが少し恥ずかしさがある。

ノバさんは一呼吸おいてから、深い息を吐きだした。

「……本当ならばお断りしなければならないのです。このような話を、旦那様の許可なくするべきではない」

「ノバさん？」

「しかし、サワジマ様には……」

ノバさんの手がぎゅっと握りしめられる。かすかに震える拳がその力強さをこちらへ伝えてくれていた。そして意を決したような表情で俺を見る。そこに迷いは一切見えなかった。

「身勝手ながら、私がサワジマ様に話しておきたいのです」

「ノバさん」

「……聞いていただけますか。旦那様とご両親のお話を」

黙って大きく頷くと、ノバさんはゆっくり話し始めた。

セルデアは化身として生まれたため、兄から継承権を奪ってしまったこと。そして両親はそんなセルデアを自分の子ではなく、神の子として接していたこと。さらに話は続いていく。

「そして、旦那様は五歳でこの屋敷に一人残されました」

「ご、五歳？」

「はい。私はその時からずっとお仕えしております。もちろん、身の回りの世話や生活に必要なものはすべて用意はされておりました。不当な扱いはありません。蔑まれた訳でもございません。しかし……」

ノバさんは言葉を濁して俯《うつむ》く。五歳といえば両親の愛がまだまだ必要な年頃だ。そんな子供がこの大きな屋敷に一人。

俺は、セルデアの寝室を見たことがある。あの大きな部屋に五歳のセルデアが一人で立っているところを想像してしまう。使用人がいるとはいえ、その時のセルデアはどれだけ寂しかっただろうか。悔しさに似た感情から奥歯を噛みしめた。

「幼い旦那様が家族を求めると、お二人は会いにきてはくださるのです。それでもその接し方は……あの方が望んだものではありませんでした」

「……」

「会いたいと願ったのはその一度だけです。後は公爵家の当主にふさわしい人となる、と言われて関わることもされませんでした」

そこまで聞かされて、ようやくセルデアが表情を一変させた理由がわかった気がした。五歳で嫌という程に孤独を味わい、きっと家族を諦めたのだ。自分が望まなければ、関わることをしようともしない両親。

それが、今になってセルデアに関わろうとやってくる。今さらなんだと思う気持ち、それでもと期待する気持ち。あれはそれらの感情が混ざったものだったのかもしれない。

「サワジマ様。私は、幼い頃からずっとあの方を見てきました」

ノバさんは、突如こちらに頭を下げる。

「このようなお願いをするのは勝手なことだと重々承知しております。ですが、どうぞ……旦那様をよろしくお願いします」

テーブルに額が触れそうになる程に、深々と頭を下げて言ったノバさんの声は小さく震えていた。

パーラちゃんは、ノバさんが育ての親のようなものだと言っていた。きっとその言葉通り、ノバさんはセルデアを我が子のように愛しく思っているのではないだろうか。そうでなければ、あそこまで心配したりしないはずだ。

そして、ノバさんもセルデアの両親が訪問することを心配している。だからこそ夕食会に参加する俺に話したんじゃないだろうか。それは考えすぎではないように思えた。

「……大丈夫です。任せてください」

「っ、ありがとう、ございます」

俺がしっかりと答えるも、ノバさんはしばらく顔を上げなかった。顔を上げてくださいと言っても、ただずっと深々と頭を下げ続けていた。

■■■■

さらに一週間ほどが過ぎてから、ついにその日はやってきた。

目の前には、見たことのない豪勢な食事が並んでいる。テーブルにはセルデア、俺、それ以外に二人の人物が席についていた。

一人は女性。腰まであるであろう赤茶の髪は緩やかな癖がついており、瞳は紫色。おっとりとした雰囲気を感じさせる顔立ちの彼女はドミニク・サリダート。セルデアの母親だ。

そしてもう一人は男性。全体的に短めな銀色の髪、前髪は額がはっきり見える程に纏《まと》められている。どこか神経質そうに見える顔立ちの彼はダミアン・サリダート。セルデアの父親だ。

俺も含めて、名前などの紹介は出迎えた時に済ませてある。その時から思っていたのだが、彼らはセルデアとまったく似ていない。似ているのは髪色と目の色程度のもので、容姿に似てる部分が一切ないのだ。

俺から言わせれば、両親たちもかなりの美男美女ではあるが、セルデアには遠く及ばない。それには少し驚いた。

とにかく、楽しい夕食会が始まったのだが……

「……」

「……」

食べ始めて数十分は経っているが、誰も口を開かない。さすがに、この中で部外者ということになる俺から話題を振る訳にはいかない。セルデアの両親たちもなぜ俺が夕食会にいるのか、と疑問に思っていることだろう。

重苦しい沈黙だけが続く。その雰囲気といったら、ここで初めてセルデアと食事をした時とは比較にならない程だ。

とりあえず手は動かして、食事は口に運ぶ。食べ物に罪はない。

「……長らくお会いしておりませんが、兄上も元気でしょうか」

「はい。元気にしております、セルデア様。あの子も気にかけていただけて嬉しいことでしょう」

ようやく切り出したセルデアの質問に答えたのは、母親であるドミニクさんだ。そして、この返答だ。

出迎えた時からずっとこうだった。これはダミアンさんも変わらない。敬語をつかって、様と呼んで、目もあまり合わせない。

それは息子にする態度ではなく、他人に対するものとほぼ変わらない。ノバさんに聞いてはいたが、実際目にすると胸の奥にもやもやとした思いが積もっていく。

「セルデア様。この度私たち夫婦がこちらに訪れたのは、神堕ちされたという知らせを聞いたからです」

ダミアンさんの言葉に、セルデアの手が一瞬止まる。俺もその言葉には、食事の手を止めた。

そうか、ずっと疑問だった。どうして、彼らはセルデアに今さら会おうとしたのかということだ。

今までセルデアが求めなければなんの興味も示さなかったというのに、こうして会いに来たのは心配だったからと考えればわかる。

そう気付くと肩の力が抜けていく。ノバさんに任されていた分、警戒していたのだが余計なお世話だったようだ。

俺としても、これがきっかけでセルデアと両親の仲が良くなれば言うことはない。そんな期待をこめてダミアンさんを見つめる。

しかし、どことなくその表情は機械的に感じた。

「もし、まだ瘴気《しょうき》が残っているのならば……貴方様の兄上に爵位を譲られてはどうかと」

――は?

間抜けにも口を開けたまま固まる。そして、セルデアが小さく息を呑む音が俺には聞こえた。

「次代の当主はもう決まっておりますが、もしものこともございます」

「領地で、もしものことが起こりますと大変だろうという心遣いからの提案なのです」

二人はそうやって、口々にセルデアの神堕ちがまた起こるであろう危険を心配していた。その口振りにセルデア個人に対する心配が一言だって含まれていないことは誰が聞いても明らかだった。

それこそ、先ほどの沈黙はどこにいったのかという程に饒舌《じょうぜつ》で、俺は開いた口が塞がらないでいた。

——なんで、言葉だけでも大丈夫でしたか、がないんだ？

「申し訳ありませんが」

その時、二人の言葉を遮るようにセルデアが口を開いた。

「私にその気はありません。今後についても、猊下《げいか》からは神子様が健在のため問題なしと言われております」

それは、淡々とした声だった。何も気に止めていないという様子で、セルデアは食事の手を進めていた。

しかし、俺は知っていた。ダミアンさんが、口を開いた時にその瞳が一瞬だけ輝いたことを。そして、今はその輝きが暗く沈み、濁っていくのがわかる。

「そ、そうですか。猊下《げいか》が……」

「そうですね。セルデア様は化身です。素晴らしい神の子です。私たちのような存在が気にかけるものではございませんでした。お許しください」

「いいえ、構いません」

「さすが、セルデア様は何に対しても完璧でいらっしゃる」

ダミアンさんは黙ってしまったが、それに続いたドミニクさんの言葉は止まらない。優しく微笑みながら語り続ける。

「幼い頃から泣くこともせず、優秀で」

――何を言っている。

「一人でおられることが好きでした」

――違う。

「悩むこともなく、すぐ決断される方で」

――違うだろ。

「きっと人にはない、強い心をお持ちなのでしょうね」

聞いていられるのは、そこまでだった。

俺は手の力を緩める。すると手元にあったナイフが床へと落ちていく。少し甲高い金属音が室内に響いていく。

その音は、全員の注意を引くには十分なものだ。配膳をしていたノバさんが慌てた様子でナイフを拾いに来る。それに対しては申し訳なくて、頭を軽く下げた。

その後、全員の視線が集まる中でにっこりと笑った。意識をしてしっかりと口角を作り上げた笑み。完全な作り笑いだ。

「サリダート公爵は、泣き虫ですよ」

「はい……？」

俺が堂々と言い放つと、困惑したような声をあげたのはドミニクさんだった。

「とても泣き虫で、嬉しいことがあるとすぐに泣いてしまうのです」

「い、イクマ？」

わざとらしく大きく肩を竦めて、言葉を続ける。すると今度はセルデアが戸惑った声をあげた。

しかし、止めなかった。

「一人でいるのが嫌いで、よく俺と話をします。他人のことばかりを一生懸命に考えて、悩み、ようやく答えを出す」

「……」

「人でしかない、脆《もろ》くて弱く優しい心の持ち主」

誰もが口を開かず、俺の言葉に耳を傾けている。そうだ、そうやって二人には聞いてほしい。

確かにセルデアは、勘違いされやすい。かつての俺のように悪人のレッテルを張ってしまう人も多いはずだ。

しかし、セルデアは悪役でも、神の子でもない。少しでもわかってほしい。セルデアはただの――

「――彼は欠点だらけの人間です。貴女の子ですよ」

しんっと辺りが静まり返る。そして、その沈黙は痛い程に俺へ突き刺さる。わかっていた結果ではあるが、少しいたたまれない気持ちになる。

さあ、どうしようか。考えながら周りを見るとドミニクさんの顔が真っ青だ。自分の口元に手を当てて、どことなく気分が悪そうだ。それは俺の言葉に傷ついたという訳ではないように感じる。

ドミニクさんを見つめていると、突如ダミアンさんが席から立ち上がる。

「っ、何を言っている！　失礼だろう！」

怒りに満ちた瞳がこちらを睨《にら》みつけてくる。どうやら俺の言葉が気に入らなかったようだ。

それもそうか。なぜここにいるかもわからないただの部外者。客人扱いではあるが、ダミアンさんからすれば、ただの無礼なヤツだ。

とりあえずは、この場から出ていくべきかと考えて椅子から立ち上がろうとする。しかし、それより早くセルデアが立ち上がった。

「お静かにお願いします、父上」

「セルデア様！　妻の言葉を、あのように貴方を貶す言葉に変えるとは！　許しがたいと思いませんか！　この、薄汚い――」

次の瞬間、テーブルが強く叩かれた。バンッという音と共にテーブルは大きく揺れる。テーブルを叩いたのはセルデアだ。

「――それ以上、口を開くな」

その瞬間、ぞわりと背筋が粟立つ。

セルデアの声は凍り付くような冷たさがあり、この場の空気が一変する。肌がぴりぴりするような雰囲気に包まれ、全員が呑まれていく。

ダミアンさんは立ったままで、凍りついたように動かない。

「……父上、母上。私は幼い頃から、神の子として扱われ生きてきました。しかし、幼心にずっと思っていたのはなぜお二人の子としては認めてくれないのか、ということでした」

「せ、セルデア様、それは」

「しかし、もういいのです。気にしておりません。お二人に何かを求めることはすでに諦めていま
す。今はたった一つだけお願いがあります」

セルデアの表情に感情はなかった。口調も荒々しい訳ではない。しかし、この場を支配している
のは、確かにセルデアだった。

「そのお方、イクマを貶めることだけはしないでください」

「っ……ひ」

ダミアンさんが突如悲鳴をあげる。それは、シューという音が辺りから聞こえ始めたからだ。

……その音の正体は、蛇だ。いつ入ってきたのか、部屋の天井や床には多くの蛇たちがいる。

そして、その蛇たちの頭が向けられているのは、ダミアンさんだ。統一された動きを見れば間違
いなく、セルデアが操っているのがわかる。

それには、彼も顔を青ざめるしかない。

一瞬、また暴走しかけているのかと心配になったが、セルデアの瞳に濁りはない。

「いや、お願いというより忠告ですね。もし、その願いが聞き入れられないのであれば……そうで
すね」

次の瞬間、セルデアは笑った。それは稀に見る幸せそうな笑みではない。唇のみで弧を描き、鋭
い瞳を細める。もちろん、その目は一切笑っていなかった。それは今まで見た中でも一番悪役に見

える姿だ。

「――今私について囁《ささや》かれている悪の公爵だという噂を、すべて現実のものにしましょうか」

誰も口を開かない。正確には開けなかった。無数の蛇をいとも簡単に操る彼に何か言えるはずもない。

「私は、彼のためならば神でさえも敵に回す。それを頭に入れて、食事が終わればすぐにお帰りください」

セルデアはそう言いきってから、深々と頭を下げた。先ほど、脅しにも似た圧力をかけていた人物とは思えない程に礼儀正しいその姿に、二人は目が離せなくなっていた。

セルデアは席につき、食事は再開される。

しかし、楽しい夕食会になる訳もなく、重々しい雰囲気のまま夕食会は終了した。


「はあ」

深い溜め息を吐きながら、肩を落とす。そんな俺を嘲《あざけ》るように吹きつける風はまだ冷たい。見上げるとそこにあるのは、美しい夜空だ。

元の世界で見るより星が多く見えて、美しい。この異世界でも星は見えるんだなとぼんやり考える。

今立っているのは屋敷にある庭園だ。今頃、セルデアの両親は馬車に向かい、帰る準備をしていることだろう。その見送りには参加せずに、一人で庭園に来ていた。

どう考えても、俺が見送りに行くと場を壊す可能性がある。セルデアも来なくていいというので、甘えさせてもらった。

今心の中を支配しているのは、後悔だ。別に言ったことについては後悔していない。しかし、あの場で言うべきではなかったのではと感じていた。

「俺、もう少し冷めた男だと思ってたんだけどなあ……」

他者や自分がどういう目にあっても、大抵は俯瞰的に考えられるタイプだと思っている。だというのに、あの場では感情が抑えきれなかった。あれ以上、セルデアを傷つける言葉を放置しておけなくて、気付けば口から言葉が出ていたのだ。

「……まだ若いってことか」

「貴方は十分にまだ若いと思うが」

背後から聞こえた声に驚き、肩が跳ねる。振り返るとそこにいるのはセルデアだった。ゆっくりと近づき、隣に並んだ。

「見送りは終わったのか？」

「いや、あとはノバに任せた。それで問題ないだろう」

「そうか」

夕食会が終わる頃には、二人とも顔を青くして萎縮していた。あそこまで脅されればそうなるだろうな。

「悪かった、セルデア」

れた。

「せっかくの夕食会をぶち壊しただろ、本当にすまなかった」

深々と頭を下げる。しかし、セルデアがふっと笑ったのが耳に届く。そして、手を優しく掴まれた。

セルデアは、俺と手を繋ぎ指先をしっかり絡める。その目線はこちらには向かわず、先ほどの俺と同じように夜空へ向けられていた。

「私が幼い頃、窓から夜空を見上げる際はいつも一人だった」

「……」

「暗く、一人きりの自室でいつも思うのは、神子という存在だった」

「え？」

「笑わないで聞いてほしい。……出会った時の貴方を、日差しのような光だと私は思っていた。しかし、今はあれと同じに思える」

そう言いながらセルデアが人差し指で示すのは夜空に浮かぶ星だった。彼は夜空で宝石のように浮かぶ、美しいそれを俺と言う。

「夜に苦しむ私をそっと照らしてくれる存在。ありがとう、イクマ。貴方の言葉はいつだって私を救ってくれる」

「……」

紫水晶に似た瞳がこちらへ向けられる。月明りに照らされたセルデアは、本当に美しい男だと再認識する。

それを見ていると、段々と目の奥が熱くなる。

救うなんて、大層なことを俺はしていない。むしろ逆だ。いつだってセルデアという存在に感情を乱され、心臓を動かされ、生かされている。

言葉に詰まる。今、声を出したらなぜか泣いてしまいそうだった。だから片方の手で目元を隠して、笑った。

「ふはっ、いや、俺が日差しとかって、恥ずかしいにも程があるだろう、ははは」

「……む。笑わないでくれと私は頼んだのだが？」

「無理無理、そんなのに無理に決まってるだろ、っ」

そう言いながら無理して笑い声を出す。泣きそうなこと、バレていないだろうか。この潤んだ瞳は決してセルデアには見せられない。だって、恥ずかしいだろう。

泣き虫と言っておいて、言った本人が誰よりも泣き虫だなんて。

夜の庭園に男が手を繋いで二人っきり。それは、あの王城内での出来事を思い出させるが、あの時とはまったく気持ちが違っていた。

夜風に晒《さら》されながら、俺たちはずっと手を繋いでいた。

■■■■

時間は少し遡る。

場所は屋敷の正面玄関前。豪勢な馬車が止まっており、その周りには御者や数人の使用人が忙《せわ》しくなく動き回っていた。

そして、それに乗りこもうとしているのはサリダート夫妻だ。彼らは馬車の前に立ち、玄関前に立つ自分たちの息子を見つめている。

しかし、息子であるセルデアはそんな視線を振り払うようにすぐに背を向けた。

「それでは、私はこれで失礼いたします。ノバ、あとは頼んだ」

「かしこまりした」

軽く頭を下げて、ノバは主の言葉に従う。

これはセルデアの明確な拒否だった。本来ならば、最後まで両親を見送るべきだとセルデア自身もわかっているはずだ。わかっていながら、こういう対応をした。それは今後、一切両親と関わる気はないという態度の表れだ。

ノバはそれを誰よりも、よく理解していた。

セルデアは一度も振り返ることなく、玄関から屋敷に戻っていく。そして、その背に声をかけることができるものは誰もいなかった。

「……だ、大丈夫だ。ドミニク。セルデア様は神堕ちから元に戻られて日が浅いだけだ。今は精神が不安定なだけだ。もう少し時間をおけば問題ないよ、また会いにくればいい」

しばしの重い沈黙の後、隣の妻をそうして慰めようとしたのはダミアンだ。先ほどからドミニクの気の落としようは酷く、誰が見てもわかる程に沈んでいる。彼女はダミアンに声をかけられても俯《うつむ》いたままで、表情はずっと暗い。

それゆえの言葉だったのだろうが、ダミアン自身もそう信じているような口振りだった。だからこそ、ノバは口を開く。

「……大旦那様」

すうっと息を吸いこんでから、ノバは腹を決める。

背筋を真っ直ぐ伸ばして、姿勢を正す。この屋敷にふさわしい使用人であるよう、胸を張った。

「私が保証しますが、旦那様になんの変化もございません。あれらはすべて本心からの言葉なのです」

「何を言うんだ、ノバ」

「――そして、申し訳ありませんが旦那様から望まれない限り、もう会いに来ないでいただけませんか？」

「なっ！」

それは、サリダート公爵家に仕える者としては有り得ない口振りだった。

ノバは優秀な執事長だ。それをサリダート夫妻もよく知っている。よく仕え、仕事も完璧にこなす。そのノバが今「この屋敷に来るな」と言ったのだ。

夫妻はしばし驚きからぽかんと口を開いて、固まっていた。しかし、すぐにその表情を怒りに染めたのはダミアンだった。

「き、貴様！　い、今自分がなんと言ったのか理解しているのか！」

「はい、理解して口にいたしました」

怒りで声さえ震えているダミアンに向かって、ノバは平然と答えた。

それに対する動揺は、夫妻だけでなく辺りにいた使用人たちにも広がっていく。そこにはパーラもおり、心配そうな瞳がノバに注がれていた。

しかし、ノバも引く気は最初からなかった。解雇されることも、下手すれば処罰されることも覚悟して口にしている。

夕食会で、セルデアを人間だと口にした郁馬をノバはずっと見ていた。そして、同時に気付かされたのだ。ノバ自身もセルデアを化身だから大丈夫と、思っていたのではないかと。

「お願いいたします。旦那様を、セルデア様をそっとしておいてあげてください」

すべてを覚悟して、深々と頭を下げる。それは彼なりの贖罪《しょくざい》であり、セルデアに対する愛だった。

「ノバ！　貴様ッ!!」

「っ、やめてください、あなた！」

怒りに目を真っ赤にし、今にも殴りかかろうとしたダミアンを止めたのはドミニクだ。ダミアンに縋《すが》りつくように、両腕でしがみつく。すると、はっと我に返りドミニクを見た。

「ど、ドミニク。し、しかし」

「いいのです。もう帰りましょう。わたくしたちはここにいるべきではありません」

ドミニクに諭《さと》されるとダミアンはその眉で八の字を描き、うろたえる。側《そば》で仕えている時から彼は妻に弱かったとノバは今さらながらに思い出す。しかし、まさかその彼女が止めてくれるとは思わず、ノバも固まってしまう。

その中でドミニクはゆっくりとノバに近づく。そして、顔を上げた彼女の紫の瞳には涙があふれていた。

「ノバ。わたくしは、あの子が自分の子とは思えませんでした。怖かったわ、生まれた時からあの人にも私にもどこにも似ない美しい容姿。だから……あの子はわたくしのお腹を借りた神の子だと」

「……大奥様」

「何があっても一人で強く生きていける神の子。わたくしは弱くて、そう思わなければ無理だったの。そうではないと気付きたくなかったの」

「……」

「あの子に謝る資格はもうないとわかっているわ。だからノバ、貴方だけが聞いて。ごめんなさい、本当に弱くてごめんなさいね」

ノバは、何も言わなかった。これは自分が返事するべきことではないと理解しているからだ。

「あの方……あの子は人間だと言ってくれた、サワジマ様。ちゃんと見ていてくれる人が側《そば》にいるのね、よかった。本当によかったわ……」

ドミニクは両手で顔を覆って、静かに泣き出した。すぐにダミアンが側《そば》に近寄ってその肩を抱く。そしてそのまま二人は馬車へと乗りこんでいった。

ノバはそれを見つめていた。馬車が走り出すまでずっと、黙って見つめ続けていた。

ノバは一人で歩いていた。

それは見送りが完了したことを、セルデアに知らせるためだ。その姿を探して歩けば、庭園にいることを知りそちらへ向かう。

庭園に出れば、ノバの身体を少し冷えた空気が包む。小さく肩を震わせながら進んでいくと、そこにいるのは二つの人影だ。

セルデアと郁馬が手を繋いで、そこにいた。郁馬の隣に立つセルデアが、口を開いて笑っているのはノバがいる位置からもよく見える。

それにはノバも驚くこととなる。屋敷に戻ってから二人の仲を察してはいたが、あのような表情が自然とこぼれるとは思っていなかったからだ。

その時、ノバの脳内にはセルデアの幼い頃の声が響く。

『どうして、誰も側《そば》にいてくれないの』

ノバの衣服を小さく掴んで、セルデアはそう言った。それが彼がこぼした、最初で最後になる弱音だったのだ。

あの時、ノバはそれを解消するために両親を呼んだ。それが最善だと思っていたからだ。しかし、その結果セルデアの心に深い傷を残すことになった。

ノバはそれをずっと後悔している。家族が側《そば》にいればと思い判断したことではあったが、あの時に手を差し伸べるのは自分だったのではないかと。

——でも、もう大丈夫ですね。

ノバがずっと望んでいた光景が、目の前に広がっている。美しい星空の下で寄り添い、セルデアが他者と笑い合う。明かりのない自室で、誰にも知られないように一人で泣いていた子供はもうどこにもいない。

声をかけることもなく、ただ見つめる。その姿を焼きつけるように見つめ続けたノバの目からは、知らず知らず涙があふれていた。

止めどなくあふれる涙は、ただ頬を流れていく。

「義父《とう》さん、泣きすぎです」

いつの間にか、ノバの隣にパーラが近づいてきており、そっと白いハンカチを差し出す。それを黙って受け取ると、恥ずかしそうに笑いながら拭う。

「僕も歳だね。もう駄目だよ、はは」

「もう、そんなこと言わないで。まだまだ大変なんだからね、お二人を支えないと！」

「……そうだね、うん。これからだ」

頬を膨らませた愛しい娘に、ノバは微笑んで強く頷いた。そして親子は並んで先を見る。

これからも仕えるべき二人が、ただ幸福でいるようにと、今は遠い神たちへ静かに祈り続けた。

この作品に対する皆様のご意見・ご感想をお待ちしております。

おハガキ・お手紙は以下の宛先にお送りください。

【宛先】

〒150-6008 東京都渋谷区恵比寿 4-20-3 恵比寿ｶﾞｰﾃﾞﾝﾌﾟﾚｲｽﾀﾜｰ８F
（株）アルファポリス　書籍感想係

メールフォームでのご意見・ご感想は右のＱＲコードから、
あるいは以下のワードで検索をかけてください。

アルファポリス　書籍の感想　検索

ご感想はこちらから

本書は、「アルファポリス」（https://www.alphapolis.co.jp/）に掲載されていたものを、
加筆・改稿のうえ、書籍化したものです。

三十代《さんじゅうだい》で再召喚《さいしょうかん》されたが、誰《だれ》も神子《みこ》だと気付《きづ》かない

司馬犬（しばけん）

2023年 6月 20日初版発行

編集－山田伊亮
編集長－倉持真理
発行者－梶本雄介
発行所－株式会社アルファポリス
〒150-6008 東京都渋谷区恵比寿4-20-3 恵比寿ｶﾞｰﾃﾞﾝﾌﾟﾚｲｽﾀﾜｰ8F
TEL 03-6277-1601（営業） 03-6277-1602（編集）
URL https://www.alphapolis.co.jp/
発売元－株式会社星雲社（共同出版社・流通責任出版社）
〒112-0005 東京都文京区水道1-3-30
TEL 03-3868-3275
装丁・本文イラスト－高山しのぶ
装丁デザイン－AFTERGLOW
（レーベルフォーマットデザイン—円と球）
印刷－中央精版印刷株式会社

価格はカバーに表示されてあります。

落丁乱丁の場合はアルファポリスまでご連絡ください。

送料は小社負担でお取り替えします。


ISBN978-4-434-32168-9 C0093